目录

余秋雨

霜冷长河

作家出版社

封面题字：余秋雨
封面篆刻：马　兰
插页摄影：周描坤

责任编辑：王淑丽　　封面设计：张晓光

一九九八年冬

自　　序

几年前，有一次我到北京一位朋友那里去玩，见到一位异人。他见到我，双目炯炯地逼视良久，便说："这位先生，你从小是不是产生过一种遥远的记忆，在一条长长的大河边，坐了很多年，在你边上，还坐着一个人，相差大概只有十步之遥？那人就是我。"

我笑着摇了摇头，心想，前一辈子，我身边居然坐着你？我们坐在河边干啥？你会不会见到别人也这么说？

看得出，他对我的反应非常失望，立即满脸冷漠。我想，刚才还说前一辈子在河边一起坐了那么多年，今天突然相逢，怎么转眼就冷漠了？

但是，应该说，他的话中有一点倒是碰巧逮着了，那就是我与河流的关系。

而且，这种关系确实也不像是童年时期形成的，似乎要远得多。我出生的村庄有河，但那河太小，我心中翻滚的一直是从未见过的大河。银亮亮，白茫茫，并不汹涌，也并不热闹，而且不止一条。这些河在哪里？为什么会如此神秘又如此长久地笼罩着我？

长大以后，我见到了许许多多的大河，每次都会产生异样的激动。有时，请旅伴们在路边坐一坐，我要停下来看河。哪怕在再穷困的地方，一有大河，便有了大块面的波光霞影，芦荻水鸟，也就有了富足和美丽，而且接通了没有终点的远方。后来我着迷游泳，一见大一点的河流就想脱衣挥臂，直到有一年在钱塘江被一个水底漩涡所裹卷，差点上不了岸，才稍稍有所收敛。

终于获得与大河长时间亲近的机会，是近十年。

一次是长江。

长江我已航行过很多次，每次都是好几天，但都不如这一次刻骨铭心。是日本NHK电视台引起的事情，他们想做在流动体中向全球直播的试验，已经在撒哈拉大沙漠和其它地方做过，这次选中了长江。电视直播的内容是谈话，随着几天的航行一直谈下去，谈话的一方是我，另一方是几位日本汉学家，谈什么呢？谈长江。

日本没有真正的大河，但日本汉学家们却早就从中国古代诗文中熟悉长江。他们心中的长江，是一种文化意义上的缥缈存在，他们兴奋，他们背诵，他们提出无数个问题，我坐在他们对面，先是乐滋滋地看着、听着、回答着，后来突然感受到一种从未有过的体验，有关自己与这条江的关系的体验。这种体验使得船过三峡时不再惊叹，只觉得像儿时在自家高墙的通道间抬头慢步走过，高墙下，今天有外客留夜，我要陪他们说话。

关于长江之长，日本客人们虽然早有思想准备，但在历经几天几夜的航行后看到长江还在越来越浩荡地延伸，仍然被镇住了。我告诉他们，我家乡的小河，是长江的支脉，离这里还非常遥远。说得有点自豪，又有点忧伤。为何忧伤，却说不清楚。好像面对一种伟大时既不敢贸然相认，又不愿断然割舍。生命的起点那么渺小又一水相通，实在让人不知如何搁置自己的感受。我现在理解了，由山峦阻隔的遥远是一种绝望，而有河流相通的遥远则是一种忧伤。那么，长江是否因自己的漫长，为中国文化增添了很多忧伤？正是这种忧伤，使晚风凄凄、烟水迷蒙、白露横江。这样的意象，这样的因果，就不容易与外国汉学家们沟通了。

另一次是黑龙江。

这是一条离我更为遥远的河流，遥远得无法忧伤，也没有必要绝望。它几乎就是另一个天域的存在，抽象地横卧在中国地图的上方。但是，这条河流边上有一大群作家要陪着我去漂流，他们选了一段，从黑河出发，先向东，到著名的瑷珲，再向西，到呼玛，最后回黑河，也是好些个日日夜夜。

惊人的安静，但这种安静使它成了一条最纯粹的河。清亮、冷漠、坦荡，岸边没有热闹，没有观望，甚至几乎没有房舍和码头，因此它也没有降格为一脉水源、一条通道。它保持了大河自身的品性，让一件件岸边的事情全都过去，不管这些事情一时多么重要、多么残酷、多么振奋，都比不上大河本身的存在状态。它有点荒凉，却拒绝驱使；它万分寂寞，却安然自得。很快它会结冰，这是它自己的作息时间表，休息时也休息得像模像样。据作家刘邦厚先生说，他少年上学时，很多同学寒假回家、开学返校，都要坐着狗拉雪橇在冰封的黑龙江上驶行十几天。半路上因严寒而丧命的事，经常发生。这种景象，实在悲壮得令人神往。

如此抽象的黑龙江，反倒特别接近我心中的河。难道，上一辈子，我曾坐着狗拉雪橇驶行在冰封的黑龙江上?也许我在半道上冻僵了?刘邦厚先生说，冻僵的人脸上的表情是欢笑的，这又有点像了，要不然怎么总有不少人奇怪我，永远欢乐得不合时宜，连企图前来抢救我的人都吓了一跳?

那么，我上一辈子为什么会来到黑龙江?父辈们是戍边还是流放?江边是否还有家族遗留?

我一个人坐在船舱顶篷上这么想着，又一个夜晚来到了。诗人李琦从甲板上伸头看了我一眼，以为我在构思什么，走开了。不久，见驾驶舱里有人在招呼，走近前去，一个中年男子笑着说："我是船长，你这么坐着有危险，进这儿来吧。"

在驾驶舱互通姓名，船长居然与我同姓！他眼中立即燃起异样的光彩，双手搭在我肩上，说："本家，我们这姓在这里很少。"

从此他就不肯让我离开驾驶舱了，要我在沙发上休息。半夜，他见我睡着了，怕把我吵醒，故意让船搁浅，直到天亮。李琦口吟两句："船搁浅了，船长没有睡着。"

几天后返回黑河，航程结束，我们匆匆告别后上岸，船长突然显得不知所措，发傻一样站在船头。事隔半天，我们在旅馆突然被一群神色慌忙的船员拦截，原来船长舍不得我这个远方来的"本家"，命令全体船员分头在黑河市的一家家旅馆寻找，终于找到，便把我和同船的全体作家一起请到一家豪华饭店，把几天的租船费全部请客了。宴席间，他"本家"长、"本家"短地说了成百上千个"本家"，连作家们都觉得这种亲近劲儿有点不可思议。

一条梦中的长河，一个同姓的船长，一番奇异的亲热，加上那次幽默的搁浅后的酣畅沉睡，沉睡在中华大地北端界河的中心，沉睡在天苍苍、水泱泱的彻底寂静中，这一切，我都归因于自己与河流的神秘缘分，尤其是与黑龙江。

在这深冬季节，黑龙江应该是坚冰如砥了吧？现在还有一批批的狗拉雪橇吗？但到了这个地步，河已冬眠，因此也已经不成其为河。我所期待的，是春潮初动、冰河解冻的时分；而更倾心的，则是秋风初起、霜天水影的景象。为什么更倾心？因为只有那个时候，春天的激情早已减退，夏天实用也已终结，大地霜降，河水骤冷，冷走了喧闹的附加，冷回了安详的本体。凉凉的河水延绵千里，给收获的泥土一番长长的宁静，给燥热的人间一个久久的寒噤。

这是我心中的至高美景。我之所以无法在热带定居，一个显而易见的理由，是看不到霜冷长河的雄伟长卷。看不到这个，我的生命就被抽走了一份本源性的气质，即便走向了精致，也会琐碎和疲塌。

正由于此，当我读到罗素把人生比作长河的文章时，贴心之感可想而知。在这个天才比喻的鼓励下，我愿意以霜冷长河的图景为背景，来谈谈人生，特别是谈谈因经霜而冷峻了的中年人生。

到今天早已明白，自己一生是来寻找河流的，一旦找到，就等候那个季节。这种寻找和等候，将会一直延续下去，但我已不再心焦，因为我已经一次次地找到、等到，并把找到、等到的图景，描绘给别人，赠送给读者。

说到这里我后悔了，不该那么轻慢地对待北京的那位异人。他说我上辈子在河边坐了很多年，这是多好的机语，我怎能摇头？十步之外还有人坐着，陪伴着我，是不是他，不要紧，重要的是长河在流，我坐着。我既然坐了很多年，也就没有错过霜冷季节。我的上辈子竟然如此有幸？怪不得这辈子从小就在追忆。应该向异人说声谢谢才是。

一九九九年一月二十二日夜

第一辑

壮　士

罗布泊一场铺天盖地的沙暴终于过去了，余纯顺准备起身，但突然用手捂住了胸口。他立即领悟，时间到了。那好，脱去衣服，回到四十多年前来到世上的模样，然后抬起头来确认一下方向，面对东方，面对上海，靠着灼热的沙丘，躺下。

时间到了。时间果真到了？

自从八年前开始走上探险之路，他已无数次地想象过死亡，但从来没有想象到死亡来得那么快，毫无先兆，毫无预告。什么也来不及想了，只觉得一团热浪翻卷几下，很快把自己裹卷住了。最后睁开一下眼睛，眯缝着看着前方。什么也看不见，又什么都看见了。远处是自己无数的脚印，而远处的远处，则隐隐约约是黄浦江畔外滩的剪影。一个月前顺便回去了一次，去与故乡告别，现在才知道是上天的安排。

此时此刻，我正在听他的一个录音，那是一个月前他匆匆来去时与一群上海大学生的谈话。他分明在说：欧洲近代的发展，与一大批探险家分不开，他们发现了大量被中世纪埋没的文明。在中国，则汉有张骞，唐有玄奘……现在，世界上走得最远的是阿根廷的托马斯先生，而他已经年老。中国人应该超过这个纪录，这个任务由我来完成。于是，我选择了孤独，选择了行走。我已走了八年，还会一直走下去。在那远天之下，有我迟早要去的地方……

——听着这些语言我十分惊讶，录音机里掌声阵阵，我想，一个长年孤独地跋涉在荒漠野岭间的灵魂，怎么会驮载着这般见识、这般情怀！他，究竟应该算是什么样的人呢？

大地已有定论。据说，不管走到哪儿，他听到最多的声音是："请停一停，壮士！"直到最后树立在他告别人世的沙丘上的那块纪念木牌，立牌者仍然毫不犹豫地重复了这个古老的称呼：壮士。

临时找来的木牌，一小罐鲜红的油漆，先放在地上，一笔一画写成这个以"壮士"开头的墓碑，然后竖起，大家一起用力，深深地插进沙漠，让沙漠的肌肤接受一次强烈的针灸。在这个拒绝生命的地方，从此有了一个有关生命的标杆。

中国的土地那么大，中国的词汇那么多，大家居然统一得那么准确，可见在文化人格的一些基本概念上，仍存在着稳固的共识。即便粗粗一打量，大家凭着直觉就可判断出眼前这个人的人格定位。壮士，能被素昧平生的远近同胞齐声呼喊的壮士，实在久违了。

华夏的山川河岳本是为壮士们铺展着的。没有壮士的脚步踩踏，它们也真是疲塌多时了。松松垮垮地堆垒着，懒懒散散地流淌着，吵吵嚷嚷地热闹着。突然，如金锤击鼓，如磐石夯土，古老的脚步声由远而近，壮士，他来了。迟到了很多年，又提前了很多年，大地微微一颤，立即精神抖擞，壮士，他来了。

与一般的成功者不同，壮士绝不急功近利，而把生命慷慨地投向一种精神追求。以街市间的惯性目光去看，他们的行为很不符合普通生活的逻辑常规。但正因为如此，他们也就以一种强烈的稀有方式，提醒人类超拔寻常，体验生命，回归本真。他们发觉日常生活更容易使人迷路，因此宁肯向着别处出发。别处，初来乍到却不会迷路，举目无亲却不会孤独，因为只有在别处才能摆脱惯性，摆脱平庸，在生存的边界线上领悟自己是什么。

领悟了自己还应该提醒别人。奥林匹克精神照耀下的各民族健儿的极限性拼搏是一种提醒，而始终无视生死鸿沟的探险壮士更是一种提醒：作为一个人，能达到何等样的强健。强健到超尘脱俗，强健到无牵无挂，强健到无愧于缈缈祖先，茫茫山川。

壮士不必多，也不会多。他们无意叫人追随，却总是让人震动。正如这几天介绍他的电视节目中一位年轻的新疆女司机说的："我在车上看着这个上海男人的背影，心想，以前自己遇到的困难都不能叫困难了。"于是，这位女司机跳下车来，向他走去，与他同行了很久，很久。

"这个上海男人"——把这样一个称呼与一位视死如归的探险壮士连在一起，让全国都产生了诧异。"上海男人"一度是一个气味怪异的专用名词，影视作品中表现典型的上海男人则需要动用几个特型演员，动作、语气、声音、目光早已雕刻完成。但这个男人确实穿着写有"上海"字样的服装走了一程又一程，把一切远离上海而又在嘲笑上海的男人和女人们都闹糊涂了。上海？多半是冒充的吧？天下什么不好冒充，却去冒充一个上海男人！果然，在谈话录音中，我听到他在讲述这样的苦恼：

“一路上很多人都不相信我是上海人，甚至要我说一句上海话作为测试，因为上海话很难冒充。”

对此，我不知道上海人能说什么，只记得纪录片里他与上海电视台的记者在沙漠深处告别，彼此用的是上海话，寥寥一两句，却十分道地，绝非冒充。余音刚刚散尽，背影已飘浮进沙海，不再回归。

不再回归，倒下时却面朝上海。

今天这个展览，是上海人与他的再度见面。他为这座城市增了光，上海人，特别是上海男人，理应来看看他，向他道谢。

一九九六年七月

（本文是为上海举办的《探险壮士余纯顺摄影遗物展览》写的序言，这个展览轰动了整座城市，每天都有数万人参观，人山人海。）

中　　秋

中秋理应有凉意了，但今年却不，居然热得一百多年所未有。这不能算秋天，而没有一个像样的秋天，整个一年都遗憾。

正这么懊丧着，收到了当天出版的《文汇读书周报》，看见我的忘年之交黄宗江先生有一篇文章在悼念一位今年刚刚亡故的女诗人。女诗人亡故时享年七十八周岁，但宗江先生一开笔就说：“你没见过她，不知道她人有多美，诗有多美。”宗江先生还引了这位女诗人临终前为自己写的一篇讣告，讣告较长，大意是：我有一间小木屋，仿佛是童话里的一朵鲜蘑菇，依附在百年老树上，撑着一把小伞，为我遮挡深冬的寒流仲夏的雨。我在小木屋里追忆、思考，假如人间的善恶爱憎无法分明，我宁愿飘浮在永恒冷寂的太空。

读完这篇自拟的讣告，我立即觉得烦热全消，堕身于一种深秋的诗意里。年迈的女诗人辞世前独住在小木屋里无疑是非常寂寞的，但她竟然寂寞得那么美丽，归去得那么典雅。我随即拿起电话筒，想把这篇讣告当作节日的礼物送给几位朋友，让他们在炎热的中秋分享一份冷凄高远的秋色。

我握着话筒慢悠悠地读着，突然串进来一个国际长途。外国一家著名的华文报社打来的，编辑小姐劈头就说："余先生，您知道了吗，张爱玲死了。一个人死在美国寓所，好几天了，刚发现，发现在中秋节前夕。我们报纸准备以整版篇幅悼念她，其中安排了对您的电话采访。您知道，她的作品是以上海为根基的，因此请不要推托。发稿时间很紧，您现在就开始讲吧。"我说："这事来得突然，请让我想一想，半小时后再打来。"

在这半小时，我想了很多。按我的年岁，没有资格悼念她，但我曾亲眼看见，国际舞蹈大师林怀民先生一到上海就激动地宣称："我来寻找张爱玲的上海"，他的年岁也不大；林青霞也曾乐滋滋地告诉我，她对上海的了解和喜爱，大半来自张爱玲；今年上半年我独自在马来西亚一座座城市间漫游，每个城市的报社都安排了我与当地的读者见面座谈，读者们所提的问题中频频出现张爱玲的名字，这些读者就更年轻了；在国内，大家知道，北京一批刚刚学成归来的文学博士们自发评选二十世纪中国文学大师，张爱玲的名字排在很前面，评选这件事颇多是非，但张爱玲的排列却很少有争议……这一切说明，张爱玲享受着一种超越年岁的热闹，而她居然还悄悄地活着，与这种热闹隔得很远。

在中外文学史上，身前寂寞、身后热闹的故事很多，却很少有张爱玲那样，满世界在为她而热闹，她却躲着，躲得谁也找不到她，连隔壁邻居也不认识她。这种自我放逐、自我埋没式的寂寞，并非外力所迫，而是一种深刻的故意。深刻到什么程度，还需要凭借更多的材料来思索。

想到这里，电话响了。我拿起话筒说了这样一段话："她死得很寂寞，就像她活得很寂寞。但文学并不拒绝寂寞，是她告诉历史，二十世纪的中国文学还存在着不带多少火焦气的一角。正是在这一角中，一颗敏感的灵魂，一种精致的生态，风韵永存。我并不了解她，但敢于断定，这些天她的灵魂飘浮太空的时候，第一站必定是上海。上海人应该抬起头来，迎送她。"我边说边听着电话那头操作电脑的声音，说完又听编辑小姐复诵了一遍。

挂断电话后我想，上海人也许会觉得她死得凄楚，其实这一切都是她自己选择和设定的，她的辞世方式，包括她的衣着姿态。她甚至会嘴角露笑，幽默地设想着拖延几日而终被发现时，朋友们和读者们的神情。她把一切都想过了，冥冥之中又有什么力量在帮助她，使她把这个仪式择定在秋天，又把尾声伸延到中秋节前夕。“我欲乘风归去”，这或许是她最终吟诵的诗句?就像黄宗江先生介绍的那位女诗人一样，自认为是从童话般的小木屋飘浮到永恒的太空去了。

与她们相比，真正可怜的倒是文坛上那种浮浅的得意、琐碎的企盼、无聊的激愤、颓丧的失落。可怜的人们一定还在倒过来可怜她们，在茶余饭后讨论着她们本该如何来改变这种可怜。也许，建议之一，是她们早就应该回归文坛，有一个喜气盈盈的晚年。但是，我们的老太太极有主见，不听这些。她们虽然衰疲却仍然高雅，心中只有两个点：要么小木屋，要么太空。其它地方，她们可以随意看看，却不会停驻。

此间情景，很像海明威《老人与海》中的老渔夫，要么小木屋，要么大海，其它场所与他无缘。

老太太的小木屋空了，不必在别处寻找，她们只会去了太空。

正这么想着，天却骤然凉了下来，月亮也从浊黄变成冷白，不知名的秋虫长叫一声，像个秋天了。

琉　　璃

一条用黑色的木板砌成的长长甬道，里里外外全是竹子，杨惠珊女士和张毅先生找了这么一个地方和我见面，我一走进去就觉得飘飘浮浮，神秘得不知身在何处。

他们慢悠悠地告诉我有关琉璃世界的一个个故事，每个故事都有点不可思议。终于说到，有一次，他们得到一件汉代琉璃，小心翼翼地拂拭掉蒙封千年的泥垢，恭恭敬敬地捧在手上端详，突然，轻轻的喀哒一声，它断裂了。“为什么两千多年都安然无恙，偏偏就在这一刻断裂呢？”他们问得若有所思。

我说，它已等得太久太久，两千多年都在等待两个能够真正懂得它的人出现，然后死在他们手上，死得粉身碎骨。

我这么说，并非幽默。琉璃当然是有生命的，要不然为什么会吸引两位艺术家耗费自己的整个生命去悉心侍候?既然有生命，就必然等待知音、准备死亡，死亡在知音面前。科学家也许会说，它的破碎是因为出现了共振，那么，共振来自何方?来自两位艺术家急剧的心跳、紧张的呼吸，而这，正是知音的征兆。

在我们作这番谈话的时候，我的司机神情木然，一直定睛看着杨惠珊，最后忍不住悄悄地问我：“这位女士怎么这样眼熟?”我轻声回答：“整个亚洲都认识她，主演过一百多部电影，金马奖影后、亚太影展影后。”他吃惊了：“真是杨惠珊?”我平静地点头。

杨惠珊刻骨铭心地演尽了人世百态，突然受到另一个世界的感召。她向亿万双期待着她的眼睛挥挥手，飘然远去，要用自己的眼睛去寻找一点别的东西。终于，她发现了琉璃世界的灵光闪烁。

作为一个表演艺术家，她早已习惯于用自己的身体当作创造的材质，但是，人类的身体是这个世界的最高材质吗?未必。为什么上天让她又看到了另一种材质，可以吸纳华彩却又纯净透明，可以美艳惊世却又霎时自灭，可以化身万象却又亘古安静?这比用人体表演人体，更空灵、更高贵、更诗化。

她在这种材质前站定，不会言动。她对张毅先生说，你坐一会儿，喝杯咖啡，我还要看。张毅先生说，好，你看吧。他知道，那儿要发生大事情。

既然看到，就放不下了。她远涉重洋，多方拜师，尽倾资财，遍尝磨难，只想用自己的手去触摸、去塑造、去捧持。一度，她身边堆满了烧坏了的废品，废品由财富转换而来，财富由生命转换而来，种种转换全成了废品，种种废品连成了废墟。

在失败得毫无希望的废墟上，她不茶不饭，静守静思，决不离去，直到奇迹终于出现。青烟散去，炉门打开，慢慢冷却，细细逼视，哦，成了。她的作品很快引起了国际美术界的极大注意，这没有使她过于激动，真正激动的是她听一位日本学者随意提起：这种工艺在中国汉代之前就已经成熟。真的吗?杨惠珊急速转过身来，迷惑地眺望起遥远的黄河流域。

原来还以为是法兰西文化的骄傲呢，居然在异国他乡拾到了一部依稀的家谱，找到了自己远年血缘的印证。这就终于理解，为什么自己会毫无理由地对琉璃世界如痴如狂?为什么以前毫无雕塑经历和冶炼经历只凭自己的摸索便取得奇巧配方?也许是接收到了几千年前发出的秘密指令?几千年都是失传的荒原，荒原那边是影影绰绰不知名的伟大工匠，荒原这边是一个惊慌失措的当代女子。

两边的窑炉烈火熊熊，像两座隔着千山万水的烽火台，烽火台传递的信号却准确无误。其它多少座烽火台都与战争有关，唯有这两座不是，隔着三国的血腥、隋唐的搏斗、宋元明清的厮杀，却只有两缕最干净的轻烟，遥相呼应。

此时的杨惠珊，已跻身数量极少的国际第一流琉璃工艺大师的行列。一次又一次轰动的展出，一浪又一浪如沸的佳评，杨惠珊神定气闲，只向主办者提出一个请求，把自己的作品放在边上，让出展览厅的中心部位，以最虔诚的方式将远处的烽火台——汉代的琉璃陈列其间。展览厅一时烘云托月，她把全部荣誉献给了祖先，只想与祖先共享一个名称：中国琉璃，然后相扶相持传播给今天的世界。

中国琉璃是一种工艺，更是一种哲学和宗教。在中国佛教中，琉璃的地位非常特殊。那天杨惠珊突然读到《药师琉璃光本愿经》时并没有太大吃惊，因为她觉得本来就该如此。经文曰："愿我来世，得菩提时，身如琉璃，内外明澈，净无瑕秽。"琉璃果然是一种人格、一种精神、一种境界的象征。

其实，任何一段历史都太粗糙、太混杂，都需要烧冶，烧冶历史的结晶，烧冶历史的琉璃，而历史的琉璃就是文明。

用火烧，更用心烧，于是，在历史变成琉璃的同时，生命也变成了琉璃。这两重窑变的成果，是人类真正的珍宝。于是，当冲天的烟雾飘散之后，有一双纤纤素手在仔细捡拾。

她无法删去历史和自身的坎坷和辛酸，只是深知既然经历了那么多，我的这一炉应该不同于汉代的那一炉，我的这一炉烧进了更多的历史灾难，理应用现代语言把它们升腾为更大的仁爱和慈悲。

金手指天，诸佛列位，宏愿庄严，杨惠珊的琉璃世界已经成为一种奇瑰的精神仪式，很让国际同行震撼。这种冰清玉洁的仪式，这种纯净明澈的震撼，出现在熙熙攘攘的现代生活中，其力量早已远远超出案头摆设之外。

杨惠珊今后的计划如何？她不企盼明确的远景，只愿意在琉璃世界中专注修持，享受挫折，直至化作泥土，来肥沃历史和现实的荒原。张毅先生告诉我："就在昨天，一宗大件出炉，一个小小的瑕疵，失败了，今天重新开炉，又要二十五天。"

杨惠珊说："在制作过程中只要听到一点极细的响声就会心跳，因为这是断裂的警报。琉璃都会断裂，只是不知什么时候。"

她的使命，便是创造美好，守候断裂。永远的创造，永远的守候，没有休止。就像那件汉代琉璃断裂在她的手上那样，她的作品也会在后代手上断裂，那么，想必也会有人手捧美丽的断片蓦然憬悟的吧！

垂　　钓

去年夏天我与妻子买票参加了一个民间旅行团，从牡丹江出发，到俄罗斯的海参崴游玩。海参崴的主要魅力在于海，我们下榻的旅馆面对海，每天除了在阳台上看海，还要一次次下到海岸的最外沿，静静地看。海参崴的海与别处不同，深灰色的迷蒙中透露出巨大的恐怖。我们眯缝着眼睛，把脖子缩进衣领，立即成了大自然凛冽威仪下的可怜小虫。其实岂止是我们，连海鸥也只在岸边盘旋，不敢远翔，四五条猎犬在沙滩上对着海浪狂吠，但才吠几声又缩脚逃回。逃回后又回头吠叫，呜呜的风声中永远夹带着这种凄惶的吠叫声，直到深更半夜。只有几艘兵舰在海雾中隐约，海雾浓了它们就淡，海雾淡了它们就浓，有时以为它们驶走了，定睛一看还在，看了几天都没有移动的迹象，就像一座座千古冰山。我们在海边说话，尽量压低了声音，怕惊动了冥冥中的什么。

在一个小小的弯角上，我们发现，端坐着一胖一瘦两个垂钓的老人。

胖老人听见脚步声朝我们眨了眨眼算是打了招呼，他回身举起钓竿把他的成果朝我们扬了一扬，原来他的钓绳上挂了六个小小的钓钩，每个钓钩上都是一条小鱼。他把六条小鱼摘下来放进身边的水桶里，然后再次下钩，半分钟不到他又起竿，又是六条挂在上面。就这样，他忙忙碌碌地下钩起钩，我妻子走近前去一看，水桶里已有半桶小鱼。

奇怪的是，只离他两米之远的瘦老人却纹丝不动。为什么一条鱼也不上他的钩呢?正纳闷，水波轻轻一动，他缓缓起竿，没有鱼，但一看钓钩却硕大无比，原来只想钓大鱼。在他眼中，胖老人忙忙碌碌地钓起那一大堆鱼，根本是在糟践钓鱼者的取舍标准和堂皇形象。伟大的钓鱼者是安坐着与大海进行谈判的人类代表，而不是在等待对方琐碎的施舍。

胖老人每次起竿摘鱼都要用眼角瞟一下瘦老人，好像在说："你就这么熬下去吧，伟大的谈判者!"而瘦老人只以泥塑木雕般的安静来回答。

两人都在嘲讽对方，两人谁也不服谁。

过了不久，胖老人起身，提起满满的鱼桶走

了，快乐地朝我们扮了一个鬼脸，却连笑声也没有发出，脚步如胜利者凯旋。瘦老人仍然端坐着，夕阳照着他倔强的身躯，他用背影来鄙视同伴的浅薄。暮色苍茫了，我们必须回去，走了一段路回身，看到瘦小的身影还在与大海对峙。此时的海，已经更加狰狞昏暗。狗吠声越来越响，夜晚开始了。

妻子说："我已经明白，为什么一个这么胖，一个这么瘦了。一个更加物质，一个更加精神。人世间的精神总是固执而瘦削的，对吗？"

我说："说得好。但也可以说，一个是喜剧美，一个是悲剧美。他们天天在互相批判，但加在一起才是完整的人类。"

确实，他们谁也离不开谁。没有瘦老人，胖老人的丰收何以证明？没有胖老人，瘦老人固守有何意义？大海中多的是鱼，谁的丰收都不足挂齿；大海有漫长的历史，谁的固守都是一瞬间。因此，他们的价值都得由对手来证明。可以设想，哪一天，胖老人见不到瘦老人，或瘦老人见不到胖老人，将会是何等惶恐。在这个意义上，最大的对手也就是最大的朋友，很难分开。

两位老人身体都很好，我想此时此刻，他们一定还坐在海边，像两座恒久的雕塑，组成我们心中的海参崴。

老　　师

我是一九五七年刚刚十一岁时到上海读初中的。那所中学的校园典雅富丽，甚至还有欧洲式的大理石喷水池，这在我这么一个农村来的孩子眼中，就像是海市蜃楼。但当时学校里的第一景观是飘飘拂拂的大字报，我们看不懂，只在纸帘间窜来窜去，捉迷藏。

记得第一节课是音乐课，老师是一位年轻英俊的男子，他从画满五线谱的黑板前走到钢琴旁，弹了几个乐句便张口领唱，他的声音，那么漂亮又那么沉闷，我们已知道，他刚刚划为右派，正在检讨。他上课时，我们教室的窗口，经常有人头晃动，音乐老师一看，便只唱不讲，唱的声音则更加奇怪。三个星期之后，我们接到通知，音乐老师不来了，音乐课的时间，到操场的角落里练大合唱。大合唱的歌词曰："一九五七年呀，真是个胜利年……"

没过多久，其它课程也很难正常进行了。大理石喷水池已停止喷水，旁边搭起了一个养猪棚，养猪棚边上又砌了炼钢炉。高年级学生养猪、炼钢，我们的任务则是到街上拾捡破铜烂铁，作为炼钢的原料。

当时全民都在炼钢。国家领导人发出号召，十五年赶上英国，二十年赶上美国，但对英国和美国的情况却不了解，只相信了一种说法，即赶上赶不上的标志是看钢产量，于是集中力量打歼灭战，中国大地无处不在炼钢。里弄铁门和各家各户阳台上的铁架，已全部砸下来充作原料，我们这些孩子再到哪里去找铁呢?谁拾到一枚锈迹斑斑的铁钉就如获至宝了。捡拾了几个月所得寥寥，而喷水池旁炼出来的钢更是一团丑陋不堪的黑疙瘩。于是学校根据上级指示转移方向，让学生进附近的工厂劳动，说是要把教育与生产劳动结合起来，不能老坐在课堂里读书。

老师们出发了，到一家家工厂去商量，希望他们能接纳我们劳动。这么多十岁刚出头的孩子涌到车间去，既无劳动能力又极不安全，工厂理所当然是不欢迎的。老师们只能红着脸一次次恳求，一直恳求得那些厂长突然想起了自己早年的老师而感动起来，才迟迟疑疑地同意我们去劳动几个月。毕竟不行，工厂很快下了逐客令，老师只能再去找另一家。就这么一家家工厂轮着转，初中三年，几乎把学校周围所有的工厂都劳动遍了。劳动之外也上课，老师们知道时间无多，总是像抢夺珍宝一样把那一点点上课时间抢在手里，精琢细磨。那些老师都是受过高等教育的，在我的记忆中一个个风度非凡，课讲得好极了。就在劳动的夹缝中，仅仅三年，我们的作文写作能力已达到流畅无碍、几乎不犯语法错误的地步。数学更好，在路上走着走着，一蹲下身来就可与同学一起在地上用小石子画出一道道著名的几何学难题，吵吵嚷嚷地证明起来。

读高中我换了一所离家更近的学校。这所学校原来是女子中学，刚招男学生，校长是一位女老师，听说是一位著名右派的太太，英国剑桥出身。我们进校不久她已不能做校长，却仍然每天忙忙碌碌。我们只在一旁偷看，想找到这位老师在步态举止上的反动影子。正面相遇时，我们叫一声“老师好”，她立即回礼，眼睛直直地看着我们，比其他老师回礼时看我们的时间要长。我们的目光立即躲开，心想这大概就是别有用心的眼神。

接替的校长也是一位女士，一身土布衣衫，抗日战争时在上海郊区参加过游击队，给我们作报告时全是很难听懂的农村口音，但她很少作报告，要作也就是几句，说自己没文化，要我们好好读书。她走在校园里，脸上没有表情，显得拘谨和胆小，但一见到学生向她鞠躬，便立即满脸笑容。这位校长的好处是从来不干涉课堂内容，而老师们则趁机离开正式课文加入大量“课外辅导教材”。正式课文里，语文以报纸社论为主，英文以政治口号为主，而通过“课外辅导教材”，我们悄悄地学过了全本《论语》，背诵了屈原的《离骚》，甚至把那本当时不知怎么进来的 Essential English 一至四册学完了。英语老师孙珏先生以异样的热情坚守伦敦音，每次都要嘲笑美国口音。但正是在他的嘲笑中，我们也大体知道了美国口音是怎么回事。

今年母校校庆，我就是带着这些断断续续的回忆重新踏进离开三十多年的校门的。没有想到，正是这些回忆中的事情，在“文革”中给老师带来了无穷无尽的灾难。老师们所受的污辱，我即便是用文字复述一遍都觉得不舒服，可以笑谈的只有一件：我们的数学老师曹惠生先生以不关心政治而著称，在我们读书那会儿他已经非常讲究衣着和发型，连拿粉笔的手势都像音乐家拿指挥棒一样漂亮，惹得当时刚刚懂点事的女同学们老是红着脸傻傻地看着他发怔。“文革”一来，他就没有一点是处了，一连批了几年，最后终于又要他上讲台，他决定洗心革面重新做人，把数学课教下去。于是在第一堂函数课里他把当时最流行的概念引了进来：“我们上海有一小撮阶级敌人，江苏也有一小撮，浙江也有一小撮，安徽也有一小撮，加在一起，是为四小撮阶级敌人……”他以为这样讲课总算是关心政治的了，没想到一下课就遭批判：“上级从来只说是一小撮阶级敌人，你却闹出了四小撮，分明在为阶级敌人张目！”

这次我一进校门口就遇到了曹老师，才问候两句便想证实上面这个传闻的真实性，曹老师正色道：“传错了。我当时不是说四小撮而是说五小撮，特别加了一个山东，因为前来听课的工人宣传队师傅是山东人，我怕他受冷落，临时加的。没想到他批我批得最凶。”

曹老师已经成了一个老人，但我居然一眼就能认出来，我想根本原因是当年天天盯着看，学生们的眼睛和心灵都还非常纯净，清清楚楚地打上了烙印，再漫漶也不会失去底本。当然这是对主课老师而言的，而许多非主课老师却实在有点认不得了。

这些非主课老师大多也早已退休，今天特地赶来，静静地站在路旁，站在楼梯拐角处，企盼往日的学生能认出他们。我的目光与他们一碰撞，立即感受到他们的企盼，便快步赶上去，一边呼喊着“老师”，一边试图以最快的速度回忆起他们的姓氏。如电击火溅，有时居然真的在半秒钟里回忆起来，大声呼出，于是立即就能感到老人温热的手在自己的手掌心里微微颤动。但是，更多的时候是让老人失望。这时我想，做一个学生，什么错误都能犯，却万不能在毕业多年后面对一位年迈的老师时叫不出他的姓氏。

有一位老教师在操场角上注视我好一会儿了，赶紧迎上去，“李……”我正想亲热地叫他一声“李老师”，却又立即收口，因为猛然想起那不是他的姓氏而是他的绰号：李卜克内西。学生们都会调皮地给老师起一些绰号，大多是从老师的讲课内容中引发出来的，最要不得的是暗暗把一个胖胖的戴眼镜的生物学老师叫做“草履虫”，真是大不敬。眼前这位老师是教世界历史的，讲到李卜克内西时发音特别顺溜悦耳，于是就有了这个绰号，他究竟姓什么，记不起来了。只记得那时我们这些才十几岁的学生就听到传言，说这位老师原是旧社会的一个著名法官，《六法全书》的编者之一，有严重的政治历史问题。这样一个大人物怎么落到中学教历史来了?我常常在课堂上好奇地注视着他的目光。他的目光，平静而忧郁，缥缈而苍凉。当时我已经对哲学发生兴趣，有很多问题弄不懂，想来想去觉得只有他才能帮助我。至今记得那天拦住他请教哲学问题时他那多重的惊讶，大大的眼睛看了我好半天，便一把将我拉到树丛边，快速地向我推荐了一本外国哲学书，而且告诉我在哪个图书馆可以借到。今天我重提这件往事，他竟然全部记得，而且说，他每次在报纸上看到我的名字时总想转告我，那本哲学书有几处错误。“我不姓李，叫杜羡孔，老了，今年已经八十二岁。”

老人们的情况，最应该多问又最不便多问。没见到几位当年最熟悉的老师，暗自忐忑，却只敢在热烈的场面中留半个心眼悄悄搜寻。多搜寻到一个，多一分惊喜。我的语文老师穆尼先生已于去年逝世，今天有一位中年女子特地赶到校庆会场来找我，她是穆尼老师的女儿。她说，穆尼老师临终前几次留话，要把他的藏书全部移赠给我。我和同学们一听都吓了一跳，因为我们都知道那是一个近似图书馆的庞大收藏。穆尼老师终生贫寒，全是为了购置这些书；他的家庭几十年来一直局促在难于转身的狭隘空间里，全是为了堆放这些书。他藏书，不是为了著书立说，只是为了备课，备好一节节的中学语文课；而当他无法再用这些书籍备课的时候，也就毫不犹豫地决定把它们全都交给某个他认为成绩较好的学生。我当然不可能真去接受这份无价的馈赠，何况我现在连自己的藏书也已经完全无法对付，但面对穆尼老师的女儿我还是不能不心情沉重：毕业那么多年，我去拜访老师也就一二次罢了，而老师的遗言却突然使这架人情的天平严重失衡。天地间最大的人情失衡，第一产生于父母与子女之间，第二产生于老师与学生之间。子女和学生痛切地发现这种失衡时，大多已无法弥补。

蓦然一愣，我站住了：迎面走来教化学的姜青老师，我化学成绩不好，三十年后还保留着对她的畏惧。姜老师清瘦典雅，依然戴着那副眼镜，笑得那么高贵。“有一件事我要向你道歉。”她说，“几年前，你还在做院长，我在一家饮食店里遇到你们学院的一帮学生，他们大声喧哗，不按次序，把先来的顾客挤在一边，而在他们的喧哗中又老是夹带着你的名字。我忍不住了，走过去要他们遵守秩序，并且告诉他们，做你们院长的学生不必如此炫耀，我是你们院长的老师，有资格教育你们——你看，我在一个不适当的地方冒用了你的名字。”

我连忙问，结果如何，姜老师说：“这帮孩子不错，我原以为他们会把我说成骗子骂我一顿，没有，他们立即安静了，乖乖地排到了我们后面。”我安慰地笑了，想象着姜老师柔声柔气间的威仪，三十年前在化学课上就领受过的。

但是姜老师，你又何曾冒名，何必道歉！你不知道，自从学生我不小心出了一点小名，竟然有好几个从未给我上过一节课的人热衷充任我的师长，编造我的行迹，而且越说越离奇。我的名字，那个过去在课堂上老被你批评或表扬的名字，如今却长久浮动在各色盗版书的封面上，映现在那些我从未“指导”和“顾问”过的影视作品前，甚至还怪诞地成为筹款集资的旗号。为此，我十分理解今天已经五十出头的女同学们遇见当年老师时为什么会突然孩子般抽泣起来。你是我确证无疑的老师，看着我长大，我的名字只有在你口中叫出来才是最真实的。由你在公共场合宣布我是你的学生，是我的荣幸。

我也要感谢我的那些顽皮的学生，他们居然立即安静了，没有让我的老师难堪，因此也为我争了脸。我太知道他们，高个儿高嗓门，大大咧咧，自我感觉过于良好，但基本上还是识大体、通情理的，只须轻轻一声断喝，便能领悟学生的本分。谢谢你们，我的学生。

长　　者

一

一九六三年我十六岁，高中毕业。

高中毕业的体验是永远无法重复的。一群既可称为少年也可称为青年的人突然要为自己作出终身选择了，选择的范围又毫无限制。你说将来想做中学语文教师、图书馆管理员，或外科医生、国际海员而去报考相应的专业，周围没有人会笑你。人的一生就这么短短的个把月时间的无限制状态，今后到死也不会再有了。照理父母和老师应该来限制一下，但他们那时也正在惊喜自己培养的成果怎么转眼之间拥有了那么多可能，高兴得晕颠颠的，一般也拿不定主意。于是，在那个绝对不应该享有那么大决定权的年岁，作出了不知轻重的决定。那个夏天那么烦热又那么令人兴奋，只有树上的知了在幸灾乐祸地叫着，使很多人成年后不愿再回忆这种叫声。

与很多男孩子一样，我照例也有两个小伙伴，一个姓丁，一个姓张，成绩都很好，相信只要自己愿意，任何一所大学都考得上。一天在操场边上商议，现在报考的大学分三类，一类为理工科，二类为医科，三类为文科，我们三人如果各报一类，二十年后一起周游世界，走到哪里都没有不懂的事情了，那该多痛快！

这个想法很吸引人，立即通过，而且决定，一定要选每一类里最好(也就是最难考)的学校。那么，三类怎么分工呢?用三张小纸写上号码，折成小球往上抛，抓阄。丁抓到了第一类，很快打听明白，最好的是清华大学；张抓到了第二类，经过衡量也作出了决定，当时最难考的医科是第二军医大学；我抓到了第三类，可恨的文科，该选哪个大学呢?三个人都苦恼开了。

肯定不能考名牌大学的中文系。为什么三个人如此快速地一起作出这种判断，现在回想起来还不大能够理解。大概是觉得中文系里闹不出一个极有意思的工作，或者是觉得我们在中学早已把《离骚》、《论语》和几十篇古文背得滚瓜烂熟，难道到大学里再去做这种令人厌烦的事?张同学说："我刚读过郭沫若的自传，连他也没有上过中文系！"丁同学说："巴金也没有。"

那天的初步意向，我应该报考外文系，至于哪个大学的外文系最好，还要分头打听。

但第二天发生了一件事情。班主任孙老师把我找去了，他身边站着一位我不认识的瘦瘦的老师，自我介绍是上海戏剧学院来的。“我们学院要以最高的要求招收戏剧文学系的一个班，现在已有几千人报名，只招三十名，但我们还怕遗漏了最好的，听说你在全市作文比赛中得了大奖……”

没等他说完我就急着问：“那你们是不是今年全国文科大学中最难考的？”

“还没有作这种排列。”老师说，“你知道郭沫若先生吧？”

“知道。”我回答，心想昨天张同学才提起过他。

“郭沫若以中国科学院院长的身份兼任了中国科技大学校长，他在这个大学高年级里发现了一个能写剧本的高才生，立即决定中止他的学业，转到我们学院来读书。”

“你是说，连中国科学院院长也认为，科学技术没有戏剧文学重要？”我的班主任孙老师惊讶地问。

“我可没有这么说。”上海戏剧学院的老师含蓄地笑了一下，“但是科技大学的这位高年级学生只能进入我们的一年级，还必须经过严格的考试。如果你来报考，”他把脸转向我，“他是你的竞争对手。”

我的脑子开始有点发呆，他又丢过来一句：“你的竞争对手还有巴金的女儿。”

果然还有巴金!昨天我们刚刚说郭沫若和巴金没读过中文系，没想到他们两位不约而同地把学生和子女托付给了上海戏剧学院戏剧文学系。怎么能怀疑这两位长者的判断?我当即下了报考的决心。

戏剧学院是提前考试，一共考了九场，真把人累死。还没有等到发榜，全国高校统考开始了，我当然还应该参加。统考的第一志愿填了军事外语学院，因为听说这个学校毕业后能做外交武官、情报人员，这对一个男孩子来说太刺激了。

不久传来消息，两校都录取了我，戏剧学院抢先一步，拿走了我的档案。军事学院一位姓刘的军官坐在我家里不走了，反复给我父母说，我的英语成绩在今年考生中是第一名，学校决定非要我不可，现在唯一的办法是让我和家长到市招生委员会吵，把档案抢回来。

我父母本来就对戏剧学院没有兴趣，但平生又不会争吵，只得不断写信给招生委员会。姓刘的军官又来了，说写信没有用，得当面去说。父亲对我说：“这种事由家长去说没有说服力，你自己到招生委员会去一趟吧。”

上海市招生委员会设在同济大学，换了三辆车才找到。那天奇热，进校门前先在马路对面的小银行门口站了好久，怯生生地端详着大门，猜想会见到什么样的人，盘算该讲什么样的话。进了校门后又故意在一幢幢因暑假而阒寂无人的楼房间胡乱穿行，直到培养足了对军事外语学院的热爱，对上海戏剧学院的憎恨，才推开招生委员会的大门。

我才与一位工作人员说了几句，他就笑了，说你爸爸每天寄来一封信，现在都在姚主任那里，就让姚主任与你谈吧。就这样，我轻易地见到了大名鼎鼎的上海市招生委员会主任姚力先生。

姚力先生一脸慈祥，笑眯眯地听我把准备好的那一套讲完，就把笑容收住了，用一种宣判式的语调对我说：“我们国家打仗的时间太长，军事人员过剩而艺术人员缺乏，你应该读艺术。”他的语气完全不容辩驳，好一位威严的长者，我看着他发了一阵傻，他也看着我，却不再讲话。结果是我点了点头，起身告别。

如果说郭沫若、巴金还比较遥远，那么，姚力却实实在在地以长者的力量把我推进了戏剧学院。

班级里三十个人，我被分在第一小组。坐在我后面的同学叫曲信先，他就是郭沫若推荐来的那一位；我的邻座叫李小林，巴金的女儿。

二

不知是该怪学校还是该怪时代，我们入学后遇到的课程实在太差了，差到我根本不敢写信告诉在清华大学和第二军医大学的那两位小伙伴。

专业主课叫“剧本分析”，分析的第一个剧本是朝鲜的《红色宣传员》，然后是中国的《夺印》和《英雄工兵》，更让人惊异的是所谓分析只讲解思想内容，猛一听全部都是政治课。这些社会上人人都能讲的话，难道就是大学课程?我当时不知道更大的背景，只认为上海戏剧学院以一种“最难考”的假象把我们骗进去了，于是整天忧郁。一位有革命经历的干部要我们抄写他新创作的剧本，说是给我们一个学习的机会，记得剧本是歌颂一个劳动模范的，一抄之下便大惊失色，对学习的前景更加担心起来。

终于有一位稍有名气的陈汝衡先生来讲古典文学，他用标准的苏北口音教了几个月的平仄和格律之后要我们学写古诗，待我们把作业交上去之后他着实有点吃惊，连连问：“这是你们自己写的？”同学们不禁暗暗一笑，你们忘了是以什么样的标准把我们招来的。

写了几首古诗，古典文学课也就结束了，而那个写劳动模范的剧本还是一稿一稿改，每一稿都由我们抄，抄完后再送到打字间打印，我想这些劳动加在一起，一定远远超过那位劳动模范本身的辛劳了。那天我又一次奉命把剧本送到打字间，在等候的时间里听到了一段有趣的交谈。几个打字员都是年轻小姐，她们手指不停嘴也不停，在争论全校风度最好的是哪一位教师。她们的争论对象，渐渐从表演系转到别的系，从青年转到老年又转到中年，从男老师转到女老师，最后停留在一个人的名字上不动了，这个人的名字叫张可。

从她们的七嘴八舌中听得出来，张可老师是个传奇性的人物。出身富贵之家，容貌美丽，娴熟英语，莎士比亚研究专家，而居然早在三十年代十几岁时就参加了共产党，从事地下工作，等到一九四九年共产党夺取政权，她却功成身退，离开组织成了一名普通教师。但是，只要学校有重要外宾来访，总少不了她。高雅的仪容和漂亮的英语每次都让来访者感到有些意外。打字员们说，那时她们总会暂停手下的工作冲出去看，不是看外国人而是看张可老师，看她的举手投足、言谈风度。

旁听这番议论后不久我们要下乡了，说是不能让我们在高楼深院里成为书呆子，必须到农村参加当时正在开展的“四清运动”。全班同学正好都厌烦了听那些课，觉得再听下去未必成为书呆子却一定成为呆子，于是便欢天喜地地打点行装，只有郭沫若推荐来的曲信先同学得了肝炎，不仅不能去，还要由医务室隔离，眼泪汪汪地十分悲伤。

我们去的地方是江苏太仓浏河，每个村去一个教师、一个同学，再搭配一个从附近县乡抽调过来的农村干部。在一堵公布名单的墙上看到，与我一起到一个叫郑家宅的村子里去的农村干部叫李惠民，而教师，则是张可。

三

我们三人住在全村最穷的一户农民家里，这

家农民有三间小泥屋。东间挤着房东夫妻和子女；西间住着房东的母亲，还养了两只羊；中间一间放置农具和吃饭，又养着四只羊。六只羊都是集体所有的，在这家借住，和我们一样。我和李惠民住中间那间，与四只羊相伴；张可老师住西间，与房东母亲和两只羊相伴。

我们三人就在这家吃饭。按城市标准交饭费，但照规定，如果饭桌上出现了荤菜，一筷子也不能去动。不过这种情况是不可能发生的，因为这家人家的下饭菜永远只有一碟盐豆，连一片青菜也没有，这让人感到奇怪。我们的任务第一是参加田间劳动，第二是帮助这个村庄清理近几年的账目，看看有没有人贪污。但清理来清理去，最大的疑点数还及不上我们三人每月交的伙食费。当然不敢说房东贪污，但我们三人的脸色已每况愈下。我年轻，更依赖营养，张可老师几次欲言又止，最后终于说了：“你正长身体，不能长时间这样，我昨天去打听了，你的其他同学也在补营养。”说着悄悄递给我几粒巧克力。农村干部李惠民则每天晚上端给我一小碗炒米粉，这是他的未婚妻留给他的。

张可老师当时应该是四十四岁，她在那间低矮的泥屋里挂了一顶雪白的帐子，与成天咳嗽不停的老太太和两只羊勉强分开。我知道她最受不住的不是伙食、住宿，而是用水，因为这儿淘米、洗衣、梳洗乃至刷便桶，全靠屋前一条杂草丛生的污浊小河沟。另一项受不住的是雨天走路，在溜滑无比的淤泥中她简直迈不开步，有时狠心一迈又必定重重摔跤，引来座座泥屋门口的一片笑声，我便一拐一扭地赶去搀扶。

进了泥屋她稍作梳理立即又容光焕发，走到门口站着与我说一会儿话，顺便扫了一眼我手中卷着的书。下乡时我特意挑了一本比较耐读的书带来，那是兰姆写的莎士比亚故事集的英文版，哪想到会在这儿遇到真正的专家，因此故意掩掩藏藏不让她看见。但是一个人对自己熟悉的书籍的感应总是超常的，张可老师只远远闪过一眼就笑着说："不要只读兰姆，最好读原文。"我红着脸说："那是古英语，很难。"张可老师说："你真不知道读原文的乐趣有多大。"

然后她又比较起朱生豪和吴兴华的翻译，用郑重的口气介绍法文翻译家傅雷，最后对我竟然没听说过傅东华有点不满意，说这是一位国学西学俱佳的学者。说着她走进西屋拿出一本陈旧的牛皮纸封面文集，里边有一篇傅东华论国学的文章，让我阅读。

谈话一旦开始就渐渐养成了习惯，她即便是随口说几句也能带给我一个文雅的世界。我毫不掩饰地抱怨学院里课程之拙劣，她微笑地说，倒真的不必来读戏剧文学系。“莎士比亚是位诗人，向他学编剧技巧委屈了他；中国话剧的发展，关键是导演；至于传统戏曲，剧本历来不重要，主要是演员的表演。”她从根本上动摇了我本来就不坚实的专业思想后，又兴致勃勃地介绍起我十分陌生的京剧女老生演员张文娟，用词之热烈在她平日的从容谈吐中很少见到。对此我不无惊异，但结果却是触动我日后渐渐建立起一种以演员为中心的比较健全的戏剧观念。对于在戏剧学院的课堂上已经消失、而在学生课余阅读中仍然热门的贝克、劳逊、亚却、斯坦尼、布莱希特，她以温和的语气提醒我都不太重要。

现在回想起来，这么多看似至高无上的大师早早地被一位女性温和的声音化解了一大半，这节省了我多少钻研的时间，提升了我多少鸟瞰的高度！减法比加法更值得感谢。

天暗了，一盏昏黄的油灯点燃了起来，房东又在叫我们去吃盐豆稀饭。饭后，农村干部李惠民和我们坐到了一起，他说："你们经常在谈的东西我听不大懂，知道自己没文化，现在天天晚上练毛笔字，请你们帮我指点指点。"

我和李惠民同室而居，知道他每天晚上都要练很长时间的毛笔字，有时我睡了一觉醒来看见他还在练，至于他已经练到什么程度了，却没有去注意。待到他拿出最近写的一大沓毛边纸来，我和张可老师都惊呼起来。才几个月，他手下的欧体九成宫已经非常像样。

一天，我正在门外洗衣服，从泥路上驶来一辆农民驮货用的自行车，骑车的是青年农民，而货架上却坐着一位满头白发的清瘦老者，一看就知道是文化人。车在我眼前停下了，老者跳下货架走上一步问我："请问，许玄在哪个村?"

许玄是我的同班同学，我立即断定，这是许玄的父亲，华东师范大学著名的文学教授许杰先生，全国闻名的"大右派"。那么衰老的他居然长途颠簸看望女儿来了，汽车站离这里很远，货用自行车显然是他从车站雇到这儿的。

"您是许伯伯吧?"我问。他高兴地点了点头，我就指给他看许玄的住处，自行车又驮着他上路了。我连忙叫出张可老师，张可老师看着许杰先生的背影深深叹了一口气，说："受了那么多罪，还一心关心着女儿!"

从许杰先生，谈起文学界。我说前不久读了陕西作家王汶石的几个短篇不错，她说从王汶石一篇谈结构的文章，可以知道他比其他农村作家要用功。如此平静地以"用功"一词来评价一位当时颇为轰动的作家，我看到了一种宁静的文化风度。

"国外的小说家你最喜欢谁?"她想把我从中国作家中引开。

"法国的雨果，俄国的契诃夫。"我回答。

"那也一定知道翻译俄文的满涛?"她问。

"当然。"我说。

"他是我家里人，哥哥。"她说。

"他也姓张?"我愚蠢地问。她忍不住笑了，点了点头。

她既然提到了哥哥，我就大胆地追问："张可老师，据说你有很传奇的经历?"

她又笑了："什么传奇?不值一提。"她没有顺着这个话题讲下去，而是换了一种口气对我说："你的古文已经不错，现在最好把外语学好，光凭英语课本没用。我觉得你还应该再用功一点。"

又是"用功"。我认真地点了点头，说已经把最容易买到的《毛泽东选集》英文版通读了一遍，她连忙说："那是偷懒的办法，中国人的思维，中国人的词汇，猜都猜得出来。读英语，先读狄更斯，再读莎士比亚。"

这样的谈话，几乎天天进行，特别是在晚上。羊睡着了，老太太的咳嗽声有节奏地传来，李惠民继续在油灯下与欧阳询厮磨。北窗外是一道很高的长堤，长堤外是浩阔的长江，往东不远，有一个古老的阅兵台，是戚继光留下的遗迹；往西不远，是郑和下西洋的码头所在。江风阵阵，涛声隐隐，而我们居住着的村落，从明末以来一直是海盗的据点。当年让航船者们闻风丧胆的"七十二家村"就在这里，这个如此破败的小村落就是"七十二家村"的一部分。

长江、海盗、郑和、戚继光，现在又加上了雨果、契诃夫和莎士比亚。我纳闷：是一种什么缘分，让我在这样的一个地方遇到了这样一位长者?

春节到了，上级通知，每村三人中一个留守，两个可以回家探亲。留守者当然是我，他们两位走了。李惠民天天嘴上挂着未婚妻，何况他的炒米粉也早已被我吃完了。过几天，不知在哪个村庄，家家户户的春联都会换上漂亮齐整的欧体?张可老师回的是一个什么样的家呢?作为学生，什么样的问题都可以询问老师，就是不适宜询问老师的家庭。她日日夜夜给我讲了那么多话，怎么除了哥哥满涛，却从来未曾提起自己的家里人?

四

从农村回到学校不久，“文化大革命”开始了。我们班级的同学，很少有家里不出事情的。作家、教授的后代自不待说，连“高干子弟”们也接二连三地大祸临头。郭沫若几经痛切检讨后还保留着位置，但他推荐来的曲信先却遇到了家庭出身问题。李婴宁同学的父亲的党龄几乎和党史差不多长，但不幸他又是一位出色的书法家和文物鉴赏家，当造反派闯进他家打烂了那些文物，他也就不想活了。我父亲默默无名，居然也因是“阶级异己分子”而被关押，他可是我们一家八口人唯一的经济来源，我这个大儿子虽然不到二十岁却面对着一副家庭生计重担，盘算再三觉得能救我们全家的只有在安徽工作尚未成家的叔叔了，但刚刚想到，叔叔已在一场游街批斗之后自杀。他游街批斗的罪名是“蓄意美化大毒草《红楼梦》”。

这样大同小异的悲惨故事，在几天之内都压到了各位同学身上。不久前还嘻嘻哈哈的班级，一下子变得很沉默。现在回想起来真不理解大家年纪轻轻为何那么懂事，不哭泣、不诉说、不求告，只是每天平静而怆然地走在处处飘拂着标语、大字报的校园里。背后的长者都不见了，热闹中的脚步迈得多么孤独。不知在何处阴暗的房间里，长者们正目光痴痴地悬想着这些脚步，而这些脚步却已走不到长者们身边。

学校中的造反派骂我们班级是顽冥不化的“三座大山”，其实他们哪里知道，这个班级压着多少个家庭悲剧，有什么心绪在学校里胡闹，又有什么资格胡闹?

有一天，突然在校园里见到了张可老师，她历来不是那种常能见到的老师，从农村分别后就很少照面，不知在干什么。那天她显得很疲倦，走得很慢，猛地看到我她非常高兴，彼此问对方好吗，回答都含糊其词，艰难地找着话题。

“李惠民最近有联系吗?”她问。

“谁?”

“李惠民。”她又重复了一次，这下我想起来了，与我们一起住了很久的农村干部。倒不是我忘了他，是没有料到张可老师会在这样的时刻提起他。那些谈莎士比亚、练九成宫的夜晚又浮现在眼前，我把张可老师搀到路边草坪上谈了一会儿。她又告诉我，她家有一个邻居，是我中学的校友，每次见面都把我作为谈论对象。我想不起那位校友，但请张可老师代我向他问好。

“听说你们又要下农村?”她问。

“是的，已经动员了。”我说。

“多久?”她问。

“说是一辈子。”

“让带书吗?”她又问。

“还不知道。总可以带几本吧。”但我心里明白，张可老师说的书，不是可让带的那几本。

“一辈子，与父母商量了?”

我淡淡苦笑了一下。张可老师好像感觉到了这种问法有点不合时宜，便轻轻拍了拍我的手臂，说：“好好照顾自己。”

这次下乡劳动的时间并没有预想的那么漫无边际，等我们在几度春耕秋收之后突然被通知回到上海，情况已发生很大变化。工宣队、军宣队和造反派之间吵闹得很厉害，造反派的一些头头被关起来了，又出了林彪事件，一来二去，上级居然下令要复课了。复课又没有教材，于是一窝蜂地成立各种各样的教材编写组。原先被作为运动对象或运动阻力看待的那帮人，开始有点事干了。先听说有一批教师要去参加修订《辞海》，名单上有张可老师；后来陆陆续续又有一些教师被抽调出去。一天在大食堂，有一个军宣队员找我谈话，要我参加设在复旦大学的一个现代文学编写组。“每个文科学校都有人参加，以复旦、师大为主，我们是小学校，要谦虚。”他说。

当时所有的修订组和教材编写组都由市里的写作组统管，写作组对我这样一个“文革”以来未曾参加过任何组织的年轻人有点看重的意思，然而毕竟我的运气太好，一九七五年年初就发觉得了肝炎。在家休息一阵还不行，只得住院，出了医院就到故乡休养去了。要不然，从一九七五年到一九七六年，我如果在上海，没准也会奉命参与一些诸如“反击右倾翻案风”和其它名目繁多的小运动，这些居然都让我逃过去了。古人说“因病得闲殊不恶”，信然。记得回乡休养前在学院医务室里还遇见过张可老师一次，她说：“没关系，我爱人也得过肝炎，少吃药，多休息，增加营养。”顺便她还愉快地告诉我，学院里受人尊敬的朱端钧教授现在也在参加修订《辞海》。

这次她终于提到了自己的爱人。我曾听系里的老师说，她爱人是“胡风分子”，究竟是谁，却不清楚。

说是回乡养病，故乡却只有一位七十多岁的老祖母，我怕传染给她。后来是我同乡的老师盛钟健先生在奉化县的一个半山腰里找到一间小房子，让我住了下来。吃饭则有一顿没一顿，搭在山脚下一个极其简陋的小食堂里。那里连一份报纸也看不到，完全不知道天下发生了什么事。又是大幸，居然让我认识了一位八十多岁的沈老先生，他受当地文化馆委托管理着早年蒋经国先生在山间的一个读书室，经他点头，我就全身心地钻到那些旧书里去了。那儿除了《古今图书集成》、《二十四史》、《四部丛刊》外还有《万有文库》和比较完整的二三十年代出版的文化杂志，我反正有的是时间，一本本阅读。正经书读累了，就去兴致勃勃地翻阅一大堆《东方》杂志。读书室外面是长天荒草，安静无比。我从来没有获得过那么优越的读书条件，当然绝不放过，连生病的事也忘记了。

那位沈老先生有点仙风道骨，那么大年纪还每天爬山，有时居然亲自提一小篮子家栽时鲜水果，到半山小屋来送给我，让我既惊讶又感动。我问他为什么不在读书室里交给我而要亲自送来，他说这是“礼数”。他倒是每天早晨在家听点广播，把重要的消息告诉我。有一天他说唐山发生了大地震，你半山腰的小房子也危险，于是我几经打听搬到一个庙里躲避。在庙里又住了不少时日，仍然天天去读蒋经国先生留下的那些书。那个读书室造得很坚固，即使发生地震也会很安全。沈老先生说，蒋经国先生从来没有充分利用过这个读书室，这个读书室简直就是为我造的了。从古庙到读书室那条冷僻的荒路，我已经走得悠然陶然，几乎记不得年月了。

后来知道，这些年月，中国政治领域的斗争越来越激烈，上海文化界的气氛也十分紧张，而我则好像被一种神秘的力量冰冻封存了。直到二十年后，上海有剧作家在编剧之余突然构想起我的这段行踪，情节千奇百怪，甚至指派我担任了上海某写作组的组长，好像一个人在荒山中指挥着远处的斗争。我听到后总是大笑，说我的问题比他们想的严重得多。试想，我躲在国民党首脑的读书室里，与一个身份不清、但一提起蒋经国总不忘“先生”尊称的奇怪老人交往得不明不白，而且生活形态已近似“落草”。写作组总有白纸黑字的文章可以一篇篇清查，而这段“落草”的经历又怎么能说得清？

但是，不管怎么说，终于有一天，我从两位过路山民嘴中得知，立即又在老先生那里证实，毛泽东去世了。

五

几年后，我在系资料室里翻阅杂志，突然读到一篇用中西比较方法研究《文心雕龙》的文章，十分惊叹，却不知作者王元化是什么人。当时正好上海有一家大报向我约稿，就写了篇读后感寄去。几天后报社编辑亲自来到我家，告诉我这篇读后感不能发表。原因是“王元化的历史问题还没有结论，学术杂志发表他的论文可以，但我们报纸……”

我问：“王元化究竟是谁？”

“你写了文章还不知道他是谁？”那位编辑十分惊讶，“我还以为是由于你和他爱人同在一个学校的关系呢。”

“他爱人在我们学院？”我好奇极了。

“张可嘛！你真的不知道？”

“啊？”这下我倒真是发呆了。

过些天我有意识地在学校里找到张可老师，谈了这件事，也谈了我对王元化先生文章的评价。张可老师开心地笑着，不断地说："你太客气了，你太客气了！"

又过了几天，系里的柏彬老师交给我一封厚厚的信，拆开一看，署名王元化。除了约我见面，还谈到以前如何从张可老师那里知道我，其中有一段话，一看之下眼睛一亮，后来不知又默诵了多少遍：

> 尽管身边还有大量让人生气的事，但我可以负责地说，就学术文化研究而言，现在可能正在进入本世纪以来最好的时期。

一位伤痕累累、尚未平反的长者，居然用如此明快的语言作出了世纪性的判断，当时对我的震撼真是非同小可。"可能正在进入本世纪以来最好的时期"——至少有几个月时间我一直念叨着这每一个字，回想着梁启超、章太炎、王国维、鲁迅、陈寅恪，不能不产生一种惶恐，怕大家在热闹中把一个重要的时机辜负。正是这种震撼和惶恐，使我急急地将那部我多次提到过的H·克拉克的英文著作作为拐杖，向古代欧洲走去。

这些年在海内外演讲中总会被人频频问起，我从一个戏剧学者转而投身于多方位文化思考的最初动力，我总是回答：十几年前，我收到过一位长者的信。

收到信的第二天，我就来到王元化、张可老师的家里。张可老师只忙着端茶、送点心，而王元化先生则几乎没有寒暄就立即与我谈起了刚刚发表不久的李泽厚的《论严复》，又联系到李泽厚早在五十年代发表的《谭嗣同研究》，这种不羼水分的学术性谈话出现在家庭里稍稍显得有点沉闷，张可老师坐在一边听了一会儿就笑着嗔怪起来："人家那么远的路赶来，一下子谈得那么严肃！"待到吃饭了，张可老师始终在忙着给我夹菜添饭，连王元化先生也觉得过分了，一次次说："让秋雨自己来，让秋雨自己来。"但是每次吃饭，我总觉得他们饭量太小，而我的饭量太大，很不好意思。

没有想到，一九七九年六月，张可老师突然在一次会议上中风。送到医院，情势十分危急，昏迷十天不醒，半个多月一直处于病危之中。王元化先生在医院号啕大哭，这位多灾多难的学者一遍遍呼喊："我对不起她!我对不起她!"他当时还没有平反。

不到半年，王元化的冤案终于彻底平反。此时的张可老师，虽已摆脱病危，却像换了一个人。

王元化参加工作后越来越忙碌，很少有时间在家逗留了。张可老师几十年来早已习惯每天陪着困陷于冤屈和寂寞中的丈夫，现在，她寂寞了。

王元化总想抽时间陪她。那年在庐山召开全国文艺理论研讨会，王元化应该到会，他却用《文心雕龙创作论》的一大半稿费，在庐山租了一间房子，把张可老师接去了，乘机让她在那里疗养。我也去参加了这次会议，到他们的那间房子去拜访，发现来访的客人川流不息，很难真正休养。一天，与会代表分乘几辆客车在山间游玩，其中有两辆翻了车，消息传到张可老师耳朵里，她居然起身来到屋外，焦急地在路口见一人问一人："余秋雨死了没有?余秋雨死了没有?"

那两辆翻了的车，也只是部分人受了点轻伤，而我那天根本没有出游。当我知道张可老师对我的问讯之后实在有点吃惊，一是被一位病人的关爱所感动，二是觉得若在她生病之前，这位中英文俱佳的高雅女子绝不会用这样简单直拔的句子问话。

六

日子一年年过去，连我们也渐渐老了。三十人的班级，已经有四个同学去世，每次追悼会，同学们哭得像家属一样伤心。

是什么机缘把我们拉在一起的，这已经变得很不重要。有一次我遇到很多年前到中学来游说我报考上海戏剧学院的那位老师，说："我的大半辈子都被你骗过来了。"他一笑："骗来一位院长，值。"其实岂止骗来我这位院长，现任院长荣广润教授，戏剧文学系主任丁罗男教授，以及图书馆的吕兆康馆长，都是从我们这个小小班级走出来的。同学中，李小林依然在掌管中国最优秀的文学杂志《收获》，而她所承担的更重要的使命是维护巴金老人的健康。巴金老人在回忆录中曾用感念的笔触提起我们这个班级，想当年，只要听到武康路老人家里有事，班级同学就一人一辆自行车呼的一声去了。风风火火、爽爽利利的桂未明同学负责着《萌芽》杂志，她也要承担照顾家中劳累一生的文化长者的任务。而那位由郭沫若先生推荐来的曲信先同学，虽然身体不好却勤于教育，亲自培养出了著名剧作家宗福先、马中骏、贾鸿源、史美俊……有一次招收研究生口试,我问一位考生,你最喜欢的当代剧作家是谁?考生回答是马中骏。我又问,你知道马中骏先生的剧作教师是谁?考生摇头,我得意地告诉他:“是本教师的同班同学,姓名暂时保密。”

是的,连我们的学生也已经如此像模像样,我们确实都老了。

人一上年纪,就会自然熄灭往常误以为灿烂的浮火,静静地去体会人生的厚味。在这一过程中,张可老师的身影总会越来越鲜明地晃动在眼前。已经不再仅仅是学生对老师的感谢,而是她以那么长的时间给我设了一个谜,揭开谜底的居然是王元化先生。其实,更大的谜底是她自己。一个女人背后的学者,一个学者背后的女人,这个结构已经很有魅力,但更有魅力的还是第二结构,那就是:漫长灾难中的不懈护卫,灾难消解后的倦然退下。

好一个倦然退下,这又使我联想到她早年的一个结构:共产党掌握政权前的出生入死,共产党掌握政权后的悄然隐去。这几个结构涡漩在一位高雅女子身上,使我觉得既恢宏而又神秘。现在,每次看到在苍老、疲惫中向我露出笑容的张可老师,总觉得这是一门玄奥的人生课程。我不再后悔当年头脑一热错考了上海戏剧学院，这种错考让我有机会直接面对这门课程，非常值得。

中学毕业时的三个小伙伴约定各学一类专业等二十年后一起畅游世界，二十年早已过去，当年的约定也已经飘作云烟。各学一类专业就能懂得世界?这真是孩童之见。请看仅仅一个张可老师，就足够让我们终身去阅读。

大概从五年前开始，我觉得需要对张可老师作进一步的了解，以便告诉我的同学和我的读者。前年，国际大专辩论赛从哈佛、耶鲁和中国大陆邀请了五位终评委，我和王元化先生正好在内，在评判的空余时间，我开始向他询问。前不久，我特地列出一些模糊之处再进一步请教王元化先生，终于，我可以为张可老师写下一段话了。

这段话不长，大致如下——

张可，一九二〇年十二月出生于苏州一个书香世家，受良好早期教育。十六岁时考进上海暨南大学，这是一所拥有郑振铎、孙大雨、李健吾、周予同、陈麟瑞等教授的大学，学风淳厚。一九三八年十八岁时加入中国共产党，从此全力投身革命，大学毕业后主要在上海戏剧界从事抗日活动，自己翻译剧本、组织小剧场演出，还多次亲自参加表演。结识比她较早参加共产党的年轻学者王元化。

抗战初年在一次青年友人的聚会中，有人戏问王元化心中的恋人，王元化说：“我喜欢张可。”张可闻之不悦，质问王元化什么意思，王元化语塞。八年抗战，无心婚恋，抗战胜利前夕，有些追求她的人问她属意于谁，张可坦然地说：“王元化。”

以基督教仪式结婚。其时王元化在北平的一所国立大学任教，婚后携张可到北平居住。但张可住不惯，说北平太荒凉，便又一起返回上海。

一九四九年五月上海解放，这两位年富力强而又颇有资历的共产党人势必都要参加比较重要的工作，但他们心中的文学寄托，在于契诃夫、罗曼·罗兰、狄更斯、莎士比亚，生怕复杂的人事关系、繁重的行政事务和应时的通俗需要消解了心中的文学梦，再加上已有孩子，决定只让王元化一人外出工作，张可脱离组织关系。

因胡风冤案牵涉，一九五五年六月王元化被隔离，还在幼儿园小班的孩子张着惊恐万状的眼睛看着父亲被拉走。关押地不断转换，张可为寻回丈夫，不断上访。王元化被关押到一九五七年二月才释放。释放后的王元化精神受到严重创伤，幻听幻觉，真假难辨，靠张可慢慢调养，求医问药，一年后基本恢复。当时王元化没有薪水，为补贴家用，替书店翻译书稿，后又与张可一起研究莎士比亚，翻译西方莎学评论。张可还用娟秀的毛笔小楷抄写了王元化《论莎士比亚四大悲剧》和其它手稿。

三年自然灾害期间，王元化曾患肝炎，张可尽力张罗，居然没有让王元化感到过家庭生活的艰难。“文革”灾难中，两人都成为打击对象，漫漫苦痛，不言而喻。

“文革”结束之后，王元化冤案平反在即，一九七九年六月，张可突然中风，至今无法全然恢复。

一九七九年十一月，王元化彻底平反，不久，担任上海市委宣传部门主要领导职务。

王元化对妻子的基本评价："张可心里似乎不懂得恨。我没有一次看见过她以疾颜厉色的态度对人，也没有一次听见过她用强烈的字眼说话。总是那样温良、谦和、宽厚。从反胡风到她得病前的二十三年漫长岁月里，我的坎坷命运给她带来了无穷伤害，她都默默地忍受了。人遭到屈辱总是敏感的，对于任何一个不易察觉的埋怨眼神，一种悄悄表示不满的脸色，都会感应到。但她却始终没有这种情绪的流露，这不是任何因丈夫牵连而遭受磨难的妻子都能做到的，因为她无法依靠思想或意志的力量来强制自然迸发的感情，只有听凭仁慈天性的指引，才能臻于这种超凡绝尘之境。"

王元化又说："当时四周一片冰冷，唯一可靠的是家庭。如果她想与我划出一点界限，我肯定早就完了。"

七

写完这段话我凝思良久。当年在长江边的小村庄里日夜与我谈话的张可老师，前前后后背负着多大的重担!粗略算来，那时走到我面前的她，二十六年前加入共产党，十五年前脱离，九年前丈夫被捕，六年前与丈夫一起进入莎士比亚研究并翻译了大量西方典籍……这，难道就是那位与我们同住在肮脏的泥屋里、经常在淤泥中摔跤、塞给我几粒巧克力又告诫我必须用功的可亲老师吗?十七岁男孩子眼中的一切都那么浅薄，不知道长者在关爱我们的同时是否心头一动，想吐露一点心中的苦涩?我相信，即使有过一闪念她也立即咽下去了，人生体验最深刻的地方是无法用言词来传递的，只有让你自己去体验。直到今天我才敢说，老师，我体验过了，因此，才会回过头去捕捉三十多年前的瞬间，用一篇万字长文把它虔诚地写出来。

张可老师至今健在。见到客人来她还会开心地问候着，张罗出几碟点心。但在我看来，她在十八年前病倒时，在王元化先生的号啕大哭中，已举行了一个完成人生使命的隆重仪式。我请求我的同学们读了这篇文章之后不要再去打扰她，她已经太累，让她安静。想念她时可以读读王元化先生的大著宏论，在那里，字字行行都有她的影子在。

有空，我会代你们去看望她老人家。

（此文经王元化先生精细校订，谨此感谢。）

第二辑

关 于 友 情

严重的友情

友情这件事，比我们平常想象的要严重得多。

表面上，它是散落四处的点点温馨。平时想起一座城市，先会想起一些风景，到最后，必然只想这座城市里的朋友。是朋友，决定了我们与各个城市的亲疏。初到一个陌生地，寂寞到慌乱，就是因为还没有找到朋友。在熙熙攘攘的大街上，突然见到一个朋友，那么，时间和空间就会在刹那间产生神奇的蜕变。两个朋友见面时再夸张的动作声调，四周路人都能原谅。有时久违的朋友会在我们还没有发现时从背后狠狠地擂过来一拳，这一拳的分量往往不轻，但奇怪的是我们还没有回头就能感觉到这种分量所包含的内容，因此总是满脸惊喜，然后再转身寻找。我们走在街上，肩膀和后背总在等待着这种拳头。等了半天没等到，空落落地走一路，那才叫无聊。

我一再对学生们说，你们年轻，奋斗吧，追求吧，去创造什么事业吧，但请记住，一过中年，人在很大程度上是为朋友们活着了。各种宏大的目标也许会一一消退，而友情的目标则越来越强硬。报答朋友，安慰朋友，让他们高兴，使他们不后悔与自己朋友一场。所谓成功，不是别的，是朋友们首肯的眼神和笑声。我们在任何情况下都在企盼着它们，而不是企盼那没有质感的经济数字和任命文本。我们或许关爱人类，心怀苍生，并不以朋友的圈子为精神终点，但朋友仍是我们远行万里的鼓励者和送别者。我们经由朋友的桥梁，向亿万众生走去。很难设想一个没有朋友的人，居然能兼济天下。

如此说来，友情确实重要，但又怎么说得上“严重”呢?

严重的是，我们无法辨别这一切的真伪。

如果，我们长期所信赖的友情竟是虚假的，而这种虚假又并不出于恶和罪，而是出于友情本身的悖论，我们将如何面对?

友情的崩坍，重于功业的成败，险过敌人的逼近。

我曾在澳洲墨尔本西南面三百公里处的海岸徘徊，产生过对这一问题的恐惧联想。在那里，早年异域的船只极难登岸，高耸的峭壁不知傲视过多少轰然而毁的残骸，但终于，峭壁自己崩坍了，崩坍得千奇百怪，悲凉苍茫。人世间友情的崩坍也是这样，你明明还在远眺外来的危险迹象，突然脚下震动，你已葬身大海。

也有拼死不愿崩坍的，当周围的一切高度都被海水卷走后，它们还以孤峭的残柱挺立在汪洋之间，成为墨尔本海岸的一大景观。这些残柱宛若悲剧英雄的形态，旅游者们称它们为“十二门徒”，远远看去确实很像，长风残照下一个个独立在大海中，宣告着门徒们对师道的忠诚，对友情的挚守，宣告着一切崩坍总有例外，实在让人感动。但这些门徒互相不能靠近，不知哪个夜晚在激浪的冲击下终于站不住，冲走一个，再冲走一个。在它们近旁，已有很多逐一被冲走的先例。我看着这些残柱，心想人世间最具有造型意义的友情佳话，会不会也只是一种苍茫大海间临时的孤傲?

我们的日常生活过得很平淡，不一定能遇到友情全方位崩坍的机遇，因此完全无法验证立足的友情地基是否坚实。不知道它有岩脉连着地壳，还是仅仅泥垒沙积?有时也想，既然没有海浪，那么不坚实的友情地基也就不存在危险，何苦对它过于挑剔?但立即否定了这种宽容，因为这块自己多年选择的友情地基，正是自身精神的寄托所在，把有限的生命寄托于一种潜在的危险，这不成了一种自我欺骗?

在这种情况下，人们警惕了。友情的话题虽然处处可以听到，但它的实质性含义却让人不敢靠近，不敢逼视，不敢细谈。相识的人们聚会，最轻松的说法是“叙叙友情”，其实到时候谁也不会真的叙什么友情，大多也就是回忆一下过去，胡聊一些家常罢了，友情如此艰深，哪能随便叙得了的?

友情的某些真相，即便随口谈起，也会把善良人吓一跳。鲁迅在《为了忘却的记念》一文中曾这样记述柔石：“我有时谈到人会怎样的骗人，怎样的卖友，怎样的吮血，他就前额亮晶晶的，惊疑地圆睁了近视的眼睛，抗议道，会这样的么?——不至于此罢?……”

这位柔石，是一位不怕死的人，他对自己随时可能被敌人杀害并无惊疑，却惊疑于世间居然有人“卖友”、“吮血”。这也就是说，在很多人的心目中，叛卖友情比牺牲生命更不可想象。我想，只要他们固守的友情不侵害人类的基本原则，这样的人基本上都可进入“君子”的范畴。倒过来，另有一些人，把友情看作小事一桩，甚至公然表明自己如何为了某个目的而不得不糟践朋友，我真为他们可惜，因为他们不知道只要有这样的一个举动，他们在世俗人心中的形象就永远难于修复了。

一切真正成功了的政治人物一定会在友情上下大功夫，否则他们不可能吸引那么多人手提生命跟着他们奋斗。但是，他们果真在友情上如此丰盈吗？远远未必。不少政治人物一旦失势，在友情上往往特别荒凉。但他们不愿承认这一点，因为他们深知仅仅这一点就足以把他们一生的功绩大部分抵消。有的政治人物在处置友情时有一种居高临下的主动权，但越是这样越容易失去友情的平等本质，他们握在手上时松时紧、时热时冷的友情缆绳，其实已不属于真正意义上的友情。为此，我在前两年读到一位华裔美国历史学家的论述时眼睛一亮，他论及中国现代一位重要政治家，说再过多少年，这位政治家至今无法被人们原谅的严重错误也许会被历史学家们原谅，将来的历史学家们永远无法原谅他的，可能只有一点：作为男人，他对不起很多朋友。

不必到今后，这话今天来说也已经有广泛感应。这位气吞山河的政治家居然没有想过，再惊人的功业也不足以成为当众背弃一位老友的理由，除非这位老友实在不堪到了非被背弃不可的地步。他伟大到已经不在乎友情，但显而易见，他错了。

他身边，一位在很多方面都不如他的政治家却受到人们更多的怀念，其中一个原因是，这位政治家有时比较把友情当一回事。怀念他的人并不认识他，但友情是人世间最敏感的部位，再远的事情一旦与友情相连，即能触及万众痛痒。千年前的一次小小的卖友举动，如果留下了文字记录，也会引起千年后的痛苦和愤怒，更不要说当代人了。

从历史看，除了少数例外，友情好像不太适宜与过大的权势、过高的智慧连在一起。有时，高贵的灵魂在关爱天下时也常常忽略了身边的友情等级和友情秩序，结果总是吃足苦头。它是一个最容易被处于得意状态的各个方位误认为早已圆满解决而实际上远非如此的真正的大问题。

记得八九年前我写过一篇《上海人》的文章，分析了上海人的生态和心态特征，一时产生不小的影响，但也有不少外地读者来信，说我遗漏了很重要的一点，即上海人对友情的奇怪态度。其中有一位说，据他观察，上海人是最喜欢哄聚在一起又最不讲友情的一群；还有一位读者说，上海人所谓的“朋友”，其实就是熟人，上海人不懂朋友的深义，因此没有真正的朋友。对这些读者来信我没有理会，因为我的朋友虽然各地都有，但较多的还是上海人，我一时还没有产生这样的体验。直到后来发生了一个匪夷所思的事件才恍然大悟。在友情上发生的事件，是很难说得清又很不愿意说的，因此我直到今天没有对此事发表片言只语的声辩，不过从那时起，我对上海人某一阶层的群体心理素质产生了另一种评价。

所不同的只是，我突然理解了许多在友情问题上欲哭无泪的诉苦者，而在以前，我总是劝他们别误会，别过激，别把人心看得那么坏。

“您简直无法相信，当我专程到北京花了两个月的时间追查谣言的根源，结果是，全部谣言出自每星期与我见面吃饭的三个朋友！”

我凄然一笑，深深点头。

另一位诉说者又来了：“他到处说，长期以来，他每星期要与我通两个小时的电话，这次只是为了真理，不能不揭露我的所谓历史问题……”

我又凄然一笑，深深点头。

又有一位在说：“他被撤职后，景况凄凉，我出于朋友之谊，用自己的钱，还掉了他在单位的欠款，当时他几次要向我下跪，都被我拉住。才几天，知道是他在伤害我，我几乎不信……”

我还是凄然一笑，深深点头。

“我最不理解的不是那些诬陷我的人，而是我遭诬陷后那些老朋友们的态度，他们明知全是诬陷，只要出来说一句话，对我是巨大的帮助，对他们又毫无损害，但一连好几个月，他们都不知道到哪里去了……”

“当事情过去之后，他们又都冒出来了，对吗?”我问。

“正是，冒出得既及时又整齐。”他说。

我只能又一次，凄然一笑，轻轻点头。

…………

有一批优秀的律师是我这方面的老师。他们经常向我讲述手上正在承办的各种案子，这些案子，在法律上都能明白裁决，但在友情上留下的谜团却显得越来越怪异，连这些智慧的律师也只能徒叹奈何。

律师们告诉我，很多被告和原告都是朋友，而且一度还称得上是生死莫逆、荣辱与共的朋友，当原告不得不要对老友起诉的时候，图的往往不是法律上的输赢而是友情上的是非，但友情上的是非怎能靠法庭来裁决?

律师们还告诉我，也有一些原告，在法律上是胜者，在友情上却是豺狼。例如已有不止一位原告利用友情，先在几位合作的朋友间骗得单独的名义，然后再利用法律，置合作者于非法地位。

律师们说，这些案子使我们痛苦，因为法律常常无法保护君子而惩罚小人，尤其在君子重情而轻法、小人玩情而懂法的情况下，更是如此。但我们律师也是人，常常在官司过后，成了我们的失败了的对手的朋友。

律师们的这些话，我有能力感应，这都应感谢几年前的那次友情事件。现在回想，如果没有这种经历，仍然一味不分青红皂白地朋友来朋友去，人生中会加添着多少虚假和脆弱。经过几度洗刷，我结实了。

乍一看，我似乎更多地注意到了友情的阴暗面，其实并不。我曾在阴暗面中困惑过，痛苦过，但后来终于明白，友情的来去是一个探测仪，告知你与原先进入的那个层面的真实关系。如果在一个领域，一群朋友突然没有理由地冷眼相对，栽赃构陷，那就意味着你可以离开了。你本来就不应该出现在这里，临时给你的笑脸只是索取和探询，等探询明白，彼此无法调和，你的存在只能给这个村寨带来不安宁，而你住在这个村寨中也非常不安全，那就应该上路。昨日的友情，早已消失在黄昏的牛粪火中，繁星在天，眼前隐约有一条出山的路。不必告别，不要留话，这一切都失去了意义，快步离开要紧。

高山流水

常听人说，人世间最纯净的友情只存在于孩童时代。这是一句极其悲凉的话，居然有那么多人赞成，人生之孤独和艰难，可想而知。

我并不赞成这句话。孩童时代的友情只是愉快的嬉戏，成年人靠着回忆追加给它的东西很不真实。友情的真正意义产生于成年之后，它不可能在尚未获得意义之时便抵达最佳状态。

其实，很多人都是在某次友情感受的突变中，猛然发现自己长大的。仿佛是哪一天的中午或傍晚，一位要好同学遇到的困难使你感到了一种不可推卸的责任，你放慢脚步忧思起来，开始懂得人生的重量。就在这一刻，你突然长大。

我的突变发生在十岁。从家乡到上海考中学，面对一座陌生的城市，心中只有乡间的小友，但已经找不到他们了。有一天，百无聊赖地到一个小书摊看连环画，正巧看到这一本。全身像被一种奇怪的法术罩住，一遍遍地重翻着，直到黄昏时分，管书摊的老大爷用手指轻轻敲了敲我的肩，说他要回家吃饭了，我才把书合拢，恭恭敬敬放在他手里。

那本连环画的题目是：《俞伯牙和钟子期》。

纯粹的成人故事，却把艰深提升为单纯，能让我全然领悟。它分明是在说，不管你今后如何重要，总会有一天从热闹中逃亡，孤舟单骑，只想与高山流水对晤。走得远了，也许会遇到一个人，像樵夫，像隐士，像路人，出现在你与高山流水之间，短短几句话，使你大惊失色，引为终生莫逆。但是，天道容不下如此至善至美，你注定会失去他，同时也就失去了你的大半生命。

一个无言的起点，指向一个无言的结局，这便是友情。人们无法用其它词汇来表述它的高远和珍罕，只能留住“高山流水”四个字，成为中国文化中强烈而缥缈的共同期待。

那天我当然还不知道这个故事在中国文化中的地位，只知道昨天的小友都已黯然失色，没有一个算得上“知音”。我还没有弹拨出像样的声音，何来知音?如果是知音，怎么可能舍却苍茫云水间的苦苦寻找，正巧降落在自己的身边、自己的班级?这些疑问，使我第一次认真地抬起头来，迷惑地注视街道和人群。

差不多注视了整整四十年，已经到了满目霜叶的年岁。如果有人问我：“你找到了吗?”我的回答有点艰难。也许只能说，我的七弦琴还没有摔碎。

我想，艰难的远不止我。近年来参加了几位前辈的追悼会，注意到一个细节：悬挂在灵堂中间的挽联常常笔涉高山流水，好像死者与挽联撰写者是当代知音，但我知道，死者对于挽联撰写者的感觉并非如此。然而这又有什么用呢?在死者失去辩驳能力仅仅几天之后，在他唯一的人生总结仪式里，这一友情话语乌黑鲜亮，强硬得无法修正，让一切参加仪式的人都低头领受。但我们对此又不能生气，如果死者另有知音名单，为什么不在临死前郑重留下呢?可见对大多数人来说，直到生命结束都说不清楚明确的友情序列，任何人都可以来临时扮演一下。几十年的生命都在寻找友情，难道一个也找不到?找到了，而且很多，但一个个到头来都对不上口径，全部是错位了的友情。

无所求

友情的错位，来源于我们自身的混乱。

一些珍贵的缘分都已经稍纵即逝，而一堆无聊的关系却仍在不断灌溉。你去灌溉，它就生长，长得密密层层、遮天蔽日，长得枝如虬龙、根如罗网，不能怪它，它还以为在烘托你、卫护你、宠爱你。几十年的积累，说不定已把自己与它长成一体，就像东南亚热带雨林中，建筑与植物已不分彼此。

谁也没有想到，从企盼友情开始的人生，却被友情拥塞到不知自己是什么人。川端康成自杀时的遗言是“太拥塞了”，可见拥塞可以致命。我们会比他顽泼一点，还有机会面对拥塞向自己高喊一声：你到底要什么样的友情?

只能等待我们自己来回答。然而可笑的是，我们的回答大部分不属于自己。能够随口吐出的，都是早年的老师、慈祥的长辈、陈旧的著作所发出过的声音。

他们说，友情来自于共同的事业。这话很漂亮，但我们应该注意此间有一处致命的模糊：一般一讲事业似乎总与理想、奋斗连在一起，其实在日常生活的交往中哪有这般庄严?习惯于庄严的长辈们喜欢用大词，他们所说的事业其实也就是职业。什么“舞蹈事业”、“煤炭事业”、“财会事业”，都算事业。置身于同一个职业难道是友情的基础?当然不是。如果偶尔有之，也不能本末倒置。情感岂能依附于事功，友谊岂能从属于谋生，朋友岂能局限于同僚?

他们说，在家靠父母，出外靠朋友。这种说法既表明了朋友的重要，又表明了朋友的价值在于被依靠。但是，没有可依靠的实用价值能不能成为朋友?一切帮助过你的人是不是都能算作朋友?

他们说，患难见知己，烈火炼真金。这又对友情提出了一种要求，盼望它在危难之际及时出现。能够出现当然很好，但友情不是应急的储备，朋友更不应该被故意地考验。

…………

不知出于什么原因，我们这个缺少商业思维的民族在友情关系上竟然那么强调实用原则和交换原则。

真正的友情不依靠什么。不依靠事业、祸福和身份，不依靠经历、方位和处境，它在本性上拒绝功利，拒绝归属，拒绝契约，它是独立人格之间的互相呼应和确认。它使人们独而不孤，互相解读自己存在的意义。因此所谓朋友，也只不过是互相使对方活得更加温暖、更加自在的那些人。

在古今中外有关友情的万千美言中，我特别赞成英国诗人赫巴德的说法："一个不是我们有所求的朋友，才是真正的朋友。"真正的友情都应该具有"无所求"的性质，一旦有所求，"求"也就成了目的，友情却转化为一种外在的装点。

我认为，世间的友情至少有一半是被有所求败坏的，即便所求的内容乍一看并不是坏东西。让友情分担忧愁，让友情推进工作……友情成了忙忙碌碌的工具，那它自身又是什么呢？其实，在我看来，大家应该为友情卸除重担，也让朋友们轻松起来。朋友就是朋友，除此之外，无所求。

其实，无所求的朋友最难得，不妨闭眼一试，把有所求的朋友一一删去，最后还剩几个？

李白与杜甫的友情，可能是中国文化史上除俞伯牙和钟子期之外最被推崇的了，但他们的交往，也是那么短暂。相识已是太晚,作别又是匆忙,李白的送别诗是:“飞蓬各自远,且尽手中杯”,从此再也没有见面。多情的杜甫在这以后一直处于对李白的思念之中,不管流落何地都写出了刻骨铭心的诗句;李白应该也在思念吧,但他步履放达、交游广泛,杜甫的名字再也没有在他的诗中出现。这里好像出现了一种巨大的不平衡,但天下的至情并不以平衡为条件。即使李白不再思念,杜甫也作出了单方面的美好承担。李白对他无所求,他对李白也无所求。

友情因无所求而深刻,不管彼此是平衡还是不平衡。诗人周涛描写过一种平衡的深刻:“两棵在夏天喧哗着聊了很久的树,彼此看见对方的黄叶飘落于秋风,它们沉静了片刻,互相道别说:明年夏天见!”

楚楚则写过一种不平衡的深刻:“真想为你好好活着,但我,疲惫已极。在我生命终结前,你没有抵达。只为最后看你一眼,我才飘落在这里。”

都是无所求的飘落,都是诗化的高贵。

防范破碎

真正的友情因为不企求什么不依靠什么,总

是既纯净又脆弱。

世间的孤独者也都遭遇过友情，只是不知鉴别和维护，一一破碎了。

为了防范破碎，前辈们想过很多办法。

一个比较硬的办法是捆扎友情，那就是结帮。不管仪式多么隆重，力量多么雄厚，结帮说到底仍然是出于对友情稳固性的不信任，因此要以血誓重罚来杜绝背离。结帮把友情异化为一种组织暴力，正好与友情自由自主的本义南辕北辙。我想，友情一旦被捆扎就已开始变质，因为身在其间的人谁也分不清伙伴们的忠实有多少出自内心，有多少出自帮规。不是出自内心的忠实当然算不得友情，即便是出自内心的那部分，在群体性行动的裹卷下还剩下多少个人的成分?一切吞食个体自由的组合必然导致大规模的自相残杀，这就不难理解，历史上绝大多数高竖友情旗幡的帮派，最终都成了友情的不毛之地，甚至血迹斑斑，荒冢丛丛。现在不少年轻人的团伙式交往虽然没有这么严重，却也具备某些特征。今天决定合力炒作这件事，明天决定联手灭掉哪个人，看似叱咤风云，实际上互相裹卷而已，说不上是谁的独立意志，因此也不存在多少真实的友情成分。

一个比较软的办法是淡化友情。同样出于对友情稳固性的不信任，只能用稀释浓度来求得延长。不让它凝结成实体，它还能破碎得了吗？“君子之交淡如水”，这种高明的说法包藏着一种机智的无奈。怕一切许诺无法兑现，于是不作许诺；怕一切欢晤无法延续，于是不作欢晤，只把微笑点头维系于影影绰绰之间。有人还曾经借用神秘的东方美学来支持这种态度：只可意会，不可言传；不着一字，尽得风流；羚羊挂角，无迹可寻……这样一来，友情也就成了一种水墨写意，若有若无。但是，事情到了这个地步，友情和相识还有什么区别？这与其说是维护，不如说是窒息，而奄奄一息的友情还不如没有友情，对此我们都深有体会。在大街上，一位熟人彬彬有礼地牵了牵嘴角向我们递过来一个过于矜持的笑容，为什么使我们那么腻烦，宁肯转过脸去向一座塑像大喊一声早安？在宴会上，一位客人伸出手来以示友好却又在相握之际绷直了手指以示淡然，为什么使我们那么恶心，以至恨不得到水池边把手洗个干净？

另一个比较俗的办法是粘贴友情。既不拉帮结派，也不故作淡雅，而是大幅度降低朋友的标准，扩大友情的范围，一团和气，广种博收。非常需要友情，又不太信任友情，试图用数量的堆积来抵拒荒凉。这是一件非常劳累的事，哪一份邀请都要接受，哪一声招呼都要反应，哪一位老兄都不敢得罪，结果，哪一个朋友都没有把他当作知己。如此大的联系网络难免出现种种麻烦，他不知如何表态，又没有协调的能力，于是经常目光游移，语气闪烁，模棱两可，不能不被任何一方都怀疑、都看轻。这样的人大多不是坏人，不做什么坏事，朋友间出现裂缝他去粘粘贴贴，朋友对自己产生了隔阂他也粘粘贴贴，最终他在内心也对这种友情产生了苦涩的疑惑，没有别的办法，也只能在自己的内心粘粘贴贴。永远是满面笑容，永远是行色匆匆，却永远没有搞清：友情究竟是什么？

强者捆扎友情，雅者淡化友情，俗者粘贴友情，都是为了防范友情的破碎，但看来看去，没有一个是好办法。原因可能在于，这些办法都过分依赖技术性手段，而技术性手段一旦进入感情领域，总没有好结果。

我认为，在友情领域要防范的，不是友情自身的破碎，而是邪恶的侵入。邪恶一旦侵入，会使整个友情系统产生基元性的蜕变，其后果远比破碎严重。这种情形，用通俗的话说，就是交错了朋友。

不是错在一次两次的失约、失信上，而是错在人之为人的本质上。本质相反而又成了朋友，那就只有两种选择，要么结束这种本来就不应建立的友谊，要么渐渐改变自己的本质。可惜的是，很多善良的人选择的是后者。我曾调查过数量不小的犯罪记录，发现有很大一部分人犯罪，都是从交错朋友开始的。他们在铁窗里的忏悔，更多的不是属于刑事，而是属于友情方面。其实，这样的忏悔又岂止在大墙之内？

邪恶侵入，触及友情领域一个本体性的悖论，很难躲避得开。友情在本性上是缺少防卫机制的，而问题恰恰就出在这一点上。几盅浓茶淡酒，半夕说古道今，便相见恨晚，顿成知己，而所谓知己，第一特征是毫无戒心，一见倾心，不再遗忘；第二特征是彼此可以关起门来，言人前之不敢言，吐平日之不便吐，越是阴晦隐秘越是贴心。因此，这似乎是一个天生的想入非非的空间，许多在正常情况下不愿意接触的人和事就在这里扭合在一起。事实证明，一旦扭合，要摆脱十分困难。那种杂乱的组接系统成了一种隐性嗜好，不见得有多少实利目的却能在关键时刻左右行止。为什么极富智慧的大学者因为几拨老朋友的来访而终于成了汉奸？为什么从未失算的大企业家只为了向某个朋友显示一点什么便一泻千里?而更多的则是，一次错交浑身惹腥，一个恶友半世受累，一着错棋步步皆输。产生这些后果，原因众多，但其间肯定有一个原因是为了友情，容忍了邪恶。心中也曾不安，但又怕落一个疏远朋友、背弃友情的话柄，结果，友情成了通向邪恶的拐杖。

由此更加明白，万不能把防范友情的破碎当成一个目的。该破碎的让它破碎，毫不足惜；虽然没有破碎却发现与自己生命的高贵内质有严重牴牾，也要做破碎化处理。罗丹说，什么是雕塑?那就是在石料上去掉那些不要的东西。我们自身的雕塑，也要用力凿掉那些异己的、却以朋友名义贴附着的杂质。不凿掉，就没有一个像模像样的自己。

心理陷阱

该破碎的友情常被我们捆扎、粘合着，而不该破碎的友情却又常常被我们捏碎了。两种情况都是悲剧，但不该破碎的友情是那么珍贵，它居然被我们亲手捏碎，这对人类良知的打击几乎是致命的。

提起这个令人伤心的话题，我们眼前会出现远远近近一系列酸楚的画面。两位写尽了人间友情的大作家，不知让世上多少读者领悟了互爱的真谛，而他们自己也曾在艰难岁月里相濡以沫，谁能想得到，他们的最后年月却是友情的彻底破碎。我曾在十多年前与其中一位长谈，那么善于遣字造句的文学大师在友情的怪圈前只知忿然诉说，完全失去了分析能力。我当时想，友情看来真是天地间最难说清楚的事情。还有两位与他们同时的文坛前辈，其中一位还是我的同乡，他们有一千条理由成为好友却居然在同一面旗帜下成了敌人，有你无我，生死搏斗，牵动朝野，轰传千里，直到一场灭顶之灾降临，双方才各有所悟，但当他们重新见面时，我同乡的那一位已进入弥留之际，两双昏花老眼相对，可曾读解了友情的难题？

同样的事例，可以举出千千万万。

可以把原因归之于误会，归之于性格，或者归之于历史，但他们都是知书达理、品行高尚的人物，为什么不能询问、解释和协调呢？其中有些隔阂，说出来琐碎得像芝麻绿豆一般，为什么就锁住了这么一些气壮山河的灵魂？我景仰的前辈，你们到底怎么啦?

对这些问题的试图索解，也许会贯穿我的一生，因为在我看来，这其实也正是在索解人生。现在能够勉强回答的是：高贵灵魂之间的友情交往，也有可能遇到心理陷阱。

那么，就让我试试看，说说遭致高贵灵魂之间友情破碎的两个陷阱：过敏陷阱和黑箱陷阱。

先说因互相熟知而产生的心理过敏。

彼此太熟了，考虑对方时已经不再作移位体验，只是顺着自己的思路进行推测和预期，结果，产生了小小的差异就十分敏感。这种差异产生在一种共通的品性之下，与上文所说的异质侵入截然不同；但在感觉上，反而因太多的共通而产生了超常的差异敏感，就像在眼睛中落进了沙子。万里沙丘他都容忍得了，却不容自己的身体里嵌入一点点东西，他把朋友当作了自己。其实，世上哪有两片完全相同的树叶，即便这两片树叶贴得很紧。本有差异却没有差异准备，都把差异当作了背叛，夸张其词地要求对方纠正。这是一种双方的委屈，友情的回忆又使这种委屈增加了重量。负荷着这样的重量不可能再来纠正自己，双方都怒气冲天地走上了不归路。凡是重友情、讲正义的人都会产生这种怒气，而只有小人才是不会愤怒的一群，因此正人君子们一旦落入这种心理陷阱往往很难跳得出来。高贵的灵魂吞咽着说不出口的细小原因在陷阱里挣扎。

再说因互相信任而产生的心理黑箱。

朋友间还有什么可提防的呢?很多人基于这样一个想法，把许多与友情有关的事情处理得干脆利落、默不作声。不管做成没做成，也不作解释，不加说明。一说就见外，一说就不美，友情好像是一台魔力无边的红外线探测仪，能把一切隐藏的角落照个明明白白。不明不白也不要紧，理解就是一切，朋友总能理解，不理解还算朋友?但是，当误会无可避免地终于产生时，原先的不明不白全都成了疑点，这对被疑的一方而言，无异是冤案加身，申诉无门，他的表现一定异常，异常的表现只能引起更大的怀疑，互相的友情立即变得难于收拾。直至此时，信任的惯性还使双方撕不下脸来公然道破，仍然在昏暗之中传递着昏暗，气忿之中叠加着气忿。这就形成了一个恐怖的心理黑箱，友情的缆索在里边缠绕盘旋，打下一个个死结，形成一个个短路，灾难性的后果在所难免。

这两个心理陷阱，过敏陷阱和黑箱陷阱，大多又是交叉重合在一起的，过于清晰与过于不清晰这两个极端，互为因果、互增危难，变情为仇、变友为敌，而且都发生在大好人之间，实在让人悲叹。

在好几个夜晚，我曾反复与一些心理学研究者讨论一个难题：为什么有的人使朋友损失巨大却能重归于好，有的人只因为说了短短两句话却使朋友终生无法原谅?为什么有的敌人经历过长期争斗后却能变成朋友，而有的朋友一旦龃龉之后却不如一个敌人?

我想，不要老是从基本品质上找原因，其中一个关键在于，一些错乱的心理程序造成了心理陷阱。

我不知道我们能在多大程度上避开这些陷阱，总觉得对它们多加研究总是好事。真正属于心灵的财富，不会被外力剥夺，唯一能剥夺它的只有心灵自身的毛病，但心灵的毛病终究也会被心灵的力量发现、解析并治疗，何况我们所说的都是高贵的心灵。

学会珍惜

说了这么多，可能造成一个印象，人生在世要拥有真正的友情太不容易。

其实，归结上文，问题恰恰在于人类给友情加添了太多别的东西，加添了太多实利性的义务，加添了太多计谋性的杂质，又加添了太多因亲密而带来的阴影。如果能去除这些加添，一切就会变得比较清晰。

怎样清晰呢?我的看法大致如下——

一，人生在世，可以没有功业，却不可以没有友情。以友情助功业则功业成，为功业找友情则友情亡，两者不可颠倒；

二，人的一生要接触很多人，因此应该有两个层次的友情：宽泛意义的友情和严格意义的友情。没有前者未免拘谨，没有后者难于深刻；

三，宽泛意义的友情是一个人全部履历的光明面。它的宽度与人生的喜乐程度成正比。但不管多宽，都要警惕邪恶，防范虚伪，反对背叛；

四，严格意义的友情是一个人终其一生所寻找的精神小村落，寻找途中没有任何实利性的路标。

在没有寻找到的时候只能继续寻找，而不能随脚停驻。因此我们不宜轻言“知己”。在绝大多数情况下，安于宽泛意义上的友情，反而彼此比较自在；

五，一旦获得严格意义的友情，应该以生命来濡养。但不能因珍贵而密藏于排他的阴影处，而应该敞晾于博爱的阳光下，以防心理暗箱作祟。

就写这几条吧，文章也可以结束了，但笔底似乎还有一些意绪没有吐尽。是什么呢？

想来想去，还是寻找的困难。密密层层的“朋友”，组合成友情的沙漠，不要说严格意义上的，就连宽泛意义上的友情，要想真实而纯净，找起来又谈何容易。然而，你在如饥似渴寻找的对象，很可能正与你擦肩而过，你没有在意，或无法辨认。也许过了很久才会蓦然憬悟，但一切都晚了。

我们的精神小村落，究竟在哪里？

想起了我远方的一位朋友写的一则小品：两只蚂蚁相遇，只是彼此碰了一下触须就向相反方向爬去。爬了很久之后突然都感到遗憾，在这样广大的时空中，体型如此微小的同类不期而遇，“可是我们竟没有彼此拥抱一下”。

是的，不应该再有这种遗憾。但是随着宇宙空间的新开拓，我们的体型更加微小了，什么时候，还能碰见几只可以碰一下触须，然后对视良久，终于紧紧拥抱的蚂蚁？

来一次世间，容易吗？
有一次相遇，容易吗？
叫一声朋友，容易吗？
仍然是那句话——
学会珍惜，小心翼翼。

关于名誉

好人自杀

世间最悲痛的事，莫过于好人自杀。

好人自杀，原因很多。有些名震国际的作家、艺术家也走这条路，是出于对生命的特殊感悟，虽然高贵却毕竟罕见，不宜作为普遍现象来讨论。我感兴趣的是古往今来大多数普通好人的自杀原因。

只要稍稍闭眼一想，有一个原因就会立即浮现出来，并且几乎毫无争议地占据主要地位，那就是：为了名誉。

为了名誉，这么多善良无辜的躯体居然愿意撕裂自己、殒灭自己，结束自己的存在状态，细细想来，实在让人震颤。有时在电视中看到世界某地一些动物在海滩边上或密林深处自杀，已经使我们难过得说不出话来，何况我们说的是人，而且是好人。逼迫好人自杀的一定是邪恶，但好人既然连死都不怕，为什么要去怕邪恶?可见还有一种比邪恶更为恐怖的力量横亘其间。

一九三五年阮玲玉自杀留下的遗言是“人言可畏”，“我不死不能明我冤”。我们未成年时从书上读到这个遗言十分困惑，心想面对一些闲言碎语何至于此，不予理睬，或大声抗辩，不就结了?后来随着年龄增长才慢慢知道，人世间有一种东西你即便不理，它也在盈缩消长，你如去对抗，则往往劳而无功，甚至适得其反，而它又是那样强大而恒久，几乎能够决定你的社会地位和人际关系，那就是所谓名誉。对于闲言碎语，阮玲玉可以怒目而视，但对它，阮玲玉只能瑟瑟发抖。因此，并不是人言可畏，而是名誉可畏。人言是纯粹的客体，名誉却可以笼罩自己，如果坦直地说名誉可畏，就会分不清自己该承担多少责任，它成了一种神秘而巨大的恐吓。

在阮玲玉自杀四十余年后的一九七八年，我家乡的一位女青年在边疆农场受到严重毁谤，而在当时，我国还没有建立反毁谤机制，丧魂落魄的她就在一次射击训练中把枪口指向了毁谤者。她成了杀人犯而理所当然地被捕，并且必将重判，这是她意料中的，因此她的举动至少有一半也可算作是自杀。没有想到的是，当这个案件的来龙去脉在报纸上以整版篇幅公布之后，她在狱中收到了难以计数来自全国各地的同情信件。那时人们刚从“文革”浩劫的阴影里走出，对于人身毁谤、名誉侵害，有普遍的切肤之痛。无论是她还是同情者，都把名誉看得比生命还重。

我原先一直想用远眺或俯视的目光来看待这个问题，因为近距离的刺痛往往不适合文学情怀，但事实上却很难做到。你看，就在我写前面几段文字的时候，一九九七年十二月二十日，又一颗高贵的灵魂为了捍卫自己的名誉而殒灭了，那是日本继黑泽明之后最杰出的电影导演伊丹十三。伊丹是一位勇敢的文明斗士，他与妻子宫本信子拍摄的电影强烈地抨击时弊，揭露黑社会，并号召人们与之斗争，因此引起黑社会各暴力团伙的刻骨仇恨，一再威胁恐吓、袭击骚扰，但是，这一切都没有使他屈服。怎么也没有想到，他像戴安娜王妃那样遇到了以追踪偷摄为业的“狗仔队”，一家杂志刊登了他与一位年轻女职员一起走路和交谈的照片，并借此说他们有不正当的男女关系。伊丹原定就此发表声明，不知怎么突然改变主意，决定自杀，他在遗书上写道：“新闻界各位，我愿意以死来证明我的清白，除此别无他法。请诸位今后多多关照宫本信子，她是日本最好的妻子、母亲和演员。”在放着这份遗书的办公桌上，电脑屏幕仍显示着宫本信子的照片，他是看着爱妻的照片写遗书的。

为什么面对暴力团伙能够如此坚强的硬汉子，会在捕风捉影的照片和谣传前消灭自己？因为暴力袭击不仅无法损害他的名誉反而会使他大大增光，而那个看来十分无稽的谣传却是一切仇恨他和热爱他的人都会密切关注的，在这种关注中，无论是他，还是他的妻子，以及那位女职员，都不具备让人信服的辟谣身份，不管怎么说都尴尬，而除了他们三人，又有谁能说话？按照我以一个男人立场的猜测，伊丹自杀未必全然为了自己单方面的名誉，他太爱妻子，生怕妻子因此落入一个被人指点、嘲笑而有口难辩的可怕境地，只得用自己的生命做个名誉的救生圈抛给她。

那家杂志在伊丹死后成了人们指责的对象，只好发表声明，一是对伊丹之死表示深切哀悼，二是宣称本杂志没有违反新闻法。是的，这未必构得成犯法，但由于按动了社会神经网络中有关名誉的按钮，其恶果远远超过了那些暴力团伙。在名誉问题上，越高贵的群落往往越脆弱，要伤害他们太容易了。

以命相搏，毕竟是一种极端形态。在尚未抵达这条边界线之前，天地间又有多少人为了名誉在辗转反侧、夜不成寐、徘徊海滨、饮泣山角，或者血脉贲张、怒火填膺、亲族支离、老友反目?

名誉，婷婷袅袅地飘浮在世间上空的名誉二字，给人类带来过多少心灵的重压!

双刃剑

针对名誉的重压，有些放达潇洒之士提出了一张消散的方剂，曰："名誉值几个钱?你为别人活着还是为自己活着?把名誉扔开，什么也不要在乎!"

这种声音，带着一种可爱的悍气和赖气，对于即将寻短见的人无异是一声重喝，容易使他们蓦然止步，霍然惊醒；对于那些满脑子愁云惨雾的人也会有快速的疗效，使他们突然轻松起来。但是如果细细品咂，又觉得不是味道，其间疑惑甚多。

突然轻松起来了的人们走向何方?他们也许会立即联想到一部电视剧中某个角色的台词："嗨，做小人真痛快!"漠视名誉当然未必做小人，但如果完全以放弃社会名誉来换取自身轻松，就难免会进入一种"失重"状态，飘到哪里都不知道，这种滋味也是不好受的。更重要的是，如果大家都不在乎名誉，人与人的交往失去了最起码的精神前提，整个社会就会变得跌跌撞撞。置身于这样的生态环境中，就像在黑夜里误入中世纪一个破残的乞丐城堡，哪一级石阶都踩不着实，哪一个转弯都鬼影幢幢，什么怪事都会发生。

其实，人类最初需要名誉，正是为了摆脱黑暗和无序。最初的名誉不是个人所能争取的，这是人们在黑暗中猛然听到一种强健声音之后的安静，安静之后的搜寻，搜寻之后的仰望，仰望之后的追随，追随之后的效仿，效仿之后的传递。名誉是对个人品行的社会性反馈，如果这种反馈广泛而持续，就能起到协调关系、统一观念、整顿秩序的作用。在这种情况下，名誉实际上已成为一种权利，一种在政治权利和军事权利之外的精神权利，而且在很多时候，政治权利和军事权利也要借助于它。

这种精神权利，由民众执掌；其执行方式，只是对荣耀感或耻辱感的激发而已，别无其它手段。但它的强度，有时超乎想象。去年在台湾，经常在电视里看到黑社会各级帮派头目向警方登记的报道。其中有些老人已与帮派脱离多年，即便不登记也算不了什么大问题，但他们却满脸无奈地对着电视镜头说：实在受不了周围人群对自己的鄙夷，仅仅对自己倒也罢了，但连儿子、孙子的名誉也受到污染，因此宁肯拼着老脸在电视上清洗一次。

然而必须看到，名誉的裁断一旦产生，便是一把寒光逼人的双刃剑，正面功能和负面功能同淬一身。

好的一面，它使无数丑类恶行聚焦示众，使不同的道德等级各自归位，使高尚的品格受到四方濡养，使可疑的行止遭遇怀疑的目光；但是，这种威力的发挥却严重地缺少查访核实机制，只靠口口相传来完成，因此必然夹杂着大量的夸张、错位和颠倒。这种情况常常使好人惊心、君子皱眉、坏人暗喜、小人活跃。

我不相信人类到哪一天能够彻底解决这个麻烦。这是名誉的灰色传播本质决定的，再激愤也没有用。能够看到这一点，心也就宽了。经过多年的观察与思考，我终于领悟，在这个问题上，关键不在于要不要名誉，而在于要哪种名誉。

名誉的等级

在名誉问题上我们最容易进入的误区是超敏

感度的全方位把守。

好些年前我在学校工作时曾不止一次地处理过学生宿舍的打架事件和教师之间的积年陈怨，有机会冷静地观察了这类矛盾的爆发和延续过程。总的说来，无论学生还是教师之间的恶性冲突，起因都很小，小到他们都不好意思再复述一遍，但都觉得有涉名誉，一下子怒不可遏，过后还越想越气，无法罢休。然而有趣的是，把学生宿舍的冲突说给教师听，教师淡然一笑，觉得那是孩子们的无聊游戏；把教师间陈年烂芝麻的争斗说给学生们听，学生更是不屑，觉得那是迂腐老人在无事生非。他们作为旁观者都非常清醒，作为当局者却完全迷失，这种近乎荒诞的强烈对比说明，人们在名誉的争夺中最容易降低自己的生命方位，降低到令人难以置信的地步。

在很低的方位上争夺名誉，其实是在争夺不名誉。记得在盛行“阶级斗争”的年代，不少人喜欢在自己的家庭出身上做文章，竟然有那么多出身成分已经很“革命”了的人还要一个劲地硬说自己的父母亲是乞丐，而且几乎都被地主的狗咬过。但奇怪的是，如果他们的父母亲突然来到同事们面前，他们又会觉得太土气、太寒酸而百般掩饰，把父母亲说成是“乡下亲戚”。这里就出现了两种很矛盾的名誉，实际上都因为等级太低而成了不名誉。

我们一生都在不同的名誉等级里打转，要始终清晰地分辨出它们的轻重主次还真不容易。

据我视野所及，古今中外公认不名誉的行为大致有以下四项——

一，违背全人类的生存原则，伤害无辜，欺凌众生，参与黑帮，投靠法西斯，协助侵略者，成了汉奸或其他什么奸；

二，触犯普通刑法，如偷盗、诈骗、贪污之类；

三，出卖朋友、背叛友情、忘恩负义——这是在日常生活中最容易发生，因此也最具有广泛敏感度的不名誉行为；

四，因嫉贤妒能而造谣诽谤、制造事端。

世上的坏事多得很，但有些坏事，哪怕是带有拳脚气的坏事，名誉上的损耗并不大，而只要牵涉到以上四项，名誉的裂缝就难于弥补了。此间差别，关及人类心灵深处的一些微妙颤动，深可玩味。

同样，若要找出不受时空限制的名誉原则，大致也只有以下四项而已——

一，对人类的由衷慈爱——有了这一项，人们可以原谅当事人的其他缺点；

二，在一时不被人们理解而遭受攻击的时候，继续为社会的未来作出贡献；

三，面对世间邪恶，敢于抗争；

四，勇于维护群体的体面和尊严。

其他名誉，大多由这几项派生出来，如果全然无关，就不必过于在意了。

我知道作这种一二三四的罗列在散文写作中十分犯忌，但不这样又难以说明，在名誉上值得我们认真考虑的问题并不太多。

举例李清照

从名誉罗网中挣身而出的过程，很可能贯穿人的一生。有的人，终其一生都未能全然挣脱，其中包括一些极其杰出的人物。这实在是有关生命本质的一系列悲剧故事。

我深知只有具体地体验了这种故事才能真正领悟有关名誉的种种涵义，因此必须选一个这样的人来举例，选来选去选中了李清照——一个清纯绝俗到似乎不应该有名誉问题的人。女诗人风华绝代又与世无争，成天独个儿伫立于西风黄花之中，又不招谁惹谁，会遇到一些什么名誉问题呢?正是这种疑问，触及了人生与名誉之间的险恶玄秘。

那末，就说她吧。

李清照是在与赵明诚结婚之后，开始目睹长辈们遭受的名誉灾祸的。这种经历像是一种试炼，让她明白一个人在名誉问题上的乖谬无常。她的父亲李格非与当时朝廷全力排斥的所谓“元祐党人”有牵连，罢职远徙。这种名誉上的打击，自上而下，铺天盖地，轰传一时，压力极大，但年轻的李清照还能承受，因为这里还有另一种名誉——类似于“持不同政见者”的名誉。然而不幸的是，处理这个案件的恰恰是丈夫的父亲赵挺之!这一下就把这对恩爱的年轻夫妻推入十分尴尬的境地：只要一方的父亲能保持名誉，另一方的父亲就必然失去名誉；而这种你死我活的格局压在一个家族的头顶，实际上连一半名誉也无法保持，只能是在众目睽睽之下被别人看笑话，两败俱伤。李清照身在其中立即体会到了这种尴尬，曾大胆写诗给公公赵挺之，要他以“人间父子情”为虑，顾及儿子、儿媳和亲家的脸面，不要做炙手可热、让人寒心的事。

一个新过门的儿媳妇能够以如此强硬的口气上书公公，可见做公公的赵挺之当时在亲友家族乃至民间社会中是不太名誉的，但实际上他很可能是一个犹豫徘徊的角色，因此最终也遭到打击，甚至在死后仅仅三天，家产被查封，亲属遭拷问，儿子赵明诚也被罢免官职。事虽如此，他原先缺失于民间士林的名誉并没有恢复，反而增加了一层阴影，人们只把他看成三翻四覆的小人。古往今来，很多勉强进入不同身份而又良知未泯的知识分子官吏，大多会在自身名誉上遭此厄运而百口莫辩。这时，李清照跟随着落魄的丈夫赵明诚返回故里青州居住，对世间名誉的品尝已经是涩然不知何味了。

我想，被后世文人一再称道的赵明诚、李清照夫妇俩在青州十余年的购书、猜句、罚茶的风雅生活，正是在暂离升沉荣辱漩涡后的一湾宁静。他们此时此地所达到的境界，好像已经参破红尘，永远不为是非所动了，但事实并非如此。名誉上的事情没有止境，你参破到什么程度，紧接着就有超过这一高度的骚扰让你神乱性迷，失去方寸。就像是催逼，又像是驱赶，非把你从安宁自足的景况中驱赶出来不可。

似乎是上天的故意，李清照后来遇到的名誉问题也越来越大，越来越关及个人，越来越无法躲避。例如那个无中生有的“玉壶事件”就很典型。事情的起因发生于赵明诚重病期间，曾有一位探望者携带一把石壶给这位病榻上的文物鉴赏家看过，没想到赵明诚死后即有谣传兴起，说他直到临死还将一把珍贵的玉壶托人献给金国。当时宋、金之间正在激烈交战，这种谣传关涉到中国文人最重视的气节问题，李清照再清高也按捺不住了。但她又不知道应该如何洗刷，想来想去选了一个最笨的办法：带上夫妻俩多年来艰辛收藏的全部古董器物，跟随被金兵追得走投无路的宋高宗赵构一起逃难，目的是希望有机会把这些古董全部献给朝廷。她的思路是，谣传不是说我的丈夫将一把玉壶献给了金国吗?现在金国愈加凶猛而宋廷愈加萎弱，我却愿意把全部古董献给宋廷，这是一切稍有势利之心的人做得出来的吗?已故的丈夫与我完全同心，怎么可能叛宋悦金呢?

这实在是只有世界上最老实的文化人才想得出来的表白方式，她显然过高地估计了造谣者的逻辑感应能力，他们只顾捕风捉影罢了，哪里会留心前后的因果关系?她也过高地估计了周围民众的内心公正，他们大多乐于听点别人的麻烦事罢了，哪里会感同身受地为别人辩诬?她更是过高地估计了丧魂落魄中的朝廷，他们只顾逃命罢了，哪里会注意在跟随者的队伍里有一个疲惫女子，居然想以家庭的全部遗藏来为丈夫洗刷名声?

宋高宗在东南沿海一带逃窜时一度曾慌张地在海上舟居，李清照也从海路追踪。这一荒诞的旅程最后在一位远房亲戚的疏通和劝说下终于结束，但在颠沛流离中，所携文物已损失绝大部分。

付出如此代价，名誉追回来没有?这真是天知道了。

至此李清照已经年近五十，孤孤单单一个人，我想她一定累极了。在国破家亡的大背景下，她颓然回想，父亲的名誉、公公的名誉、丈夫的名誉，已经摧肝裂胆地折腾了大半辈子，究竟有多大实质性的意义呢?她深深喘一口气，开始渴望过几年实实在在的日子，她已受不住在寒秋的暮色里回忆那早已远逝的亲情抱肩而泣的凄楚，她想暂别往昔，她想寻找俚俗。于是，她在思虑再三之后接受了一个叫张汝舟的军队财务人员的热烈求婚，又有了一个家。

她当然知道，在儒家伦理的重压下，一个出身官宦之家的上层女子，与亡夫的感情弥深弥笃，而且又年近半百，居然公开再嫁，这会受到上上下下多少人的指责?我们今天还能看到当时很有见识的文人学者在自己著作里对李清照再嫁的恶评：“传者无不笑之”、“晚节流荡无依”……对此，我们的女诗人似乎有一种破釜沉舟般的勇敢。

如果事情仅仅到此为止，倒也罢了，李清照面对鼎沸的舆论可以闭目塞听，关起门来与张汝舟过最平凡的日子。然而万万没有想到，这个张汝舟竟然是不良之徒，他以一个奸商的目光，看上了李清照在离乱中已经所剩无几的文物，所谓结婚只是诈骗的一个手段，等到文物到手，他立即对李清照拳脚相加，百般虐待。可怜的李清照，只要还有一点可容忍的余地，是绝不会再破门而出公开家丑的，她知道一切刚刚嘲笑过她的正人君子们得知内情后会笑得更响，但她毕竟更知道生命的珍贵，知道善良高雅不应该在凶恶横蛮前自甘灭亡，因此不顾一切地在结婚三个月后向官府提出上诉，要求解除他们的婚姻关系。

李清照知道宋朝法律，妻子上告丈夫，即便丈夫真的有罪，妻子也要被判两年徒刑。但她宁肯被官府关押，宁肯审案时在大庭广众之下与无赖张汝舟对质，丢尽脸面，也要离婚。

没有任何文字资料记载李清照出庭时的神态，以及她与张汝舟的言词交锋内容，但是可以想象那都不是我们愿意看到和听到的。为了达到离婚的目的她必须诉苦，但只要诉苦就把自己放置到了博取人们同情的低下地位上，这是她最不肯做的，更何况即便诉苦成功，所有旁观者的心中都会泛起“自作自受”四个字，这些她全能料到。如此景况，加在一起，出庭场面一定不忍卒睹。让这一切都从历史上隐去吧，我们只知道，这次上诉的结果，张汝舟被问罪，李清照也被关押，但离婚是成功了。李清照没有被关押太久，由于一位朝中亲戚的营救，她在九天后出狱。出狱后立即给营救她的那位亲戚写信，除了感激，还是在担心自己的名誉：“清照敢不省过知惭，扪心识愧。责全责智，已难逃万世之讥；败德败名，何以见中朝之士”；“虽南山之竹，岂能穷多口之谈?惟智者之言，可以止无根之谤”。

女诗人就是在如此沉重的名誉负荷下，悄悄地进入了老年。由此我们可以更深入地懂得她写于晚年的代表作如《声声慢》了，那就不妨再读一遍：

寻寻觅觅，冷冷清清，凄凄惨惨戚戚。乍暖还寒时候，最难将息。三杯两盏淡酒，怎敌他、晚来风急！雁过也，正伤心，却是旧时相识。

满地黄花堆积，憔悴损，如今有谁堪摘？守着窗儿，独自怎生得黑！梧桐更兼细雨，到黄昏、点点滴滴。这次第，怎一个愁字了得？

不知道为什么我们许多写李清照的影、视、剧作品都讳避了她如此剧烈的心理挣扎，可能也是担心一涉名誉就怎么也表述不清吧？名誉，实在是一种足以笼罩千年的阴云。

结果，千千万万不知李清照命运悲剧的读者，却在心中一直供奉着一个无限优雅的李清照。这是一种虚假吗？不是，这是一种比表层真实更深的真实。挣扎于身边名誉间的李清照虽然拥有几十年的真实反倒并不重要，而在烦闷时写下一些诗词的李清照却因创造了一种东方高雅女性的人格美而光耀千秋。为此，真希望饱学之士不要嘲笑后代读者对李清照命运悲剧的无知，这种无知正体现了一种历史的过滤和选择。那些连李清照本人也担心“难逃万世之讥”的恶名并未长久延续，真正延续万世的名誉，在当时却被大家忽视了，包括李清照自己。

至此已可看出，我花这么多笔墨来谈李清照，是舍不得她的故事对于名誉的全方位阐释功能。名誉的荒诞性、残忍性、追逼性、递进性，以及日常体验的名誉与终极名誉之间的巨大差异，都包含在其中。

其实，可以让人们作类似体验的典型还有很多，例如拿欧洲的小说家笛福、思想家伏尔泰、戏剧家维迦的坎坷经历来解析名誉问题也会很深刻，但我最终还是选中了李清照，因为她是中国人，又是弱女子，当然，更因为她是中国古代第一女诗人。

什么最珍贵

李清照的遭遇说明，我们一生最花力气维护并始终为之奋斗、为之苦恼的东西，往往并不是生命中最珍贵的东西。

那么，最珍贵的东西在哪里?靠谁来挖掘和鉴定?人们常常把希望寄托在同代或后代评论者身上。但事实证明，这种寄托很不可靠。即便是对那些与人为善、公正贤达的评论者，也不能指望太深。仍以李清照为例，尽管自宋以来有那么多评论者抓住她再嫁之事大肆毁谤，却也总有一些人为她辩诬，这些人学问高，声望大，总该恢复李清照的真面目了吧，然而并不。例如清代的朱彝尊、王士禛、俞正燮、李慈铭等大学者都努力否定李清照曾经再嫁，说那是一群小人为了毁损李清照的名誉造的谣。我不知道李清照如果获悉她身后有那么多杰出人物为她作这种辩护，将作何想。名誉好像是挽回了，但这是真的名誉吗?

因此，一切受到名誉侵扰的人应该明白，现在你在苦恼的事情，绝大多数无足轻重。这一点要看破很不容易，你看连那么多极其智慧的人物也都没有看破。但是，不看破毕竟是在犯傻，时间的力量什么也不能抗拒，珍贵的生命怎能流失在无谓的自惊自吓之中。

那么，要不要动一点脑筋，来预见一下今后的名誉坐标呢?我觉得也完全没有必要。

自身名誉的基点是生命质量的自然外化。这是追求不到、争取不来、包装不出的，同时也是掩盖不住、谦虚不掉、毁损不了的。说到底，一个人在自身名誉的问题上是无能为力的。好就好在无能为力，一旦用力追求，便会弄巧成拙。在这里正好可以引用十七世纪英国政治家哈利法克斯的一句话：

> 从被追求的那一刻开始，名誉就是一种罪恶。只有在那些人们能自然拥有而不必强求的地方，它才成为一种美德。

这话好像说得太硬了一点，但世间很多罪恶都从追求本来并不拥有的名誉开始，倒是确实的。

有时也需要追求。那就是在被诬陷和起哄闹得晕头转向的时候，应快速脱离简单防守的前沿，去追求一种真正有价值的精神高度。这种追求放弃了反击、声辩和恢复名誉的权利，因此看起来不像追求，而实际上却在默默追求那种最终毁损不了的东西。既然是最终毁损不了的东西，为什么还去追求呢？为的是让自己的身心免遭不必要的损耗，尽早获得安顿。因此，损害别人名誉的人常常在发出一片喧嚣后找不到预期中的回应，是对方害怕了吗？可能性很小。喧嚣者们此时应该慌张地憬悟一点什么，看看自己所攻陷的那些名誉背后，是否还有更重要的名誉。他们或许也想对这种背后的名誉做点什么，没想到刚刚走近前去就不得不止步，因为一眼就可看出，那是一个无法喧嚣的领地。

荒芜的高处

最后，想顺便谈谈已经取得名誉的人的心态问题。

已经取得名誉的人，一般被叫做名人。身为名人而做着不名誉的事，大家就会有一种受欺骗的感觉，这种心情很可理解，因为名人早已与大家有关。所谓“欺世盗名”的恶评，就很难用到一般骗子身上，因为只有真正出名才有资格欺世。鉴于此，人们在向名人喝彩、与名人套近乎的同时，往往又保持着潜在的警惕性、监视性乃至否定性，而且名声越大，这方面的目光就越峻厉，因而产生了“楼有多高，阴影就有多长”的说法。对此，名人大多感到委屈，觉得本来名声也是你们给的，怎么一下我倒成了谁都可以指手画脚的对象?其实一切受惠都是有代价的，不应该存在委屈心理。

并不是说，名人应该谨小慎微、寡言少语、处处赔笑地过日子，因为这种状态不可能对事业有重大创造、对社会有像样贡献，而没有创造和贡献，何以还算作名人?因此，名人们总是进退维谷。常听人说，名人太嚣张，但据我观察，出名后很快变得萎缩的名人更多。萎缩不完全是害怕，大多是应顺和期待，应顺着众人炯炯逼视的眼，期待着众人欲说未说的嘴。贝多芬在一篇书简中说："获得名声的艺术家常受名声之苦，使得他们的处女作往往是最高峰。"这就说明了成名之后萎缩的普遍性。

不管是萎缩还是嚣张，都是病态。要克服这种"名人症候"，唯一的办法是在名誉上"脱敏、消炎"，平平稳稳地找回自己。我们原本是寻常的从业人员，周围突然响起了喝彩声，抬头一看居然是针对自己的，不免有点惊慌，那就定定神，点头表示感谢，然后继续低头做自己的事吧。如果觉得要为喝彩声负责，那么今后的劳作也就成了表演。但是，万万不可为追求喝彩而表演，因为一旦进入这种状态，你就成了取悦于人、受制于人的角色，而哗众取宠从来就没有好结果。按一般规律，喝彩声刚刚过去，往往又会传来起哄声和叫骂声，仍然不要抬头竖耳，神定气闲地把持住自己，好在未曾进入过表演状态，你就没有义务要去关注这种声音。不想在喝彩中的获益，就不必为叫骂去支付。

但是，尽管你不加理会，一阵阵声浪使你渐渐孤独。即便全是喝彩声，这声音也成了一道影影绰绰的围墙，一种若有若无的距离，使你难于像以前那样融入四周。这种孤独并不是自闭，因为你心中还有终极原则，还有茫茫众生，但终极原则无形无貌，茫茫众生也不发出什么声音，更不会向你走近，因此你所把握的仍然是寂寞。一个人，如果能够领悟名誉和寂寞之间的关系，两相淡然，他也就走出了病态，既不会萎缩，也不会嚣张了。泰戈尔说：

我攀登上高峰，发现在名誉的荒芜不毛的高处，简直找不到一个遮身之地。

名誉的高处找不到遮身之地，这种说法真好。人们常常误会，以为那里也像平地一样，总会有一些草树和别人的身躯可以为自己阻挡一点什么的，其实正是高度把这些遮盖物全都舍弃了。因此，要求接受高度就要准备接受难堪。但是难堪也只是心理感受罢了，如果你自知脚下的高度不是勉强堆垒而成，为何要躲避别人的目光？为何要掩饰自己的缺点？不把难堪当难堪，难堪也就不成其为难堪。

——如果实在消受不了名誉的重压，那还不如悄然从山峦爬下，安顿于人间万象的浓荫里。高峰对大地而言是一种景观，对自己而言却是一种牺牲。何必人人都去参加登山运动呢，你看连银髯飘飘的泰戈尔都有点懊悔了。

关 于 谣 言

好几位读我专栏的朋友问，下一篇写什么，我说关于谣言，他们都眼光奇特，然后滔滔不绝。由此我产生警惕：人们受谣言的伤害太严重了，一篇文章如果着力分析谣言的诸般罪恶，也只不过在愤恨中加添愤恨，恐惧中加添恐惧罢了，怒火熊熊，阴气森森，何苦来着?按照我往常写作的习惯，还总会引述一些中国历史上的例证，但一部中国历史，受谣言播弄的影响过于沉重，厚厚的《二十四史》且不去翻它，光看前些年北方的出版家们编集的《古史龟鉴系列》，《谄谀》、《贼贿》、《谗诬》、《诓诈》各一大册，其中除《贼贿》外，别的三册都与谣言紧密相关，随便翻到哪一页，都让人毛骨悚然、不寒而栗。直到现代，有些著名政治悲剧的产生，都与“谎报军情”有关，而“谎报军情”也就是造谣。显而易见，即便试图略作揭露和控诉，这篇文章就永远也写不完。

那么，只好把书盖住，闭眼梳理自己的感觉。

设定几个叙述台阶，力求平静。

从焦灼到平静

我把谣言当作一个课题来研究是从六七年以前开始的，起因是为了自己。

那时我突然受到了很多谣言的包围，却搞不清究竟是怎么回事。好像谣言也有一个契约，可以一二十年风平浪静，也可以一两个月烽烟四起。

终于有一天，几位早已毕业的学生找上门来。我一开口就说："多年不见，老师我已经青头紫脸。"他们苦笑了一下，便与我讨论起这些谣言的根源。他们认为，来势这么集中，一定有一个发射中心，这基本上与一个特殊的原因有关，容易理解；比较难理解的是为什么有许多对我并无恶意的人也喜欢这些谣言，而天南地北那么多与我毫无恩怨的报刊又乐于刊登这些未加核实的谣言。

我只问他们一个问题：这样的谣言，别人听了会相信吗?他们思考了一会儿说，完全相信的人不多，完全不信的人也不多。

这使我有点委屈。"我历来的行为大家都知道的啊，怎么可能……”

“没用，”他们说，“谣言不讲逻辑，反差越大越有传播力。”

“反正我们单位的人可以证明我是怎么一个人。”

“不，”他们的声音近似残忍，“单位里的人也不拒绝听这些谣言。甚至你的那些朋友，也神秘兮兮地把那些报刊塞来塞去。”

我木然。过后一个时期，经常有朋友打电话来安慰，他们都说那些文章态度偏激、无限上纲，却没有人怀疑那是谣言。报刊间也开始有文章在同情我了，那当然更是在态度而不可能在事实上说话。

只有我一人有辟谣资格，但如果发表文章，最多只是争得人们的将信将疑。打官司，一个官司一拖几年，那么多谣言，够打大半辈子的了。

我很快决定完全不理，后来干脆不读一切报刊，不听报警电话，图一个耳根清静，但脑子里一直有一种有关谣言的思辨挥之不去，逼迫我对它作出研究。形貌卑琐的它，究竟有什么法道，弄得我们焦灼不安、毫无办法？

于是，我开始了对谣言的研究。

没想到，越研究，越变得神定气闲。

所谓研究，首先是一种凌空鸟瞰。这一鸟瞰不要紧，目光一下落到了古希腊的柏拉图、亚里士多德和中国先秦诸子那里，原来两千多年前这些麻袍飘飘的智者已经在为谣言大费脑筋了。一代代下来，谣言研究渐次被纳入人性论领域、心理学领域、历史学领域，一旦纳入，这些领域都因挖掘到了人人都能体验的精神暗窖而顿显丰盈。

研究的目光必须扫及世俗情绪之外的领域。世俗情绪总是憎恶谣言的，研究者说，且慢，先看看大范围里的谣言。即便把谣言贬缩为谎言，在谎言中再缩小到故意的说谎，也不全是邪恶的。

细想起来确实如此。艺术虚构也是一种故意的谎言，一位古代欧洲学者甚至说，戏剧就是把谎说圆了的艺术，观众乐于受骗。一位近代学者补充道，那是一种不具有现实伤害性的谎言，但也有人反驳，完全没有现实伤害性何来社会批判力？

军事上的谎言世所公认，“兵不厌诈”。

在其他职业中，例如医生和教师有时也要对病人和学生说一些仁慈或美丽的谎言。

即便在政治上，柏拉图说某些统治者为了使公民更关切城邦的命运，也会传播一些杜撰的概念，无可厚非。至于民众间的政治谣传，国际上很多学者指出，至少有一部分，是对权威性的一种异议方式，是对不透明的一种透明欲求。有时，谣传比公告更真实。

这样的例子还可以举出很多。结果，终于有人得出了一个结论：说“我从不说谎言”本身就是一个大谎言。日本当代心理学家相场均先生甚至说，谣言在本质上是人类的一种游戏，一种心理传递和话语传递的游戏；如果人类社会中完全没有谎言和谣言，世间将会因为病态的合理主义而毫无生趣。

不管是否同意这一论断，“病态的合理主义”确实是我们这些文人的一大毛病。处处合理，何谓生活?没有芜滓，何谓大地?没有谣言，何谓真实?

但是，明白了这些，并不是可以放纵谣言。只有了解了谣言的整体形态，我们才能划定一个包围圈步步进逼。包围什么?包围那些祸及人性人道、危及人类尊严的谣言。

只有认清人类在精神领域的坑坑洼洼，我们才能细心地四处探测。探测什么?探测那些足以让善良的人们伤残或遭灭顶之灾的精神陷阱。

因此，真正的人文研究似乎不露喜怒之色，其最终结果仍与人间道义有关。连那位认为世间没有谣言便毫无生趣的相场均先生最后也指出，谣言的主要结果是使许多人做了坏事，它久而久之会与犯罪结合在一起。我们无法消灭世间犯罪，却总要发现犯罪、控制犯罪、审判犯罪、惩处犯罪。

那么，下面所说的谣言，就是进入我们包围圈的那一种了，不妨简称之为日常生活中的恶性谣言。

造谣的人们

谣言的生命可分作造谣和传谣两段。我们先说造谣。

即使恶性谣言的制造，在最初也可分为恶意明显和恶意不明显两种。这两种造谣方式哪一种更让人头痛?乍一看是前者，实际上是后者。

前者当然是可恨的，由恶意产生恶果，而且又把恶意藏匿在造谣中，能不可恨吗?但这种造谣毕竟有直接的因果关系可寻，起点和终点比较明确，冤有头债有主，要打官司也可找到被告。因此，这是一种可惩处的造谣，一种可能激起公愤的造谣。

相比之下，后者就麻烦得多了。由于恶意不明显，起点就模糊；居然产生恶果，因果关系就混乱了。这中间也不排斥误会的可能，但由误会而发展成恶性谣言，一定包含着非误会的因素。当恶果产生以后常能听到一叠声的解释，“误会，误会，真是误会”，这当然是遁词，结果谁都遁掉了，细查起来确实也没有一个人该负直接责任。于是我们看到：一群凡人，甚至一个好人，在不经意间酿就了恶，这种恶，人人都有可能参与，人人都有可能被害，既不知如何惩处，更不知如何防范，这样的造谣机制，实在可怖。

因此，更值得探究的是这一种。

在这种造谣机制的起点上，常常有以下几种人物。

一，怒气冲冲的造谣者。

这种人物脸色很正，声调很高，初一看是一个血气方刚、义正词严的社会批判家，不管是别人还是他自己，都万万没有想到能与造谣连在一起，更何况他们对谣言的批判也同样猛烈，但事实上，他们恰恰是造谣者。而且由于他们总是挟带着自以为正确的强硬社会观念，喜欢在大庭广众之中大声宣讲，因此在造谣活动中发挥着特殊功能。

先看一段实例。

改革开放初期，我曾在一个大型座谈会上听到一家企业的前任领导在大声地批判现任领导班子的劣迹："我们是堂堂正正的国营企业，但有人当官不到半年就天天与身份不明的美国人泡在一起，搞私下交易。领导班子五个人，竟有三个人的孩子在考美国人的托福，请问，他们到底要托谁的福?"

发言者的社会观念和个人恩怨我们暂且搁置不论，至少据我事后了解，他所说的"天天与身份不明的美国人泡在一起"的"天天"二字不是真实的，"搞私下交易"也是不真实的，几句话中两处造了谣。但这种造谣被裹卷在一种浩荡的批判声势中，让人不易觉察，最多只觉得用词过于激烈。会有人看出他是极左派，很少有人看出他是造谣者。

再举一个例子。

我在做教师的时候，一直听到学生风气败坏，居然在集体宿舍中同居，为此学校曾严加处分，大家都赞成。后来我担任了这所高等学校的负责人，在一次办公会议上又要讨论新的处分决定了，想到最后在这份决定上签字的应该是我，便留心多问了一句："对这事，有敢于承担责任的证人吗?"

当即有两位干部说，他们去检查宿舍，就看见这两个学生大白天躺在一个被窝里。

我一听就忿然，因为我们的每一间学生宿舍是多人同住的，这怎么可以容忍?但毕竟又觉得有点不可思议，便说：“在座诸位都是结过婚的，因此请原谅我要问得细致一点……”

层层盘问的结果终于真相大白。原来学生宿舍没有留给客人坐的凳子，这个男生的女友来了，便双双靠墙坐在床上谈话，天太冷，就把被子搭在身上了。是“一个被窝”，却是一个衣冠楚楚、靠墙而坐的被窝。

从这件事联想到，常常把老先生们气得胡子发抖的所谓“世风日下”，其间至少一部分只是谣传加想象所致。

但又不能说那两个见证的干部在故意造谣，他们本来就认为男女学生谈恋爱已经不对，拥被而坐当然更应该阻止。可惜这一切被一种燃遍处处的熊熊烈火作了升温处理，不知不觉间成了一个具有明显伤害性的谣言。差一点，我在那份处分决定上签了字，好险！

问题是这种险情处处都有。大凡一种偏执的社会观念淬上了火，就需要以超强度的敏感寻找对立面，这种对立面有一半是“心造”的，因此也就为造谣留出了地位。有时，社会观念变了，但有些人的“淬火”习惯没有变，即便在纠正以前错误时也用夸张的手法，听到风就是雨，永远慷慨激昂。例如，“文革”中很多人由衷地相信周围有大量的“反动分子”，揭了一批又一批；而“文革”结束后的这二十年来，又总有人喜欢揭露自己周围的人是“文革”造反派的“漏网分子”，大多是不问年龄、不问证据、不问当年的清查结论和基本政治常识，一味怒气满面、义愤填膺。为此我曾给自己一个学生的单位领导写过信，说请算一算吧，谣传说他当造反派头头那年，他才十三岁；我也曾专程到北方，为我的一位同学解过围，说我以一个现任学校领导的身份郑重证明，这位剧作家没有像谣传中说的那样在“文革”中打过人。后来，这方面的谣传一度又绕到我自己身上。这种制造既是故意又不是故意，却谁也不承认是恶意，有时甚至是特定意识形态下的“好意”。至少，好像是为民除害，刚正不阿，在我们中国特别有空间。

二，躲躲闪闪的造谣者。

这种人物与前一种相反，毫无跋扈之气，常露温煦之色，从不锐利攻陷，也不轻易论断。他们心中，至多只起一点不平衡的愠怒，或一点朦朦胧胧的欲望，但一经盘算，如果展现这种愠怒或欲望可能得不偿失，因此一直在等待他人之力，他们只不过在需要时略作引导罢了。说他们阴险，他们又不作什么坏事，但低调的生态却使他们成了舆论中举重若轻的灰色支点。

还是举例。

优秀的研究者周先生曾受到过一次不小的困扰，他的两篇重要论文被谣传为日本同行的“第二手产品”，结果在科研成果鉴定和职称评定中一再受到质疑。但直到两年后因被日本刊物郑重发表而自动辟谣，还是闹不清当初谣言的起因。后来一个偶然的机会，我得知曾经有一位同事在某个场合说过几句无关痛痒的话。

这位同事在感叹学外语的重要性，责怪自己学迟了。他说，原先读周先生的论文还半懂不懂，学了日文读了日本学者的著作，一下子就懂了，这种感觉真是愉快。

当时在场的人就问：周先生论文的观点和日本学者一样?这位同事宽厚地说：你们不当家不知柴米贵，搞学术研究哪能天天标新立异?然后不断赞叹周先生用功，自己比不上。

我没有仔细调查，无法肯定这番谈话便是周先生两年困扰的直接起因，但仅仅这几句话，已经大致具备了构建一个谣言的基本条件。只不过如要追究，他的话句句稳妥，什么也追究不到。

又想起了我们每个人都可能听到过的一段话。这段话是以一个问题开始的："厂长，最近你没有批评过王处长吧?"

厂长想了想，摇头否认。

"我说呢，王处长是厂长一手提拔的，怎么会说这种话?这么一个聪明人，根本不可能忘恩负义。一定有人嫉妒，用谣言挑拨你们的关系。既然是谣言，我也不传了，你也别往心里去。"

堂堂一个厂长当然不便问谣言是怎么说的。他更难以明白，刚才听到的却是一个真正的谣言。这个谣言没有具体内容，没有具体内容的谣言连辟谣也无从辟起，那就成了一种最柔韧的隐性谣言，很难不听，又很难摆脱得了。

请再看两段。

"现在文化界都在盛传，您老写的那个剧本，被导演改得剩不下几句了。我想您老的写作功力不至于如此低下，而这位导演也不会如此大胆吧?"

"我亲耳听到，他边笑边说，出版个人日记就像当众洗澡，您最近出了一本，会不会……"

三，夸夸其谈的造谣者。

这种人物在表现形态上更像一个智者。生活的奥秘、人生的规则都装在他们心中，他们能预测，能判断，能分析，而且一切都合乎情理，于是顺便也就在旁听者钦佩的眼光中把判断的逻辑稍稍往前延伸，而这种延伸就是造谣的起点。

“我到过他纽约的住所，是地下室，但收拾得一丝不苟。大家想一想，一个工作繁忙的男人突然把生活收拾得那么精细意味着什么？只能是两种可能，第一可能是他要经常接待一个自己非常在乎的人；第二可能是这一切本来就是另一双手收拾的。这双手，当然是整理家务的能手。这也难怪，美国这样的地方，两人合在一起生活总比一个人生活更节约，而妻子又隔得那么远……”

这就是这类人很典型的话语方式。他们未必有造谣的故意，主要是在逞示自己的观察智慧，但是，一个引起婚姻悲剧的谣言已随口吐出。

在错乱的政治背景下，这样的夸夸其谈更是处处可见，所造成的结果越加荒诞无稽。“文化大革命”中，一个个专案组、一次次大批判，几乎都是在声色俱厉的夸夸其谈中大量炮制谣言，炮制者的神情无一不是洋洋自得。这种毛病甚至连原先挺朴实的工人、战士也传染上了，轻轻松松造谣，毫无思想顾虑。

这是“文革”中一个略有文化的工人宣传队队

员对一位教师的批判发言，这个工人亲自查到了教师家中的一个罪证："我一踏进他家的门，就发现他把灯泡的罩纸剪成了多角形，这个多角形，就是国民党党徽!在座的学生可能不知道，但按照他的年龄，怎么会不知道国民党党徽?再说，他故意把这张纸罩在灯上，意味着黑暗中的光明，他作为一个文学教师，难道不知道象征和比喻?"

夸夸其谈的造谣者总喜欢摆出一种既居高临下、又明察秋毫的架势，很容易镇住很多知识水平和心理素质比他们更低的人。被镇住的人没有能力辨识真伪，而有识之士又不屑与之饶舌，于是他们在造谣的能量上也往往非同一般。在街坊邻里间，他们半分析半造谣地播弄着一家家的婆媳关系、妯娌纠葛，普及着人际矛盾的种种复杂规则；在文化学术领域，他们谈笑风生地揭示着学者、专家的愚笨无知，铺排着名人、明星的历史问题、行为轨迹；在证券市场，他们像投资专家一样侃侃而谈，传授着股市诀窍，透露着一个又一个无须验证的金融情报……他们的宣讲台无处不在，确实也经常递送给人们许多基础知识和机智言词，但滤去了这一切，他们最根本的馈赠始终是谣言。

对于这样的热心人物我们往往无可奈何，唯一的教训也许是：今后遇到那些对人世间的一切知道得太多的人，不要全然信赖。

四，唯唯诺诺的造谣者。

这样的人物基本上不多说什么话，不多说话怎么也成为造谣者?我想只要喜欢看相声的观众立即就能领悟。

第一种情况是知情者。造谣的人在边上滔滔不绝，他明知实情却巍然不动。别人也知道他是知情者，于是在将信将疑之间把目光投向了他，他的表情使谣言得以成立。这还不算最糟的，我们甚至还能见到这些人微微点头、声声叹息。记得在某次政治灾难中曾经有过这样一件事情：有谣言说某人曾经坑害过一位已死的老人，老人的亲属还在，人们就向知情的亲属问个究竟，没想到这位亲属一言不发，只是一个劲地用手帕擦拭眼泪。这个动作好像无可厚非，却使那个谣言获得了某种证明。

唯一可以谅解的是，在一场政治灾难中大家都不想引火烧身。但在有的情况下，一个谣言可能导致一场可怕的冤案，而具有辟谣身份的只有寥寥数人，这就需要衡其轻重而试炼自己的节操了。我有一位江苏的朋友是著名的文化史专家，“文化大革命”中，他所在的小城市根据一个谣言把一群知识分子打成了企图暴动的反革命小集团，在万人公审大会上，别人都承认了，只有他在拳脚交加之下始终矢口否认，虽然头破血流却阻止了最恶劣结果的出现。试想，他如果也畏于拳脚而默不作声，情况将会如何？

让人悲哀的是，我们今天常见的那些沉默的见证人，并没有政治压力加身。他们的沉默和点头，一半由于对造谣者不愿拉破面子，一半由于对被害者或许也心存芥蒂，当然还为自己想好了退路：反正我什么也没说，可以不负责任。事实上，他们也以特殊方式参加了造谣。

第二种情况是不知情者。他们的责任要小得多，但在未经验证的谣言前频频点头、声声叹息，也为谣言的出笼调适了气温。一句假话未必能成为谣言，要把它孵化得可以振翅乱飞，正需要这种气温。造谣者和听谣者之间的关系并不是毫无障碍的，“单口无凭”的疑惑时时会在听谣者心中产生，在这种时候，对谣言进行唯唯诺诺的附和，便成了其他听谣者拆除障碍和疑惑的重要推动力。

这样的情景往往出现在某个热闹的饭局之中，一人造谣，两人点头，三人发挥，四人调笑，一个谣言不仅加速完满而且全然可信，这种可信其实也就是互信，连最初的那个造谣者也会庆幸自己的胡言乱语居然侥幸命中。这样的“多口谣言”当然要比“单口谣言”更有生命力，而所有的附和者至此已与原创者毫无区别，谣言是他们的集体创作。集体创作对艺术弊多利少，对谣言却威力无穷。

说到这里，我忍不住要引述十九世纪英国作家约翰·罗斯金的一段话：

> 有时撒谎可以用沉默、用暧昧的态度、用声调的高低，或者是在说话时用眉目示意等方式。所有这些都比直截了当地撒谎坏得多，恶得多。

他看出来了，造谣的水平不能以语言的多寡来衡量。唯唯诺诺是一种软性态度，但这种软性能使谣言变得强硬。

以上四种造谣者，在实际操作中常常交叉重叠、彼此融合。我把他们全都划拨在恶意不明显的一类中，是因为他们或多或少都有点相信自己的谣言，都有点自欺欺人的成分。

这就牵涉到了心理暗示的作用。不管出于什么原因，他们在内心希望事情应该这样，当这种希望的强度渐渐加大，构成心理暗示，那就不仅可以随口吐出，而且连自己也渐渐相信了。

一个嫉妒者常常最能发现被嫉妒者的种种问题，即使以前是朋友，现在居然也发现了一个又一个的隐疾和疤痕，这是为什么？因为这是嫉妒者心中的希望，一暗示，希望渐渐成了一种无须验证的传播。

同样的道理，一个一生充满渴望的人一到老年，回忆起往事来也总是夹带着大量不确实的成分，这是一双充满渴望的手在夜深人静的暮年重新塑造历史，情有可原。

指出造谣者的心理暗示原因，并不是无视他们的道义缺损，但我们从前确实太看重谣言在道义上的原因了。

这里正好有一个现成的例子。前不久文化界曾为一部涉及某文化大师的回忆录的真伪问题讨论很久，我在初读该书时就觉得有点疑惑，心想我们这些人年岁还不算太大，但要写出上星期朋友交往时的对话已不大可能，这部回忆录怎么像写小说一样，把多少年前的人物对话和生活细节一一写出，而且各种人的对话都一律是半文半白的同一种语气？后来有一些学者分析说，此书的真实性有不少地方值得怀疑。为此，很多文章已笔代怒气。

但是，我心中又产生了第二个疑惑：如果作者是在故意造假，他已是一位双目失明的老人，只有摸着格子板才能勉强写字，花如此可怕的努力造这份假干什么?他难道不知道他所回忆的文化大师遗泽处处，众目睽睽，任何造假都难免暴露?当我与一位前去专访过的记者长谈后作出了一种猜测：作者在长期的孤独中可能在进行着某种自我心理暗示，也就是我们一般所说的臆想，待到双目失明，臆想的世界渐渐强悍，他可能已经分不大清臆想和真实之间的差别。这种情景，我经常在那些曾经有上佳的记忆力和叙述欲望的老人身上看到。半个多世纪之前的事，一次比一次讲得更具体、更完整，他们每天都在加添，却很难说有造谣的故意。

经常臆想以至真假不分的人，几乎都有程度不同的人格原因。例如他们一般内心孤傲，很难与外界真正沟通却又对外界十分敏感，习惯于猜度和演义，一有触因就超常发挥，在兴奋或气愤中输出臆想。因此，这里包含着心理疾病的成分，尽管他们在其它方面的表现都很正常。

有些职业也会加剧这种症状，例如戏剧编剧的职业就是如此。小说家虽然也虚构，但戏剧编剧需要构想全部情境的具体实现，缺少小说家所把持的自身间离。结果，时间一长，年纪一大，便越来越习惯于用戏剧性的夸张来叙述一件件事情和一个个人物，越来越喜欢用戏剧性的冲突来描绘自己身边并不严重的对立，有意无意地制造出了一个个不愉快的事件。遇到这样的情况，我总是提醒受害者们注意一下他们的职业，予以原谅。这些编剧很多是我的朋友，他们很容易近乎本能地在真实生活中进入似真似假的臆想，但主要不是道德原因。

很多造谣者，是心理疾病和道德疾病的组合体。即便如此，我们也要把两方面分开来看，不要一味寻找恶人而看不到病毒。有些心理疾病，大家都有，轻重而已。说到底，我们与谣言的对峙，也就是与人类根深蒂固的心理隐患的对峙。

群鸦蔽天

不管怎么说，谣言已经制造出来了，我们的观察点，需要从制造业转到传销业上来了。

传播，是谣言生命的实现方式。未经传播的谣言，就像一颗不发芽的种子，一只没翅膀的秃鹫，一捆点不着的乱柴，没有任何意义。严格说来那不叫谣言。

也看见过这样一些人，喜欢说假话却总也传不出去，刚作第一度传播就弹了回来给自己享用，好不丧气。是不是他们智商太低，编造能力太差?也不。历来很多精细而聪明的编造怎么也传不出去，而那些破绽百出的胡言乱语却轰传一时，而且轰传者中不乏聪明人，这是为什么?

在军事或金融上故意散布一些谣言是智力角逐，但这是一种短暂而有明确目的的特殊谣言；在轰传民间的一般谣言中，智慧没有什么地位。传谣是一个不可理喻的话语运动，在很多时候，没有比这个运动更能让人感叹人类群体智能之低下的了。大家似乎中了一种魔法，迷迷瞪瞪地传递着那些过后连自己也吃惊的荒唐消息，从而暴露了自身原先掩盖着的大荒唐。

原来，传谣反映了人们隐隐然的一种需要，在需要面前，分析能力就会大大降低。这就像一个饥饿的人突然闻到了一种食物的香味，只会不由自主地走近前去，不会作什么营养成分分析。

说来难于置信，人们对谣言的需要，首先居然是出于求真的需要。大家对自己的生存环境都有或多或少的迷茫，因迷茫而产生不安全感，因不安全感而产生探询的好奇。尤其对那些高出于自己视线的物象，这种心情更其强烈。长久地仰视总是从不平等、不熟悉为前提的，这会产生一种潜在的恼怒，需要寻找另一种视角来透视，这种视角即便在一根并不扎实的悬藤之上，也愿意一哄而起爬上去看个究竟。刘东先生曾在《二十一世纪》上撰文指出："谣传者何?乃人们为求真而暗辟的信息通道，但其载负之知识却总是因接受主体的私弊而受到虚假的曲解。"我觉得很有道理。刘东先生的这段话，可以进一步用法国学者卡普费雷先生的话来补充："这个信息必须是人们在等待之中的，它满足人们或是盼望或是恐惧的心理，或符合人们多多少少已意识到的预感。"

那么，在现实生活中，哪一些谣言能契合人们的等待，使他们趋之若鹜呢?

我想了一想，觉得主要有三个特点：似显似隐，似爱似恨，似假似真。下分述之。

似显似隐。

这是谣言对人们的第一诱惑。所谓显，是指大家为之瞩目因此也显得比较重要的物象，但它竟然还有那么多隐晦、暧昧的部位，这不能不刺激人们的探询欲望。例如，一位颇有声誉的官员可能产生婚变；一部大家都喜爱的作品可能会遇到著作权的麻烦；一个公认的漂亮姑娘也许发生了丑闻；一项造福于大众的科研项目说不定是一个骗局……这样的谣言只要一露头，就会烈火干柴，立即烟雾腾腾。

这是由显到隐的吸引力。反过来，也可以由隐到显，一个妓女决定了一场战争的胜负；一颗纽扣连接着一位重要历史人物的身世；一座荒村古庙的地窖里，埋藏着一个已逝政权的大半财富……这样的消息刚刚传出，很多人的判断机制立即就瘫痪了。

美国社会学家 G.W. 奥尔波特和 L. 波斯特曼总结出一个谣传的公式：

$$R=I\times A$$

R是Rumour,谣传；I是Important，重要；A是Ambiguous，含糊。这就是说，如果一个谣言所针对的内容，完全不重要或完全不含糊，即任何一方是零，其结果也是零，完全成不了谣传；如果有足够的重要性又有一点含糊暧昧，或者稍稍有点重要却又具有很大的含糊性和暧昧性，都传得起来；如果两头都很充分，谣传就更强大了。当然此间所说的重要是相对的，如前所说，即便一个公司里哪个女职员长得漂亮一点，她在那里也就具有了重要性。含糊也相对，可以是国际谍情，也可以是秋波一闪。

麻烦的是，世间一切重要的人和事，都无不带有隐秘性，即使不是这样，在不重要的族群心目中，他们仍然是隐秘而含糊的。因此，谣传的机制几乎总是生生不息。

似爱似恨。

对于重要而含糊的谣传对象，传播者的心情非常复杂。带着纯粹的仇恨所展开的谣传也是有的，但那是一种特殊的批判方式，与一般的谣传有所不同。一般的谣传大多包含着或多或少艳羡和嫉妒的成分，即便用无稽的故事、鄙视的口气在数落被谣传者的时候，也挟带着某种趋近情态，甚至某种爱意。爱他的权位、名声或外貌，爱得既隐秘又执著。完全参破红尘的无欲之人很难进入谣传系统，也就是这个道理。但是，所爱的一切自己无法享受，又不按自己的心理轨迹运行，于是也就产生恨。谣传，就是爱情之间的徘徊物。能契合人们这种爱恨需要的谣言，就传得起来。

把这种似爱似恨的情绪扩而大之，我们可以看到，谣传其实是反映了人们在社会参与上的欲求和不满足，是人们关心社会、关心他人的一种变态方式。谣传中没有中立者和旁观者，只要竖耳谛听、张口传递，自身的态度和情感也就投注在里面了。因此谣传也就是一群人对社会问题的一种发言，一切关注社会思潮的研究者都不应该忽视。

与现在流行的商品传销相比，谣言的传播不需要考虑作为过程起点的成本和作为过程终点的消费，一个传谣者只顾完成自己的爱情表达而不必顾及来龙和去脉。他是谣传群体的一员却无须依赖谣传群体，因此在被动的表象下有独立的主动性；与商品传销员无法改变商品不同，他还可以在自己的环节上适度改变谣言的内容，所以即便是一次偶然的参与也很能表现出他的内心爱恨，暴露出他的情绪兴奋系统和关注系统。一个谣言广泛流传的根本原因，就在于它被很多人自发的情绪兴奋系统和关注系统选择了。

似假似真。

容易传播的谣言还需要一种似假似真的品相。假的部分，为含糊和暧昧留出了余地，为情绪投入让出了空间；真的部分，为求真的欲望找到了许诺，为进一步传递提供了拐杖。显而易见，其中最值得探究的是真的部分。

谣言中的真，既可以是本质性的，也可以是技术性的。具有本质真实的谣言，即便表现形态再怪诞，历史也不会对它们投之以鄙夷。如果水平较高，它们在某种意义上已近乎于文艺创作，只不过文艺创作是坦示自身的假定结构的，取得了人类早已签署的契约，而作为民间谣言则毫无规范可言，有时也会产生诸多的负面效果。至于技术性的真实则正好相反，倒往往是为了掩盖本质上的虚假而层层加添上去的包装。

被真实包装的谣言很具有蛊惑力，原因不言而喻。人们在日常生活中对一件事情的验证从来就不会是全方位的，只可能作“抽样调查”，而且大家也不讲究“抽样”的主动权，只要稍露真相，“抽样”也即完成。因此，一个半真半假的谎言远比一个彻头彻尾的谎言厉害，它不仅容易招来信赖，而且很难遭到辩驳。受到谣言伤害的人批斥谣言的最激烈词句莫过于“这是彻头彻尾的谎言”，其实这样反而把那个谣言的等级降低了，也反映了受害者最害怕谣言的半真半假状态。如果真是彻头彻尾，那个谣言的力量是有限的。很多谣言被终于揭穿之后，人们总会纳闷当初受害者为何不站出来澄清，除了不正常的政治压力之外，有很大一部分是由于真假掺半，澄清起来颇费口舌，反而会遭致人们的疑惑。中国人习惯于单向思维，要么纯白，要么纯黑，要么彻底受诬，要么活该受罪，你若要细细剖白加在你头上的谣言中七假三真，听的人早已没有那般耐心、那般同情。既然如此，不如哑巴吃黄连。

说是半真半假，实际上成分的相差可以十分悬殊。谣言中最毒的配方，莫过于绝大部分真实只有一个小处虚假，而这个小处却关及人品人格。另一种配方正恰相反，一个相当纯粹的谎言中居然也有了一点拐弯抹角的“真实”。“这事是他家的隔壁邻居亲耳听到告诉我表妹的”；“李总这样的人物总算有头脑的吧，他也说这事可信”……诸如此类，缥缥缈缈的一点旁证，比严密的逻辑推理更容易让人点头。

——就这样，谣言的翅膀在似显似隐、似爱似恨、似假似真中舞动起来了，刹那间已经群鸦蔽天。

谣言在传播过程中，有一个惊人的现象，那就是造谣者和传谣者过些天重新听到的时候，已经面目全非，往往使他们误会成从另一条渠道过来的援军。这真叫做人多力量大，每一个人的奉献使谣言快速地变了形。对此，马丁·路德有一个很好的比喻："谣言就像雪球，滚的时间越长就越大。"

对于这个比喻，我想了很久。

谣言的雪球不仅可以越滚越大，而且还会越滚越圆、越滚越险。这真是一个可怕的雪球。

越滚越大——这是必然的。谣言形态怪诞，总会有人问为什么会这样，于是总需要有新的谣言去回答这些问题；新的回答又带来了新的问题，那就必须继续制造谣言。就这样，一层层，一圈圈，雪球膨胀了，一个谣言牵出了几倍、几十倍的谣言，轰轰隆隆地滚过来。这样的谣言如果出现在报纸、杂志上，当然更会飞驰九州，气势非凡；

越滚越圆——凡谣言总会露出破绽，那就需要七手八脚地来弥补，弥补处又有印痕，于是再小心翼翼地修理，时间一长，一个简陋的谣言变成了一个无懈可击的故事，连起承转合都很有法度，极具阅读快感；

越滚越险——不管谣言起因如何，一般的传播者只能用最通俗的方法去递送，而民间最通俗的方法则是从道德品质上下功夫，结果，多数谣言传到最后都成了严重的人格伤害，以至广大读者反而对被害者产生了道德义愤，终于把他们逼到生死关口。

如果说，这样的雪球滚动也算是人类的一种游戏，这种游戏实在太残酷了。

出路何在

写到这里，未免长叹一声。

我们都是活生生的普通人，人性使然，每一个人都有可能说谎和传谣，而且一生又必然受到无数谣言的伤害，对此我们难道只能徒叹奈何了？

几乎所有的聪明人都会告诉我们一个法则："何以息谤?曰无辩。"面对气势汹汹的谣言，不争辩，不理会，时间一长，它也就息止了。

这个法则确实灵验，因为一般的谣言具有时效性，如果你并未重要到横贯历史，那么人们对与你有关的谣言的兴趣也迟早会消退。如去争辩，反而会调动起谣言的反攻机制，拖延它的消退期限。而且你是一个人，谣言的传播者则是一大帮，真的争辩起来胜负难卜。只有当事情过去之后，你就有可能用别的多种方式辟谣了，人心软弱，大家也会像当初轻易相信谣言一样轻易地放弃他们的相信。

但是，这一切只是在说个人。如果每个人都是以沉默的方式自保，谣言的雪球还会四处乱滚，谣传的群鸦还会遮天盖日。生活在这样的天地中居然悠然不语，岂能心安理得？

由此，我们必须领受比沉默法则更高的法则。

我试过。对于针对自己的谣言，我们缺少辩驳的说服力，但对于针对别人的谣言，这种说服力并没有丧失。所谓别人，既可以是朋友，也可以是不熟识的人。朋友受诬而不挺身而出，自然是天理不容；如果是并非朋友的他人受诬，你有反证的能力而袖手旁观，那就为混乱的世界加添了混乱，如上文所说，你也成了造谣的参与者；即便是针对敌人的谣言，也不应该随意放行，更不要以谣言来报复谣言。我曾目睹过一起冤案的控诉现场，一个受害者在声泪俱下的叙述中不小心加入了不确实的成分，另一个更大的受害者当即反对，说："我们已知道谎言的罪恶，再也不要向它求援！"

乍一看，说几句真话还要什么勇气呢，照实说就是了。其实事情远非如此。人性的弱点、历史的沉淀、社会的定势、功利的需求，常常使谎言和谣言虽然名声不佳却有条条暗丝护佑，仅仅一句真话出口就会爆断很多暗丝，扰乱不少人固有的生态。正是这种艰难，才有安徒生《皇帝的新衣》的千古魅力，才有鲁迅精神的永久性光辉。巴金老人重新倡导讲真话，有人提出异议，说真话不等于真理。当然不等于，但真话的对立面是谎话而不是真理，你不能在真与假的唯一性选择面前“王顾左右而言它”，何况在真假尚未辨清的时候哪里谈得上真理？近几十年来，我们喊过多少真理，又讲过多少假话！我看，还是应该先像那个小孩一样告诉皇帝没有穿衣服，然后再与他慢慢讨论诸如服装美学的“真理”不迟。其实前者更需要勇气，因为这会让皇帝出丑，所以敢于道破的只有小孩一人而已。

我们未必有小孩这样的勇敢，但也不妨在谣言的雪球下滑时做一枚石子，阻挡一下它的滚势；或者在谣言的群鸦乱飞时做一个稻草人，骚扰一下它们的阵容。为的是，保住一片不大的雪地和蓝天。

至于更大的天地，似乎也可以有点信心。说来好笑，我的这个信心最早产生于董乐山先生好几年前发表于《读书》杂志上的一篇文章，那篇文章讲了一个著名造谣者的故事。这个造谣者就是美国专栏作家瓦尔特·温契尔，在整整几十年间，他既在报纸写文章，又在电台做广播，成天揭发名人隐私，散布流言蜚语，而他的读者和听众居然多达五千万，即三分之二美国成年人。这真可以算得上整个人类历史上也罕见的一位造谣大师了。一派胡言乱语一旦借助传媒竟然会引起三分之二成年人的兴趣，这实在让人悲观。联想到我们今天的恶性谣言也大多是与传媒联系在一起的，文明程度不高的国民对白纸黑字更有一种原始的崇拜，后果自然更为严重。

但是，奇迹出现了。五千万人听着他，却未必相信他；相信的，也未必喜欢他。一九七五年他去世，全美国来给他送葬的只有一个人。我不忍心对一位死者幸灾乐祸，但毕竟对谣言的问题产生了某种乐观。

居然，送葬的只有一个人！

这位造谣大师的没落晚景，固然与他自己无法预料的臭名昭著有关，但也有一个技术原因：电视的普及。电视需要有新的专栏主持人，更重要的是，电视节目的主要魅力在于纪实性直观，要通过电视镜头造谣，总比用笔和嘴困难得多。新的传媒方式培养了广大观众的实证意识，人们再也不习惯放弃镜头图像而听哪个人信口雌黄了。

当然，人类不可能就此告别谣言。即便是活生生的图像，也有欺人的时候。人类成熟到哪一步，谣言也会狡猾到哪一步，它与人类一起成长。我们即使能死死捍卫住已知的真实，也仍然会惊恐地看到大量真假难辨的物象出现在四周。因此，我们不得不时时向世界投射怀疑的目光。

一路行走一路怀疑，一路怀疑一路行走，这就是我们的宿命。想起了我们遥远的先人，他们就是这样从森林和沼泽中走出来的，队伍中经常因风暴的去来、猛兽的出没、歧路的选择而议论纷纷，他们的领路人也会因谣言和非难而无辜牺牲，但他们终于走出来了，走到了文明的开阔地。

我们小学的课文里曾有一篇高尔基的作品，说这支队伍的领路人叫丹柯，在人们受到谣言蛊惑而混乱的时候，他挖出自己的心脏作为火炬，照亮了大家的道路。与其被谣言压死，不如发出光亮把谣言驱逐；众人把怀疑的目光投向你，你把怀疑的目光投向谣言；传谣者都是可怜人，他们能接受谣言，也能接受光亮；光亮是什么?是那颗真正为众人负责的心——说这番话的，是一位年轻的女教师，她当时拿着书，泪光闪闪。她现在应该白发苍苍了。

被无数丹柯带领到了文明开阔地的人们，从来没有免除过谣言的侵害。有时甚至会出现几亿人全被谣言笼罩的局面，如中国的“文化大革命”。但是，毕竟还是有光亮的聚集，还是有一次次的走出。

这支越来越庞大的队伍还会走下去。人类还会遭遇到足以激发更恐怖的谣言的诱因。连地球的命运尚且是一个巨大的未知，我们安能在一时平静中沾沾自喜？至少需要有一个特别清醒的群落，像思想者的雕塑，像佛陀的造像，像坐在牛车上的孔夫子，像乱发蓬松的爱因斯坦，让行走着的人群在一次次突如其来的慌乱中仍然心存一种信赖，信赖他们明净而忧郁的眼神。

恶者播弄谣言，愚者享受谣言，勇者击退谣言，智者阻止谣言，仁者消解谣言。

衰世受困于谣言，乱世离不开谣言，盛世不在乎谣言。

——那么，说了千言万语，我们能做的事情也许只有一件：齐心协力，把那些无法消灭的谣言，安置到全社会都不在乎的角落。

因为，我们至少应该争取成为智者，而且曾经从衰世走出。

关于嫉妒

源远流长

谈嫉妒，不忍心过于严厉。

它当然不是一个好词，但为什么古往今来一切大作家都喜欢侍弄它？它或许还牵连着某种让人难于割舍的美？

奥赛罗在嫉妒，林黛玉在嫉妒，周公瑾在嫉妒，甚至连神话故事中那些顶天立地的天神也在嫉妒。嫉妒使他们苦恼、失态、疯狂、自残，又使他们变得真切而凄楚，决绝而苍凉，不能不引起人们加倍的关怀和同情。

这是有道理的。在文学中，不管是正面人物还是反面人物，提炼得越纯粹就越难与读者沟通，而只要出现诸如嫉妒这样的毛病，立即就进入了正常人群的心理感知系统，开始与读者产生实质性的联系。

与其他毛病相比，嫉妒的价值非同一般。它比一般的性格特征严重，严重到足以推进人格的挣扎、事件的突变，但它又不强悍到可以混淆善恶的基本界限；嫉妒具有很大的吸附性，既可以附着于伟大的灵魂、高贵的躯体，也可以附着于躲闪的心机、卑琐的阴谋，几乎可以覆盖文学中的一切人物；更何况一切被它覆盖的人物不管是好是坏都不愿意公开承认它的存在，焦灼在隐秘中，愤怒在压抑中，觊觎在微笑中，大有文学的用武之地。

然而，这一切都不应仅仅看成是作家们的技巧性选择。文学与嫉妒的因缘，来自于人类与嫉妒的因缘。就像我们无法轻易地嘲笑奥赛罗与林黛玉，我们也无法断然宣称自己是一个从不嫉妒的人。面对嫉妒，谁也难以充当一位居高临下的医生。这是我们城堡中一种源远流长的传染病，已有不少人因它而疯，因它而死，只是还留下了不少病情较轻的人。就像古代欧洲某些城堡被病疫笼罩的情景，轻病人侍候着重病人，活着的埋葬着已死的，城门已闭，道路已断，指望不了外来的救星。

我读过那些古代欧洲城堡的记载，肆虐的病毒似乎已经胜利，一天天过去，又一个黄昏来临，能在街上轻松行走的人越来越少，但是，人类的尊严终于在经历了巨大的恐惧和怨恨后点燃火花，连那些挣扎在病榻上的人们也盘算起抗拒的可能。终于，胜负的平衡器产生了微妙的倾斜，不知从哪一个黎明开始，街上有了纷杂的脚步声。

嫉妒的本性

嫉妒的起点，是人们对自身脆弱的隐忧。

一个人落于凡尘，就产生前后左右的社会关系，而在这种关系中，没有人会是彻底的强者，也没有人会是彻底的弱者。彻底的强者是无法生存的，因为如果要彻底，他的头顶必须没有天空的笼罩，他的身边必须没有空气的摩擦，他该站在哪里?彻底的弱者也是不可能存在的，因为只要一有高度就有更低的尺寸，一有分量就有更轻的事物，他要弱得彻底，只能无形无质，那又弱在何处?

所以，人生在世，总是置身于强、弱的双重体验中。强势体验，需要有别人的弱势来对照，弱势体验，则需要寻找强势的背景。据我看，就多数人而言，弱势体验超过强势体验。强势体验大多发生在办公室、会场和各种仪式中，而弱势体验则发生在曲终人散之后，个人独处之时，因此更关及生命深层。白天蜂拥在身边的追随者都已回家，突然的寂寞带来无比的脆弱，脆弱引起对别人强势的敏感和防范，嫉妒便由此而生。

这是一种隐隐然的心理失落。人们在儿童时就已经开始承受，家长和教师也习惯于利用它来刺激儿童，儿童大多没有消解的办法，只能以直捷的方式作出反应。但是一次次的反应使他们懂得，多数反应既无必要又无作用，于是他们也就不再认真，自然地获得了自我消解的功能。麻烦的是，直至年长，有一些心理失落仍然消解不了，变成了天天啃噬内心的隐疾。因此，嫉妒的严重性，不在于它的一时爆发，而在于它的长期保留。

记得早年读过一首儿童诗，句子已记不太准，大体意思是这样的：

满街都是新鞋，
我是多么寒伧。
缠着妈妈一路哭闹，
直到突然看到，
一位失去了腿的人。

这首小诗曾经使我领悟到人世间的许多大道理，而就它的本体而言，却是描述了一种嫉妒的消解过程。

但是，我们会不会遇到这样的对手呢：他老在自己眼前晃动，什么都高出自己一筹，好不容易到了势均力敌的当口，定睛一看又成了他的下手，躲他避他不再想他，绕了九九八十一个弯，猛然抬头，他又笑眯眯地出现在前方。

那是一双永远穿着新鞋子的强健腿脚，选择的路向与自己处处巧合。它带领着我又阻挡着我，陪伴着我又遮盖着我，是同道战友，又是冤家对头。差不多的兴趣，差不多的格调，差不多的频率，差不多的追求，这是互相合作的条件，又是互相否定的渊源。

前不久翻到过一本叫做《文人相轻》的书，搜集了古今中外一对对著名文化人相互斗法、两败俱伤的伤心事件，读了颇多感慨。他们结仇的全部原因，在于他们太相像。

这些文化人大多名重一代、气韵高华，有足够的胸怀藏古涵今，也有充分的能力判断对手的文化品位，却为什么气恼了糊涂了?我想主要是发觉自己的生命受到了近距离的遮蔽。

嫉妒者可以把被嫉妒者批判得一无是处，而实质上，那是他们心底最羡慕的对象。自己最想做的事情，居然有人已经做了而且又做得那么好；自己最想达到的目标，居然有人已经达到而且有目共睹，这就忍不住要用口和笔来诅咒、来批判了。但又不能明火执仗，只能转来转去，东躲西藏。这种特殊的呈现方式就是嫉妒的证据。

例如一般的批判再严厉也总是有的放矢的，倘若批判者缺少对问题的具体指向，而快速地把兴趣转向了人，转向了这个人的生存状态、心理趋向、名誉地位，那么，就可以不必在嫉妒之外找更多的原因；

例如一般的批判动用的主要是理性，倘若批判者感情用事，厌恶的程度与批判的内容不成比例，那么，也可以不必在嫉妒之外找更多的原因；

例如一般的批判总是越明确越好，倘若批判的语气有点暧昧，批判的素材半明半暗，而且经常说明自己不是出于嫉妒，那么，也可以不必在嫉妒之外找更多的原因；

例如一般的批判不会纠缠不休，讲清道理也就罢了，哪能一直关爱下去?倘若对批判对象铆上了劲，一见这个名字就目光炯炯，那么，也可以不必在嫉妒之外找更多的原因。

——不是嫉妒就无法解释这一切，因此我们也就找到了嫉妒存身处的诸多路标。

只是为了心头那一点点嫉妒，人们竟然要动那么多脑筋，而且隐晦曲折，用心良苦。嫉妒，支付那么高的成本，实在是人类心头最奢侈的供奉。

嫉妒之苦

嫉妒之苦，主要苦在自己。

早有高人指出，对被妒者来说，嫉妒是对一种价值的侧面肯定，是另一种方式的赞扬，在多数情况下并不构成实质性的损害。

真正受到损害的是嫉妒者自身。且把这种损害作三个方面的描述。

一，自设战场，自惊自吓。

嫉妒者总是在强者中寻找对象，他们不会盯住一个来日无多的老者，也不会在乎一个穷落潦倒的才子、身陷囹圄的义士，而总是与正处最佳创造状态的生命体过不去，这不能不使他们长时间陷于自我惊吓之中。对方的每一个成绩，都被看成是针对自己的拳脚，成绩不断则拳脚不断，因此只能时时圆睁着张皇失措的双眼，不等多久已感到遍体鳞伤。这种自设战场、自布硝烟的情景有时已近乎自虐狂，但对他们自己来说并不是欺骗和伪造。

多年前我见过一位刚从大学毕业的年轻人，满脸悲壮地告诉我，他的论敌是谁，把我吓了一跳。因为那位论敌是我敬重的一位学者，他的每篇文章我都看过，怎么料到居然在后院还与一个孩子摆了一场秘密的擂台战?为了回答我疑惑的眼神，年轻人还详述了他们之间的三场论战，只不过在他看来，那位学者对付他时全是指桑骂槐。可惜结果不出我所料，那位学者从来没听到过年轻人的名字。

更多的嫉妒者并无如此一厢情愿的战斗感受，却也习惯于把嫉妒者的行为向自己拉近，就像我的一位朋友，远远看到一串辣椒就浑身冒汗。然而被妒者不是一串辣椒而是一个活生生的人，行为方式牵涉各个方面，除了专业之外还有居家生活、友情交往、运动娱乐，而且每一个方面都有联系，嫉妒者口中不说却在心中承受着一种全方位的折磨，折磨得芒刺遍身，又不愿自拔。一个对象尚且如此，如果有几个嫉妒对象，这日子实在没法过了。没法过还得过，嫉妒者经常把自己看成鄙视显贵的勇士，傲岸而又疲惫。他们似乎有所等待，等待着被妒者的失败，但他们不知，被妒者实际上并没有进入过战场，因此也不存在他们想象中的失败。更何况，一种全方位的日常生态怎会失败?因此，等待来的仍然是心灵磨难。

二，自迷自困，自聋自哑。

嫉妒使感受机制失灵，判断机制失调，审美机制颠倒，好端端一个文化人失去了文化可信性，局部地成了聋子和哑巴。

例如从理智上说，嫉妒者也会知道某位被妒者的美貌，但是自从有一天警觉到对方的美貌对自己的负面意义，就开始搜寻贬低的可能，这种搜寻未必有实质成果却有心理成果，久而久之对于对方的美貌已经从不愿感受，发展到不能感受，那便是自身感受系统错乱的开始。

同样的道理，一位诗人突然对别人的佳句失去了欣赏能力，一位音乐家在同行优美的乐曲中表情木讷，一位导演对着一部轰动世界的影片淡然一笑，一位美术教授在讲述两位成功画家时把头摇得像拨浪鼓一样……如果他们只是端架子、摆权威，内心方寸未乱，毛病还不算太重，如果他们确实已经因嫉妒而颠倒了美丑，封杀了感受，事情就可怕了。那等于是武林高手自废功夫，半条命终结。

曾经读过一位中年作家的坦诚自白，说自己因为出于对年轻一辈作家的嫉妒，拒绝读他们的作品，家庭餐桌上子女们谈得越多的年轻作家越是不读，好像在对谁赌气，对青年作家?对子女?其实是对自己，整个儿与自己过不去。这位中年作家坦然解剖自己的诚恳十分令人感动，他描述的心理症结具有很大的普遍性。我们的文学艺术其实并不荒凉，但每有佳作总会遇到矜持的壁障、冰冷的箭镞，结果只能是荒凉，而这位中年作家告诉我们，首要的荒凉，在嫉妒者心上。

常听人说，某某人的东西我是不看的。是厌恶吗?未必。我们连希特勒的文告也不拒读，连浓妆艳抹的丑角也不拒看，为什么独独要拒绝某个人你并未了解的作品?我想这种拒绝的原因多半也是嫉妒，而拒绝的结果则是自己的闭目塞听。

三，自轻自贱，自贬自罚。

嫉妒好像是在自我提升，实为自我沉降，有时会把自己沉降得不伦不类，十分可笑。

当一位嫉妒的女性在用十分偏激的语气嘲弄一位女明星相貌的时候，她竟然忘了，就在这一刻，自己的相貌作为一种有趣的对照体，成了人们默默观照的对象；一位评论者撰文用夸张的语句贬损一位作家的文采词章，他也忘了，此时此刻，自己同样是用文笔在写作，自己的语句与他引述进来加以批判的语句共处一页，白纸黑字狭路相逢，高下优劣不言而喻。一个人一旦陷入嫉妒就成了半个傻子，频频地用伶牙俐齿来自我作践，一次次打自己的耳光还觉得红光满面，真是可怜。

还有更蹊跷的事情出现。某个嫉妒者与女友出游，可以欣赏女友对山水胜迹的赞美，可以首肯女友对古代名诗的吟咏，却无法容忍女友对当代某位年轻诗人的崇拜。他会期期艾艾地犹豫片刻，然后评论起这位年轻诗人在外貌、作风上的种种遗憾，声调越来越激烈，没准回去后还写出一篇严厉的批评文章发表在报刊上，难怪有些批评文章总是闪耀着一种不知原因的愤恨。这真是何苦来着，难道他把远在天边的年轻诗人当作了潜在的情敌?难道他真觉得自己可以与身边人佩服的各种成功者一决高下?不管哪一种构想，都因为过度的自作多情而遭致了自轻自贱。

经常可以看到的是，一个很有身份的人物一起妒心，便不自觉地进入任何嫉妒者都避讳不了的话语公式，声气眉眼与街坊二大妈没有太大差别。二分传言裹着三分酸气，剩下的五分，用轻蔑来掩盖羡慕。此时在众人眼中，这位很有身份的人物立刻成了一个庸俗的角色，不需别人评判，自己就完成了一种精神惩罚。

暂且就说这一些吧。你看，自设战场、自惊自吓、自迷自困、自聋自哑、自轻自贱、自贬自罚……就这么像玩文字游戏一样随便说说，便可知道嫉妒给人们带来了多大的心理灾难！

世界上最不幸的人是谁？

我的回答是：嫉妒的人。

随着这个回答还想介绍两位先哲的话。德谟克利特说，嫉妒的人是他自己的敌人；爱比克泰德说，嫉妒是幸运的敌人。

嫉妒之恶

嫉妒是自己的敌人，也是他人的敌人。

这里所说的他人，不止是某几个具体的被妒者。因为嫉妒足以在社会上形成无确定对象的巨大传染性，人类最值得珍视的互爱互融关系，随时都在受到它的严重残害。

在正常情况下还好一些，虽然人人都有可能嫉妒，但由于嫉妒的内容和程度都不一样，彼此处于支离状态，构不成合力，而且由于旁观者清，互相之间还会劝解调适，归于平和；在不正常情况下，嫉妒心理与颠覆意识相混杂，与社会情绪相交叉，与政治灾难相呼应，一切煮成了一锅粥。在“文化大革命”时期，造反派冲击一切名人，一切高收入的人，便是这种情景。冲击的人群中夹杂着大量早就妒心萌动的同行，他们引路破门，吆喝抄家，翻箱倒柜，做着平日在幻想中频频做过的事情。打钢琴家的双手，把老教授考倒，给名人们训课，这些行为难道真的在“批判”什么吗?明眼人一看就知道，全是根深蒂固的嫉妒在作祟，但在那时却与一种浩大的社会观念连在一起了，与上层政治需要呼应起来了，卑琐的私欲被镀上了金光，使无知者趋之若鹜。至此，嫉妒已发酵成一种群体性的大恶，旗幡飘飘竟达十年之久。

其实，这种恶性爆发的病根极为深广。极权主义下的平均、中庸、共贫、互贬，养成了一般民众对杰出物象的超常关注和超常警惕。这种心理习惯在本世纪经历了长久的“大一统”、“大锅饭”之后更成为一种天然公理，因此也必然地延伸到了新时期。几乎每一个改革探索者都遇到过嫉妒的侵扰，更不要说其中的成功者了。人们很容易对高出自己视线的一切存在投去不信任，在别人快速成功的背后寻找投机取巧的秘密。更不可思议的是，在文学艺术很不发达的情况下，大家对备尝辛酸的文学艺术家也习惯于冷眼审视，有人甚至在传媒上公然宣称，文学艺术家在传媒上占据过多大的篇幅，就有理由让他们承受同样的荆棘。凡有对他们的抨击，社会上总有不少人欢呼雀跃，大家都把一个演员、一个导演、一个作家、一个电视节目主持人当作了美国总统，好像社会的民主和公正全都落实在对他们的严密审视上，而所谓审视也不是针对他们真正遇到的艺术障碍，大多集中在捕风捉影的人品攻陷上。由此想到，真不知当初脾气暴躁的贝多芬和海明威在年轻时如果遇到这般审视将会如何，社会很容易因他们的失态而一笔把他们抹去，抹去了他们的人类，是否会因此而走向平等和洁净？

救助弱小是一个无可非议的仁慈口号，而在这个口号背后，无数有着不太弱小的身份因而广受嫉妒的灵魂，在无助地挣扎。谁都认为他们有名望有势力，但他们却一批批喑哑了、消失了。直到死后才不被嫉妒，于是死亡对他们构成了一种最大的救助。暂时不愿死亡的，则渐渐学会了生存的谋略，懂得了装愚守拙，默念着“木秀于林，风必摧之；堆出于岸，流必湍之；行高于人，众必非之”等等的警句格言，在行为上也就一味地谦之让之、避之退之、观之望之、哼之哈之……这种种作为只为了一个目的：千万不要让嫉妒的目光在自己身上聚焦。

他们可能才高八斗、力敌千钧，但深知一旦让嫉妒的目光在自己身上聚焦，一切都会化为灰烬。

与他们相对照，那些弱者，却因嫉妒而同病相怜、一呼百应，结果，因嫉妒而浩浩荡荡、无坚不摧。

因此，只要有嫉妒出现，“强者”和“弱者”，应该颠倒了读，反转了看。

尽管嫉妒是人类的共性，然而中国的许多问题却与它有更特殊的关系。我未必赞同把嫉妒分为西方式和东方式两种，但也确实看到，当西方的智者们在思考如何消减嫉妒的时候，中国的智者们却在规劝如何躲避嫉妒。所谓中国古代的生存智慧，大多与这种躲避有关。你越躲它越凶，嫉妒不仅失控而且冠冕堂皇，“遭妒”反倒成了一个人人都可指责的罪名。直到今天，遭妒的一方常常被说成是骄傲自大、忘乎所以，而嫉妒的一方则被说成是群众反映、社会舆论。结果，遭妒者缩头藏脸，无地自容，而嫉妒者则义正词严，从者如云。中国式的社会观念颠倒过许多是非，其中之一就在嫉妒的问题上。茫茫九州大地，永远有一个以嫉妒为法律的无形公堂在天天开庭，公堂由妒火照亮，嫉棍列阵，败诉的，总是那些高人一头、先走一步的人物。

一直有人在发问，中国几个世纪以来越来越滞后于西方世界，难道果真国中无人？人是有的，但除非早年执掌极权，或长期默处一隅，否则迟早会被削平。有的职业，如文学艺术，既无权力又难沉默，麻烦自然就大了。嫉妒可能是这块土地上最忠于职守的神灵，连夜间也不愿意合眼，四处搜索，绝不放过一个疑点。

鲁迅早就叹息，在中国，“有什么稍稍显得突出，就有人拿了长刀来削平它”。因此，这里确确实实联系到了反思中华文明的大课题。由长久的社会观念沉淀成了心理习惯，又由心理习惯沉淀成了群体人格，这便是前辈哲人为之垂泪、为之呼号的国民性。从根本上说，中华文明的是是非非已经不是书库里的陈旧典籍，经过几千年的过滤筛选，早就生长在每个人的身上。

今天的嫉妒

我们终于走到了可以向嫉妒发起全面挑战的时代，然而这也是嫉妒最猖狂的时代。

这二十年，我们看到了，社会在试演过种种整齐的仪式后，终于寻找到了最真实的动力，生命力的多元释放形成了巨大的能源，历史开始变得通体活跃，任何包括嫉妒在内的心理痼疾都成了必须冲破的障碍。然而，正因为这样，嫉妒在各色人等的大起大落中找到了最有刺激性的素材。不少突然失去了“大一统”和“大锅饭”护佑的慌乱人群以听众的身份，为嫉妒话语提供了演讲台。让新兴的社会机制在这样的演讲台前变得风雨飘摇，还是让这样的演讲台在新兴的社会机制前变得风雨飘摇？这是中华民族在二十世纪的最后一次选择。

嫉妒需要方位，可喜的是，社会的巨大变革使嫉妒失去了这种方位。不仅对象不见了，连评判的坐标也找不到了，于是嫉妒不再成为有的放矢的杀手，而是成了一团阴郁飘浮的云气，不知去撞击哪座山头，覆盖哪个树林——就凭这一点，我们也要为社会变革喝彩，目送着那团嫉妒的云气在我们头顶尴尬飘过。

记得十多年前，在许多学校的教研室里，不少中老年教师总在闪闪烁烁地批评青年教师急于发表长篇论文，不甘心长期充当绿叶，来衬托他们这些不在乎什么论文的红花；但话音未落，青年教师已经出国；于是批评他们崇洋媚外，然而没过多久青年教师却已学成归来；接下来必然是抱怨青年教师在待遇、职称上得利太多，但青年教师又已辞职……嫉妒的脚步再快，也追不上社会变化的脚步，这实在是一种吉兆。要是嫉妒的脚步更快，截在半道上，那就大事不妙。

在上海街坊邻里间，家家户户长期处于互相窥探之中，连这家多炒了两个菜，那家新买了一辆自行车都成为嫉妒的目标，不知多少争吵由此而生。但是这些年，住房拆迁、下岗转岗、股市升泻、兼并破产，各家各户都在狂飙突转中日新月异，嫉妒的蝙蝠不知该落在哪一根梁柱上？

只能去寻找变动不大的房舍和梁柱了，虽然已经很少，但毕竟还有。例如那些不处于社会转型主体部位的角落，那些被社会改革家们暂时冷落不想立即清理或拆卸的部分，那些曾经有过文雅的声誉现在还能引起人们宽容惯性的领域，那些派别林立、关系错综却又对国计民生并无大碍的方位。在那里，嫉妒还能找到自己熟悉的发泄口道，而且由于其它地方的堵塞而空前汹涌。外人和后人如果不小心一眼看到这样的角落，一定惊诧莫名。

我们正在进入一个特殊的阶段：旧式的嫉妒已

构不成力量，新式的嫉妒尚未获得资格。这样的历史阶段，对于群体心理的重构至关重要。很多年前读雨果夫人关于法国大革命前后巴黎社会心理的回忆，感触很深，那也是一个破旧立新两未靠岸的奇异时期，什么怪事都会发生。仅仅为了雨果那部并不太重要的戏剧作品《欧那尼》，法国文坛一切不愿意看到民众向雨果欢呼、更不愿意自己在新兴文学前失去身份的人们全都联合起来了，好几家报刊每期都在嘲讽雨果欠缺学问、违反常识、背离古典、刻意媚俗，在嘲讽的同时又散布大量谣言，编造种种事端。有的评论家预测了作品的惨败，有的权威则发誓决不去观看演出。待到首演那天，这些人抵挡不住心痒还是去了，坐在观众席里假装只想看报纸不想看舞台，但又不时地发出笑声、嘘声来捣乱，也算是与雨果打擂台。

对嫉妒来说，人们对它的无视，比人们对它的争辩更加致命。尽管当时也有一些人为了对雨果的评价发生了决斗，但对嫉妒者最残酷的景象是：广大民众似乎完全没有把他们的诽谤放在眼里，《欧那尼》长久火爆，直到因女主角累病而停演。

更有趣的是，八年后，《欧那尼》复演，全场已是一片神圣的安静。散场后雨果夫人在人群中听到一段对话，首先开口的那一位显然是八年前的嫉妒者，他说："这不奇怪，雨果先生把他的剧本全改了。"

他身边的一位先生告诉他："不，剧本一字未改。被雨果先生改了的，不是剧本，是观众。"

这就是说，当年激烈的嫉妒者在不知不觉中被雨果同化了。他很想继续嫉妒，带着敌意来到剧场，但是再也无法与雨果建立敌对关系。这便是最深刻意义上的社会变革。

这件事对我们应该大有启发。嫉妒本是扰乱价值坐标的倒行逆施，但如果到了社会大变革的时代，有一种更强大的社会发展坐标超过了它，压倒了它，使它不能像在不景气的年代那样可以颐指气使。因此，嫉妒固然是社会发展的障碍，但要治它，还得靠社会发展。就嫉妒论嫉妒，怎么也理不出一个头绪来。也不必与嫉妒赌气，去创造一点个人的奇迹出来。因为即便真有奇迹，嫉妒也必然紧紧追随。与其这样，真不如转过身去，全力推动社会的变革，让嫉妒失去坐标，慌慌张张找不到自己存身的地位。

联想我们中国，从本世纪初到五四前后，也经历过新老坐标间的无序过渡。从不少材料看，当初文化界对于新文化、白话文的嫉恨也是强烈的，对于胡适、陈独秀、鲁迅等人上有北大校长蔡元培支持，下有广大青年学生响应的热闹情景，更是酸劲十足。但是等到二十年代中期，整个文学界基本上被新文学所占领，连当初的嫉妒者要给子女们写信也只得学用白话文，如果再要反对实在有点中气不足，不知从何下嘴了。

嫉妒的空前活跃和空前无效，使人们有可能对它进行冷静解剖，然后推敲出一些起码的行为规范在社会上普及，使人们早一点走出这个阶段。然而不幸得很，由于我们日常见到的嫉妒基点太低，提出的行为规范也只能十分粗浅。有一次与一群好友闲聊，玩笑地构想着一些能够稍稍遏制嫉妒狂潮而又能被大家记得的规范，结果想来想去也只想出诸如“不要偷窥和指责别人的起居方式”、“不要损毁你不想买的商品”之类，实在不登大雅之堂。算来也真是命苦，活了好几十年，见到的始终是低等级的嫉妒，很少有品位稍稍高一点的。高品位的嫉妒，只能在文学作品中欣赏。

下世纪的嫉妒会是什么样的呢?无法预计。我只期望，即使作为人类的一种毛病，也该正正经经地摆出一个模样来。像一位高贵勇士的蹙眉太息，而不是一群烂衣兵丁的深夜混斗；像两座雪峰的千年对峙，而不是一束乱藤缠绕树干。

它曾是两匹快马在沙漠里的殊死追逐，它曾是两艘炮舰互相击中后的一起沉没，它曾是一位学者在整理另一位学者遗稿时的永久性后悔，它曾是各处一端的科学家冷战结束后的无言拥抱，它曾是两位孤独诗人一辈子的互相探寻，它曾是无数贵族青年决斗前的默默托付……

是的，嫉妒也可能高贵，高贵的嫉妒比之于卑下的嫉妒，最大的区别在于是否有关爱他人、仰望杰出的基本教养。嫉妒在任何层次上都是不幸的祸根，不应该留恋和赞美，但它确实有过大量并非蝇营狗苟的形态。

既然我们一时无法消灭嫉妒，那就让它留取比较堂皇的躯壳吧，使它即便在破碎时也能体现一点人类的尊严。

任何一种具体的嫉妒总会过去，而尊严，一旦丢失就很难找回。我并不赞成通过艰辛的道德克制来掩埋我们身上的种种毛病，而是主张带着种种真实的毛病，进入一个较高的人生境界。

在较高的人生境界上，彼此都有人类互爱的基石，都有社会进步的期盼，即便再激烈的对峙也有终极性的人格前提，即便再深切的嫉妒也能被最后的良知所化解。因此，说到底，对于像嫉妒这样的人类通病，也很难混杂了人品等级来讨论。我们宁肯承受君子的嫉妒，而不愿面对小人的拥戴。人类多一点奥赛罗的咆哮、林黛玉的眼泪、周公瑾的长叹怕什么？怕只怕那个辽阔的而又不知深浅的泥潭。

关于善良

这些年来，偶尔会遇到一些读者要我签名，刚动笔，他们往往又会小声加上一个额外要求，要我写一句警句或座右铭。在这种情况下，我总会皱着眉头想好一会儿：哪一句好呢?既要适合我这么一个已经公开写过很多话而不想重复的人，又要适合眼前这位完全不相识的读者，真是为难。后来终于豁然开朗，心想为什么不写那两个随着年岁感触越来越深的字呢?

于是我写下了：善良。

读者一看，笑着说声谢谢，不知心底是否感到遗憾。善良，居然是这么普通的两个字，别人看了还以为是让他警惕自己心头的不善良呢。但是，我还是忍不住不断写下去，而且与此相应，凡有演讲总不离这个话题，一次次品味，一次次重复，不厌其烦。

我这样做是有充分理由的。而且我还有更充分的理由继续做下去，把这两个字念叨到生命的尽头。善良，善良，善良……

这是一个最单纯的词汇，又是一个最复杂的词汇。它浅显到人人都能领会，又深奥到无人能够定义。它与人终生相伴，但人们却很少琢磨它、追问它。

在黑灯瞎火的恐怖中，人们企盼它的光亮，企盼得如饥似渴、望穿秋水；但当光明降临的时候，它又被大家遗忘，就像遗忘掉小学的老师、早年的邻居，遗忘得合情合理、无怨无悔。

有时又会突然想起，在街市，在书房，在宗教场所，甚至在人烟稀少的茫茫旷野。然而如果要用口和笔来专门讨论，又觉得它很难构成一个独立的话题，正儿八经地讨论又常常会使原本轻松的气氛显得有点异样。

“什么，善良?不就是说好人么，我们都是好人!”

是，都是好人。但什么是好人?为什么是好人?

这是孩子们在看电影的时候经常提出的问题，没有一个家长能明确回答。等到这些孩子终于也进入暮年，昏花的老眼还在怔怔地寻找答案。

街　市

街市间车水马龙，人们行色匆匆。

眯眼远望，猛然想起十几年前这条街道的那一头，发生过一个事件。两个穿得很体面的女人，为了口角，要当街剥去另一个女人也很体面的衣服，以示羞辱。衣服真的被剥掉了，当时围观的有数百名行人，没有人上前阻止。那两个动手的女人，手上并没有凶器，身上也没有武功。

数百名不动声色的围观者是不是想趁机一睹剥除体面后的女性胴体?——这个推断有点恶浊，比较厚道的猜测是：当争吵开始时，他们不清楚事情的前因后果和当事人的彼此关系，只能冷静观察；但是，当事情发展到恶性阶段，那必然是一个反复搏斗、挣扎的漫长过程，而且行为的目的也已看得一清二楚，这总该有人站出来了吧?不，他们是衣冠楚楚的体面人，怎么能陷入拉拉扯扯的扭打之中?而且受害的女性已经衣履不整，自己裹卷在里边碰碰撞撞也有损于雅洁的身份。于是,从头到底，数百具健硕的生命像在剧场里那样安分守己，静静地观看着这一起街头暴行的起承转合,步步演进。

终于有人觉得有点不对，决定要写一封信给报社，呼吁今后街头不应该再出现这种“有伤风化”的事情。两位先生从手提包里找出纸和笔，把纸按在电线杆上开始写信。信写得义正辞严，周围的先生深有同感，便在信纸上一一签名。每一个签名都端正清晰，而在整个签名过程中，剥衣的暴行仍在进行。

签完名，有人寻找邮筒，一个热心人自告奋勇地说，我回家正好经过报社，直接送去。报纸很快报道了这个事件，也提到了这封签名信。整个城市都震惊了，既被这起暴行激怒，更为数百名旁观者羞愧，而对于那些躲在电线杆后面写信签名的人，则不知说什么好。

在我的记忆中，这是这个城市第一次感到自己整体上的不体面。体面的服饰，体面的步履，体面的谈吐，体面的笔迹，一夜之间全都化作了云烟。

不体面在何处?不体面在缺少分辨善恶的即时敏感，缺少扬善抑恶的果断行为。

以后那些日子，人们纷纷发表言论，要求司法部门严惩那两个肇事者。其实谁都知道，像肇事者这样的恶人，不管何时何地总会有几个的，问题的严重性恰恰在于几百名冷静的旁观者。但法不罚众，人们只能借着对肇事者的愤怒，来洗涤群体性的耻辱。后来肇事者理所当然受到了惩罚，人们终于吐了一口气，但痛苦并未消除，一座最讲究体面的城市的痛苦。

直到不久之后发生了另一个事件，这种心理歉疚才稍稍得到缓解——

一位默默无声的中年音乐教师因患不治之症而进入危急状态，他的两位学生闻讯中止了在国外的演出，赶回来为老师举行了一场挽留生命的音乐会。这件事被市民知道了，那天，很多与音乐没有太大关系的家长带着自己的孩子挤进了音乐会现场，在听完演奏之后，鼓励孩子走向募捐箱，一双双小手在黑亮的钢琴边上几乎组成了一个小树林。然后，家长们又带着孩子们上街买花，找到音乐教师的宿舍，从宿舍一楼到五楼的楼梯立即被密密层层的鲜花铺满。

我想，这些家长是在进行一个艰难的嘱托："我们这一代有点不行了，你们要换一种活法。"那一天居然有那么多家长牵着自己的孩子在街市间为此奔忙，想起来实在有点让人兴奋。

不知道这些家长中有没有那次恶性事件的旁观者，但想必都是读到过有关报道的。他们经历过人人自危的年代，看到过“文革”中街道间的武斗、抄家和大大小小的政治事件，深知即便是一目了然的恶行也难于以自己的一腔正义去扑灭，于是便学会了旁观和退缩，满脸皱纹埋藏了一层层难言的生存经验。有时，他们也会把这种生存经验吞吞吐吐地传授给自己的孩子，但千言万语常常抵挡不住孩子最幼稚的发问，其实这种发问也来自于自己的童年。他们在疑惑中反思，直到一桩桩恶性事件把他们一次次摇撼，他们终于知道应该给孩子们留下一点什么了。据我所知，甚至那些身陷监狱的父母，也希望前来探视的孩子做个好人，不要学坏。

在一般情况下，这种有关人之为人的嘱咐发生在家里，发生在课堂，但是善恶命题的本质是超越亲情和学问的，它们最终实现形态，是一个人与无数陌生人的关系，因此最大的课堂常常在人群中、街市间。

正面的课，反面的课，明白的课，灰色的课，我们都从这样的大课堂上走出，然后在不知不觉中又成了这种课堂的教师和课本。

…………

在街市这个课堂上，即使那些已在频频教育他人的人也未曾拿到过毕业文凭。美国作家艾·巴·辛格在二十年前发表的著名小说《市场街的斯宾诺莎》，写一位哲学博士如何在孤室冥思中濒于死亡，却又在街市俗情中获得新生。喧闹的街市足以向神圣的斯宾诺莎发出挑战，更遑论我们?

我仍然凝视着街市。

街市不提供理论，只提供情景。情景大多比理论雄辩，而善良，正是在情景中生存。

…………

说起这里我又产生了有关街市的一个回忆。

十几年前，为了一种戏剧观点的分歧，一位外地学者和一位本地学者在我们学院对门的街道口友好地辩论，我是支持那位本地学者的观点的，当时正站在他们中间，准备等他们说完之后做一番申述。但就在这时，一位骑自行车的中年妇女连人带车倒在马路中央，还没等大家反应过来，只见那位外地学者一个箭步冲上去把她扶了起来，我和其他行人跟上前去帮忙，等我们扶着这位妇女一步步走到街边，我看见，那位本地学者正纹丝不动地站在原地，划着火柴在点烟，眼神定定地构想着新的辩论词句。

“还好，看来没有大伤。”外地学者拍打着自己衣服走回原地。

“关于淡化情节的问题……”本地学者立即就把中断的辩论接上了。

就在这一刻，我的心情产生了微妙的变化。我当然知道人品与观念不能等量齐观，但无法阻止自己的耳朵在此后倾听那位外地学者的声音时感到的舒服。我还是不太同意他的观点，但却体会到了一种舒服的不同意，就像同时体会到了一种不太舒服的同意。不久北京一家杂志要我为这场延续多年的争论作总结，我的观点也就由一端而趋向于平正。后来越来越多的事实证明，那天的舒服终究是舒服，那天的不舒服终究是不舒服。

一场学术对峙的关键情节突发于街市瞬间，看似匪夷所思，却居然是事实。可惜，我们常常陷落在观念和理论里，很少遇到这种街市情景。这次遇到，纯属偶然。

书　房

也会在书房里想起善良的问题。

抬头仰望书架最高处，那些创建人类文明的东西方圣哲都留下了有关善的箴言。古希腊的亚里士多德和德谟克里特把善良看成人类原始伦理学的起点，而中国的孔子、孟子则把“仁”、“与人为善”作为全部学说的核心。几千年过去了，罗素通览了全人类的生存实践后仍然以这样一句话做概括：“善良的本性在世界上是最需要的。”

没有人反对这些论述，但奇怪的是，这样的声音在现实生活中并不响亮，甚至在文化话语中也越来越黯淡。打眼看去，书架上成排成叠的书籍似乎都在故意躲避，都在肆肆洋洋地讲述雄才大略、铁血狼烟、新旧更迭、升沉权谋、古典意境、隽永词章、理财门径、生存智慧，却很少说到善良。也有一些流传民间的劝善文本如《太上感应篇》、《劝积阴德文》等，主流文化完全不把它们放在眼里，它们自身确实也形不成文化品级。

更让人不安的是文艺作品，这本是人类灵魂的温床，却也老是讳言万千灵魂应该有的归向。年轻的现代派作家固然不太在乎善恶的差别，而那种把所谓道义沦丧的责任全都推在现代派身上的传统立场，其实也好不到哪里去。请看那几部经典性的话本小说，一旦被改编成制作精良的电视作品播放后，使成千上万的家长都感到有点为难，不知该不该让孩子们沉浸其间。都知道这是中华文化的代表之作，艺术表现上确有不少高明之处，但从头至尾却充斥着过度的机谋和残忍。惩罚邪恶的手法比邪恶更邪恶，滥杀无辜简直像割韭菜一样轻松。忠孝节义的旗帜下一片刀光剑影，浩荡大气的代价是尸横遍野。生命的基本价值，是马蹄下的几茎枯草；百姓的生存权利，是漩涡边的几个泡沫。由于缺少精神指向，艺术结构也只能流于虎头蛇尾，一开头总是大张旗鼓地展示出机谋和残忍的全部理由，然后一路津津有味地机谋下去，残忍下去，但越到后来越难以为继，不得不在满地鲜血、一阵哀叹中潦草收场。

难得也开始接受了一些国际公认的当代影视作品，如《辛德勒名单》、《泰坦尼克号》、《拯救大兵瑞恩》等等，颂扬人类的至善至爱，但我们文化界的朋友似乎不大服气，觉得那只不过是浅薄的人情感染。就算人家浅薄吧，可我们深刻了那么久也没有深刻出几个像样的东西来。偏偏还要一次次地批判人道主义，批判我们最缺少的东西，真不知是在唱空城计还是在未雨绸缪?

要探测我们的文化疏离善良的原因，是一个非常复杂的反思工程，很难在短期内得出结论。但是，这个文化课题却不应该被社会改革家所讳避，否则一切社会进步都有根本性的疑问。事实上他们中确实也有人对之沉思良久，例如孙中山先生就曾苦恼，以“泛爱众而亲仁”为起点的儒家学说，为什么没有为中国留下太多博爱的实践成果?他认为问题在于传统礼教强调“爱有差等”，把爱纳入到了一种等级森严、由亲及疏的强制性伦理体系中，情感投向越来越狭小，至多也是狭义的博爱而已。及至近代学人为了摈弃这种礼教而引进生存竞争的合理个人主义，并不能在博爱的问题上弥补缺损。

其实，学理的力量毕竟微弱，更大的教化来自于社会现实。一代又一代的兵荒马乱构成了中国人心中的历史，既然历史的最粗轮廓由暴力来书写，那么暴力也就具有了最普及的合理性。中国文化在历史面前常常处于一种追随状态和被动状态，因此有很大一部分成了对暴力合理性的阐述和肯定。有些暴力确实具有惩恶扬善的正义起点，但很少有人警觉即便是正义的暴力也会失控于报复激情，沉醉于威慑惯性。在这种情况下，少数怀抱文明、固守冷静的文化人就显得特别孤独无助。

曾经读到过一位盲诗人悄悄吟咏的几句诗：

杀人盈野复盈城，
谁挽天河洗甲兵？

而今举国皆沉醉，
何处千秋翰墨林？

这位盲诗人就是陈寅恪先生。

陈寅恪先生是中国近代以来最杰出的历史学家，但早早地双目失明，身体瘦弱，对他所熟悉的历史只能徒叹奈何，连叹息的声音也是那么喑哑而轻微。历史要求双目炯炯，要求粗壮雄健，要求嘹亮高亢，对陈寅恪先生的声音简直不屑一听。既然如此，历史学家只能永远地闭上了眼睛，再也不愿睁开，直到他默默地离开世界。

历史的这种要求也渗透到了日常生活的各个领域。大家都希望成为强者，崇拜着力量和果敢，仰望着胆魄和铁腕，历来把温情主义、柔软心肠作为嘲笑的对象。善良是无用的别名，慈悲是弱者的呻吟，于是一个年轻人刚刚长大，就要在各种社会力量的指点下学习如何把善良和慈悲的天性一点点洗刷干净。男人求酷，女人求冷，面无表情地像江湖侠客一般走在大街上，如入无人之境。哪一座城市都不相信眼泪，哪一扇门户都拒绝施舍和同情；慈眉善目比凶神恶煞更让人疑惑，陌生人平白无故的笑容必然换来警惕的眼神。

在他们近旁，民间书肆上的景象更让人寻味。《厚黑学》旧版新版一编再编，《驭人术》、《制胜术》、《糊涂学》、《诡辩学》、《计谋学》铺天盖地，而且全都打上了中国文化和东方智慧的标记。偶尔看到几个书名似乎与善良有关，买回去一读却是在娓娓论述如何通过宽容去谋取更大的利益。有时也讲爱心，但散发爱心的理由也在于回报。据说世界上没有无缘无故的爱，爱有原因和目的，爱是策略和手段，爱是一座桥，爱是一艘船，河的彼岸仍然是自己的私家庄园。

到底有没有“无缘无故”的爱?爱得不讲目的，不问理由，不求回报，不看脸色，不耍手段，不论亲疏，不划界限，不计安危，不管形态?我们的书房不应对此轻率地关门。

寺　　庙

也许寺庙能回答这些问题。

我与寺庙关系密切。儿时在乡间与寺庙的因缘已在文章中写过，到了上海，住在玉佛寺脚下，上大学靠近静安寺，后来又长期依傍着龙华寺，至于四处旅行，更无法割舍各个寺庙。永远是香火鼎盛，经诵悠扬，一脚踏入便是庄严佛门，至善境界。

但是恕我不敬，我太熟悉当今的多数朝佛者了，他们来到寺庙，大多是来祈求。祈求世间和平、众生安康吗?不，他们的目的非常具体，只求自己和亲属招财、晋升、出国、祛病、免灾。他们与其他朝佛者争抢着香台和蒲团，试图把有限的福分从别人手里争抢过来。他们抬头仰视佛像，一个劲地默念：看到我了吧?记住我的要求了吧?

有一次我开玩笑地问一位到处拜佛的长辈亲戚："您确实相信菩萨能洞察一切?"

他说："当然。"

我说："那菩萨一眼就洞察了您的利己目的，能不生气?"

他惊慌地看了我好一会儿。

我又问："菩萨应该是公正的吧?"

他说："唔。"

我说："如果菩萨对寺庙外面天天忙于劳作的众生不理不睬，只照顾几个有空来拜了几拜的人，那怎么说得上公正?”

玩笑归玩笑，但人们对佛教和其它宗教的误会确实太大了，大到真会让这些宗教的创始人惊诧莫名。中国本来就缺少宗教精神，好不容易有了一点又都裹卷到了利己主义的漩涡里。前两年有人告诉我，他们单位有人在传扬一种新的宗教派别，几位同事刚一参加就宣称，他们正在修炼金刚不坏之身，待到世界末日，地球上剩下的只是他们一群。当时我就想，他们这个宗教派别虽然也不做什么坏事，但教徒们内心企盼的却是世界末日，这在总体上是个恶念。这样的恶念硬要与信仰联在一起，真是罪过。

多年来每次参与人山人海的佛教盛会，心里总产生深深的忧虑。这么多长途而来的朝拜者，带着现实生活中的苦厄困顿来到这里，很想获得一种精神救助，结果他们带走的并不是精神，而只是一些私利的安慰。文化人对之大多不屑一顾，而文化本身又张罗不起这样盛大的仪式，这两厢失落实在让人感叹。

真不妨暂时搁置一下玄奥的理义，只让人们懂得，佛教的主旨是善良，而善良的行为原则是护生，是利他。

一般人要做到这一点有很多障碍，最大的障碍就是自我，即所谓“我执”。如果一切以我为中心，必然漠视众生，斤斤计较，仇仇相报，这便是种种苦厄的根源，因此佛教主张从“我执”中解脱出来，走向喜乐圆融的境界。

佛教中的善，并不寻找起始原因，也不追求具体结果。这一点与西方宗教十分接近，诚如列夫·托尔斯泰在阐述西方宗教精神时所说：

> 如果“善”有原因，它就不再是“善”；如果“善”有它的结果，那也不能称为“善”。善是超乎因果联系的东西。

这个道理在佛教中说得更为透彻。佛教把善看成一种经验实证，不像形而上的本体论那样追索“第一原因”。《中阿含经》中有一则“箭喻经”，说有弟子追根刨底地向佛陀请教世间种种根本原理，佛陀说：你到这里来，是以为我会向你讲述这些原理吗?如果有一个人中了毒箭，痛苦难忍，我们难道可以不把毒箭拔除，先去寻找原因，调查射箭人的身份背景和毒箭的制作材料吗?没等调查完，这人早就死了！

佛经中的这段话，使我回想起经历过的一件事。做学生时到乡间劳动，一位同学看到河边一个老太太艰于行走，差点失脚落水，便去搀扶，但他很快受到指责，因为这个老太太的阶级成分是地主。这件事情后来还作为一个教训上了简报，说不谙世事的青年学生需要补上阶级斗争这一课。当时同学们就纳闷：如果早就知道这个老太太是地主，难道一群年轻人就应该笑嘻嘻地看着她落水?如果她不是地主，等调查回来再去搀扶，那还来得及吗?这样的事现在看来已很荒唐，但人们只觉得荒唐在阶级斗争，而很少想到正是各种自以为严谨的理由追索，掩埋了善良。上文提到的数百人在街头目睹暴行而袖手旁观的丑事，有一半也是在期待理由，与不拔箭而要调查射箭人，不救人而要弄清阶级成分，一脉相承。

如果一味地为善寻找原因和理由，寻找到最后一定会冥想出一种能够下达行善命令、统计行善记录、执掌行善回报的神灵。为了使回报预支或延期，又冥想出宿命轮回。许多普通信徒就是这样来看佛教的。“举头三尺有神明”，总觉得神的眼睛处处在盯着自己，于是检点行止，以求自己在神殿的档案页上能增加一些正面的履历，以便使后辈和下世获益。这就成了他们行善的原因和理由。这种想法无疑在历来的善恶争逐中起到过良好的作用，但与佛教的本义却相去甚远。正宗的佛教并不热心编制神话故事，它在神学层面上一直没有发达起来，它在道义行为上的主体是人而不是神，这正是它在宗教领域里显得特别成熟的地方。行善就行善，这是一种非常现实的世间行为；慈悲就慈悲，这是一种不求因果的人间情怀。

佛教不讲行善的具体原因，却讲整体原因。这种整体原因，也就是所谓“缘起”。“缘起”是一个很大的概念，并非指具体爱憎之缘，而是指茫茫万象之缘。宇宙万象，世间万象，都是一种“因缘和合”,因此或兴或衰、或生或灭，都有远远近近的原因。《杂阿含经》所说的“有因有缘集世间”,就说明了这种世间组合的有序性。正因为如此，我们的每个行为都与整体世间有关了，做一件善事就为世间积贮一种力，做一件恶事也为世间积贮一种力，这在佛教中被称为“业力”。种种业力组合成世间的走向，而最佳的走向是整个生命环境的改善和圆满。这也就成了人们行善的整体原因。既然行善是为了改善世间的生命环境，那么善中之善就是设身处地、将心比心地去救护生命，即所谓“护生”。至此，佛教显现出一种惊人的恢宏，不为小缘只为大缘，不为自我只为整体，善良得盖天涵地，慈悲得莽莽苍苍，被佛学大师准确地名之为“无缘大慈”、“同体大悲”。此种境界，实在让人感动。

这种感动，不仅对于佛教，我在研习其它宗教经典时也曾一再产生，这里仅以佛教为例罢了。由此我想，人类在善良的问题上其实是有过大构建、大作为的，后代的局部迷失，是一种精神倒退。我们可以疏离佛教，批评佛教，却无法漠视它雄伟精致的精神构建。

精神无形无质，没有构建极易流散。精神构建又不能成为社会事功的暂时附从，而应该是一座独立的圣殿。只有在这样的圣殿中，善良才能保持自己生生不息、弥久弥新的地位。绝大多数人都有善的天性，每个社会都有大量的善人善行，但是如果没有精神构建，这一切就会像荒山中的香花，污淖中的嘉禾，不成气候，难于收获，连它们自己也无法确认自己的价值。

因此，善良的人们或迟或早总会对精神构建产生某种企盼。即便他们未必信奉哪种宗教，耳边也时时会有晨钟暮鼓在鸣响。

旷　　野

街市和寺庙里拥挤着人群，书房里拥挤着书籍，为了摆脱拥挤，我们来到旷野。

拥挤是一种生命的奢侈，在奢侈中很难懂得珍惜。萨特说“他人就是地狱”，也许他很少来到旷野。不是田园别墅、远郊牧场，而是渺无人烟的真正旷野，一眼望去，平沙漠漠，地老天荒。

真正的旷野是生命的负面，连一根小草都吝啬着自己踪影。对人群来说它是一种陌生，但对地球来说却是一种巨大的真实。被人类垦殖的地盘实在只是一种狭小的偶然，偶然之外的必然便是旷野。

这种漫无边际的旷野比之于茫茫大海也只是小土一片，再把土地和大海加在一起，放到宇宙间立即又变成一粒尘埃。宇宙的无限空旷已经进入人们的想象，越想象越觉得即便是点滴生命也是最大的奇迹。点点滴滴的生命居然能发育成长得像模像样，真不知该如何来欢呼，如何来呵护，如何来珍爱。

前年夏天与贾平凹先生同去新疆，我到喀什他到沙漠然后再会合。一见面他就说：“我被震动了。”他说的是沙漠里的胡杨树。“没有滴水它居然能活上一千年，终于枯死后又挺挺地站立一千年，倒下后不散架不朽腐又是一千年！”

这是一种生命的震动，震动于它的顽强，又震动于它的孤独。正因为孤独，它才比较完整地证明了生命是什么。但这种证明也是自生自灭的，除非有另一具生命偶尔经过。佛教把生命分为无情和有情两种，无情是胡杨树，有情是贾平凹。有情的生命害怕自己迷失，总要定期到旷野里走走，去寻找和聆听那三千年的证言。

由此又想到历代的佛教旅行家。他们长年累月跋涉于旷野，说是去取经，而最大的经典便是有关生命的证言。我想在茫茫旷野里，他们对惜生护生、善良慈悲的体验比哪儿都要强烈。于是他们义无反顾地向另一个生命聚集地走去，把散落各地的生命联结起来，一起投向“同体大悲”。无论是法显、玄奘还是鉴真，居然都以柔弱的躯体把生命群落之间的万水千山一一打通，实在是一种至情至爱的精神实践。早年读谭嗣同的《仁学》，见他把“仁”的第一义定之为“通”，通中外、通上下、通人我，不甚明了，而当我追寻了佛教旅行家的足迹，便大致有所领悟。只有通，才有一种博大的仁爱；仁爱而不博大，就算不得真正的仁爱。

但是，当旅行家们为了关爱生命而在旷野间跋涉的时候，又必须付出惨重的生命代价。在生命最危急的关头还在祈祷生命，这种发生在旷野里的故事大多随风飘散、亘古不知，而偶有传闻则总会把忙于世俗的众生惊醒。前些年上海旅行家余纯顺在独身徒步行走了整整八年之后葬身罗布泊，消息传来，一条长达数千公里的无形杠杆立即架设起来了，杠杆的一端是一个孤独的生命，另一端则是这个星球上最密集的生命聚合地之一——上海。冷漠的上海人被这条杠杆轻轻一撬竟然深切感应，一个小小的遗物展览成天人如潮涌。当时我站在一边曾经困惑：按照这座城市历来极其讲究实利估算的思维逻辑，余纯顺没有做出任何实利贡献，展览中的零星物件也没有什么审美价值，他们这是怎么了，一时间全都变得痴痴迷迷?我想这只能归因于生命信号的深层秘密。

前不久在报章间读到一则神奇的新闻，说一支探险队专程经过罗布泊余纯顺的墓边，居然发现余纯顺的遗体已经失踪。探险队员们觉得不可思议：余纯顺一无财物，何方神圣会对他几乎被高温烤焦了的遗体发生兴趣?如果是盗贼，那他们也必定是敢于九死一生的勇敢探险家，但又怎么运出遗体呢?天底下最神秘的事情总与生命和旷野有关。我们对生命知之甚少，对旷野所知更微，在近乎无知的情况下，怎能把谜底一一猜测出来?猜测遗体为什么会失踪，就像猜测法显为什么能通过，玄奘为什么能回来，胡杨树为什么能挺拔三千年。难怪连本世纪最伟大的物理学家爱因斯坦都说，只要深入地探视了宇宙和生命的神奇，就不能不产生宗教情怀；科学家至多能证明它们怎么样，但却很难解答为什么会这么样，剩下的只有惊叹和敬畏。

敬畏生命必然慈悲。试想我们天天嫉妒和轻视的对象，也同样是天地间奇迹般的造化，居然与我们存活于同时同地，又同路同行，实在是太大的缘分。“百年修得同船渡”,这种说法不仅毫不夸张,在我看来还说得不够。请看辽阔的旷野连一点生命的踪迹都找不到,等一只飞鸟都要等上多少年,而要在宇宙间寻找生命,一开口就是多少光年,以光的速度搜索千年万年还未曾搜索到一点依稀的痕迹，我们只修个区区百年竟然能遇到与我们精确对应的生灵同船共欢?万般珍惜还来不及呢，怎舍得互相糟践!为了阻止糟践，我们有时也要高声断喝，甚至施行惩罚，但这全然是出于对生命群体的慈悲。

前些天又一艘宇宙飞船发射升空，去寻找太空间的反物质和暗物质。课题非常艰深，发射的时间又是中国的清晨，但老老少少都早早起床，坐在电视机前仔细观看。只听一位科学家在说，太阳迟早要膨胀，势必把地球也裹挟在里边，因此人类总得搬家，能够搬到哪里现在还一无所知。

如此说来，人类也就是宇宙间一群无家可归的流浪者,宇宙是我们的旷野,我们是宇宙间的法显和玄奘,或者是个余纯顺,但我们的身影比蚁蝼还要细微万倍。曾听到过《出埃及记》那悲怆的歌声,简薄的行囊,粗粝的衣履,苍凉的目光。从哪里来,到哪里去,都不清楚。在这样的长途间,我们除了互相扶持、互相援救、互相关爱，还能做什么呢?

人类，伟大而又无奈。只要时时仰望太空，面对旷野，就会什么也不在乎了，最后只剩下两个字：善和爱。

我们因此而还能跋涉，因此而还有喜乐，因此而还叫人类。

既叹行路难，又作逍遥游；身寄星云，爱及八荒；虽然微若蚁蝼，却也圆融安详——能够如此，善的境界也就成了美的境界。

关于年龄

人生况味

在十几年前写的一本学术著作中，我曾把“开掘人生况味”作为自己艺术理念的一个重点，而在诸般况味中，年龄况味又处于独特的地位。

说起来这好像是一般常识，但还是遇到了有趣的驳难。

有人说，人生是为“事业”而存在的，它本身没有独立的“况味”可言。他们最常用的论据是前苏联的一本流行小说，主人公在被迫或主动地失去了人生的许多常情常态后，说过一段有关人生的格言，他认为人们如果不为“事业”而牺牲，到临死就会因碌碌无为而悔恨。

在我看来，这位年轻的主人公在兵荒马乱中历尽艰险，致病致残，最后还能获得心理调适，十分不易，但人们不应以这样的特例来否定常态。常态往往比特例更难对付，因此也可能更深刻。这就像在饮食中，不能因为接触过了大辛大辣就否定寻常口味，而要把寻常口味调理好，则是天下一切大厨面临的难题。

至今记得初读比利时作家梅特林克《卑微者的财宝》时受到的震动。他认为，一个人突然在镜前发现了自己的第一根白发，其间所蕴含的悲剧性远远超过莎士比亚式的决斗、毒药和暗杀。这种说法是不是有点危言耸听?开始我深表怀疑，但在想了两天之后终于领悟，确实如此。第一根白发人人都会遇到，谁也无法讳避，因此这个悲剧似小实大，简直是天网恢恢、疏而不漏，而决斗、毒药和暗杀只是偶发性事件，这种偶发性事件能快速致人于死地，但第一根白发却把生命的起点和终点连成了一条绵长的逻辑线，人生的任何一段都与它相连。

人生的过程少不了要参与外在的事功，但再显赫的事功也不能导致本末倒置。莱辛说，一位女皇真正动人之处，是她隐约在堂皇政务后那个作为女儿、妻子或母亲的身份。莱辛认为一个艺术家的水平高低，就看他能否直取这种身份。狄德罗则说，一位老人巨大的历史功绩，在审美价值上还不及他与夫人临终前的默默拥抱。其实岂止在艺术中，在普遍的人际交往中又何尝不是如此?在我看来，一个自觉自明的人，也就是把握住了人生本味的人。

因此，谁也不要躲避和掩盖一些最质朴、最自然的人生课题如年龄问题。再高的职位，再多的财富，再大的灾难，比之于韶华流逝、岁月沧桑、长幼对视、生死交错，都成了皮相。北雁长鸣，年迈的帝王和年迈的乞丐一起都听到了；寒山扫墓，长辈的泪滴和晚辈的泪滴却有不同的重量。

也许你学业精进、少年老成，早早地跻身醇儒之列，或统领着很大的局面，这常被视为成功，但又极有可能带来一种损失——失落了不少有关青春的体验。你过早地选择了枯燥和庄严，艰涩和刻板，连顽皮和发傻的机会都没有，就这么提前走进了中年，真是一种巨大的亏欠。

也许你保养有方、驻颜有术，如此高龄还是一派中年人的节奏和体态，每每引得无数同龄人的羡慕和赞叹，但在享受这种超常健康的时候应该留有余地，因为进入老年也是一种美好的况味，用不着吃力地搬种夏天的繁枝，来遮盖晚秋的云天。

什么季节观什么景,什么时令赏什么花,这才完整和自然。如果故意地大颠大倒,就会把两头的况味都损害了。“暖冬”和“寒春”都不是正常的天象。

这儿正好引用古罗马西塞罗的一段话：

一生的进程是确定的，自然的道路是唯一的，而且是单向的。人生每个阶段都被赋予了适当的特点：童年的孱弱、青年的剽悍、中年的持重、老年的成熟，所有这些都是自然而然的，按照各自特性属于相应的生命时期。

真正的人生大题目就在这里。

为了解释人生况味，我曾在那本学术著作中简略地提到过一些与年龄有关的故事，十几年过去，自己对人生的感受也已大大加深，因此这些故事也就有了重新阐述的可能。

一个美国故事

这是一个真实的故事，刊登在美国的报纸上。一位学社会学的女学生，大学毕业后做了一次有趣的社会测试，调查老人的社会境遇。她化装成一个步履蹒跚的老妇人，走在街头，走入商店，走进会场，仔细观察人们对自己的态度，一一记录下来；第二天，她卸除化装，露出自己年轻美丽的本来面目，再到昨天去过的那些地方，重新走一次，进行对比。

对比有点可怕。她终于明白平日街头遇到的那么多微笑大多是冲着她的年轻美丽而来，而当她装扮成了老妇人，微笑的世界轰然消失。老妇人跌跌撞撞地走进一家药店，这总该是一个最需要医药援助的形象吧，但药店的那个男营业员神情漠然。男营业员的殷勤，十分夸张地出现于第二天。老妇人还摸进了一个“老人问题研讨会”，发言者的观点且不去说它，就连会场的服务生，也只瞟了她一眼，懒得把别人面前都有的茶水端来。

实例非常丰富，写一篇论文早已绰绰有余，但她的情感受不住了。那天，她依然是老妇人装扮，经受种种冷遇后十分疲惫，坐在街心花园的长椅上休息，沮丧地打量着这个熙熙攘攘的世界。长椅的另一端，坐着一位与她的装扮年龄差不多的老汉。老汉凑过来说话，没谈几句，已开始暗示：实在太寂寞了，有没有可能一起过日子……

怕老汉得知真相后伤心，她找了个借口离开长椅，向不远处的海滩走去。海滩上，有一群小孩在玩耍，见到老妇人，就像一群小鸟一般飞来，齐声喊着“老奶奶”，拉着她在沙滩上坐下，叽叽喳喳地问这问那。

这篇报道说，就在这时，这位已经搞不清自己是什么年龄的社会学研究者，终于流下了热泪。

读了这篇报道，我想了很久。

我猜想不少作家如果要写这个题材，一定会非常生动地写出装扮前后的种种有趣细节。用第一人称写，感觉也许更好。社会学者对某些艺术细节总是不太在意的，例如那篇报道中曾经提到，她在装扮老妇人时困难的不是衣着面容，而是身材。她好像是找了一幅长布把自己的身材捆紧后才勉强解决问题的，其实此间可描写的内容甚多，越琐碎越有味。至于她在大街上的遭遇，艺术的眼光与社会学的眼光也是有差异的，作家们也许会让她见到几个平日的熟人，她故意地去招惹他们看能不能认出来，结果识破了朋友们的很多真相；更聪明一点的作家则会让她走着走着果真转化成了老妇人的心态，到卸了装都转不回来，即使转回来了还有大量的残留……如此等等，都可想象。

但是，我的兴趣不在这儿，而在于街心花园的长椅，小孩嬉戏的海滩。

先说长椅。两个老人，一男一女，一真一假，并肩而坐。肩与肩之间，隔着人生的万水千山。他快速地点燃起了感情，除了寂寞之外，还有原因，我猜是由于她那年轻的眼神。他对这种眼神没有怀疑，因为老人的回忆都是年轻的，但是，年岁毕竟使回忆变成了飘忽不定的梦幻，当梦幻突然成真，他岂有不想一把抓住的道理?

他很莽撞，连她的情况都来不及细问。他早已懂得，年老是一个差不多的命题，不问也大同小异，这位老妇人孤身一人悲怆独坐，已经坦示他想知道的基本隐秘。有人说，老人动情，就像老宅起火，火势快速，难以扑救。话虽戏谑，却有至理。

这场大火腾起于街心公园的长椅上，行色匆匆的路人谁也没有看到。大家都遗弃了这个角落，遗弃得无情无义，却又合情合理。那些忙碌的街道是城市的动脉，不能不投入生命的搏斗。忙碌者都是老人们的子弟，是老人们把他们放置到战场上的，他们也是无可奈何的一群。他们的肩上有太多的重担，他们的周围有太多的催逼，如果都把他们驱赶到老人膝下来奉承照拂，社会的活力从何生发?街心公园的长椅，这批去了那批来，永远成不了社会的中心，因此，老人的寂寞就如同老人的衰弱，无可避免。这有点残酷，但这种残酷属于整个人类。她借口离去了，最好不要说是去洗手间，免得老人频频张望、苦苦等待。不管什么借口，最终的结果都是一样，一场大火变成了一堆灰烬，保留着余温，保留着边上的空位。

再说海滩。她刚刚告别老人，走到了孩子们中间，孩子们热烈欢迎她这位假老人，人生的起点和终点紧紧拥抱。她流泪了，我想主要是由于获得了一种意料之外的巨大安慰。但这眼泪也可能包含着艰涩的困惑：大街上那些漠视老人的青年人和中年人，不管是药店的营业员还是“老人问题研讨会”的服务生，他们也都曾经是天真无邪的海滩少年，而且迟早，又都必然安坐到街心公园的长椅上，是什么力量，使他们麻利地斩断了人生的前因和后果，变得如此势利和浅薄?如果这个困惑确实产生了，那么，她会长久地注视着孩子们的小脸出神，这些小脸上的天真无邪居然都是短暂的?她又会回想起刚才邂逅的老人，他是不是也在为以前的行为忏悔?在这样的疑问面前，人与人之间已无所谓单纯的清浊、强弱、枯荣，大家都变成了一个自然过程，渐次分担着不同的基调，每一个基调间互为因果又互相惩罚，互相陌生又互相嘲弄，断断续续组接成所谓人生。

这位年轻的社会调查者辛辛苦苦地装扮出行是为了写出一个调查报告，但有了长椅和海滩，社会学也就上升到了哲学和美学。

且把长椅和海滩提炼一下，让它们有点象征意义，那么，也就出现了与寻常街市既相延续、又相背逆的方位。人们如果不是因年龄所迫，偶尔走出街市，在长椅上坐坐，在海滩上走走，就有可能成为人生的自觉者和苦恼者。街市间也有自觉和苦恼，但那是具体的、局部的。真正的大自觉和大苦恼，应该产生于黄昏的长椅，冬日的海滩。这些人应该正当中年，有足够的空间回顾和前瞻。

一个法国故事

说起中年，不能不提起法国的一个戏剧故事，与前面所说的美国故事不一样，是虚构的。

这个故事的作者是法国现代作家让·阿努伊，写作时间是一九四四年，故事取材于古希腊的悲剧《安提戈涅》。在我印象中，《安提戈涅》是黑格尔最满意的一出悲剧，因为它成功地表现了冲突双方的充分理由和各持片面，无简单的善恶利钝可言。善恶利钝可以趋之避之，而各执理由的正当立场之间的不可调和，却是一种无法逃遁的必然。古希腊的《安提戈涅》写了国家伦理和血缘伦理之间各执理由的冲突，国家伦理的代表是国王克瑞翁，血缘伦理的代表是姑娘安提戈涅。国王宣判一位已死的青年犯有叛国罪，不准下葬；姑娘是这位青年的妹妹，又恰恰是国王未过门的儿媳妇，她当然要为哥哥下葬，于是产生一系列的悲剧。悲剧到最后，不仅这位姑娘在监禁中自尽，而且国王的儿子因痛失未婚妻而自尽，国王的妻子因痛失爱子而自尽。满台尸体，怪谁呢?怪国王?但他只是在奉行国家伦理的起码原则而已，否则怎么称得上国王?怪那位可怜的姑娘?更不能，她只是在尽一个妹妹的责任罢了，否则怎么对得起天伦亲缘?

这种悲剧也可称之为“无责任者悲剧”，与我们一般看到的善恶悲剧相比，高了好几个美学等级。大善大恶未必经常遇到，而“无责任者悲剧”则与人人有关。

但是，虽然《安提戈涅》抵达了这个等级，而它所依附的故事和观念却明显地带有罕见性。国王、王后、王子、叛国罪之类，与国家伦理、血缘伦理拌和在一起，组成了一个遥远而陌生的世界，缺少与广大民众的亲和性。这正是两千多年后阿努伊要对它作一次大修改的原因所在。

以现代观念改编旧剧的做法并不少见，但像阿努伊那样取得国际间广泛好评的改编却不多。那么，阿努伊究竟是怎样动手的呢?我看主要是两点——

第一，把国王和姑娘这两个人，从身份定位转化成性格定位。主要不再是国家伦理和血缘伦理的冲突，而是随波逐流和敢作敢为这两种性格特征的冲突。随波逐流的是国王，敢作敢为的是姑娘。国王本不想做国王，万不得已做了，又无可奈何地每天做着自己也不想做的事；姑娘正相反，敢于执掌自己的命运和意志，选择明确，敢作敢为。他们两人有很长的争论，都是关于如何做人；

第二，把这两种性格特征，又归之于年龄原因。敢作敢为的姑娘几乎还是少年，有少年的一切特征，连去埋葬哥哥尸体的铲子都是儿童的玩具铲子；相反，随波逐流的国王则是中年人，说得出中年人不得不随波逐流的千百条理由。说出了那么多理由也深知自己的无聊和悲哀，因此争论归争论，还是要悄悄对自己的年轻侍从说：“小家伙，永远别长大!”

于是，阿努伊就在这个故事中探讨起人生的常规走向来了。都曾经敢作敢为，但又都会告别少年，渐渐地随波逐流。你身上还剩下几分“姑娘”?已滋长多少“国王”?每个人天天都在进行着这样的比例衡定。

不能光从字面上看，一定是敢作敢为好，随波逐流坏。如果这样简单，一切又都回到了浅薄。这里出现了新的两难：两边仍然都有理由，两边仍然都是片面。能把敢作敢为和随波逐流两者合在一起取个中间数吗?不能，因为这不是静态片断而是动态过程，动态是由两种相反的力拉动的，就像拔河比赛，无法调和。

结果，全部情景就像阿努伊笔下那样，姑娘在玩具世界中打着呵欠起身，敢作敢为，稚气可掬，又处处碰壁；终于随着岁月的推移克服了稚气，圆熟通达，随波逐流，事事妥协……一个古典悲剧就这样变成了一个现代悲剧，一个最具有普遍性的悲剧。

整整两千多年，好不容易绕到了本世纪却绕出了如此朴拙的年龄问题，一个在前人看来简直是不成问题的问题。那么多宏大的题材为之黯然失色，那么多慷慨的陈词为之风流云散，剩下的只是本真。但是，惟有这个本真，人类找到了在苍茫暮色中回家的心情。从万人垂泪的大悲剧中回家，从柏拉图和亚里士多德身边回家。

有关年龄的话题，直接反映了自然规律对人类生命的严格控制，人类能作的反抗幅度很小，整体上无可奈何。但是，有时人类也会以精神的逻辑嘲谑一下这种自然规律。这样的嘲谑在文艺作品中不少，此处可以举一个最简单的例子。

一个俄国故事

这个故事写一对中年人的一见钟情，有点像后来风行一时的《廊桥遗梦》，但《廊桥遗梦》以过浓的表层情感掩盖了可能包含的内层嘲谑。那个俄国(应该说“前苏联”吧)故事却很平静：一个早离了婚的中年男子和一个年龄仿佛的独身女子产生了心灵感应，但这个独身女子其实是有丈夫的，那是一个关在监狱里的醉鬼。由于这个醉鬼的隐约存在，男女双方都受到了一种爱情之外的道德约束，未能继续靠近。

这样的故事非常一般，没有什么特色，让人微微震颤的是它的超常平静。男女主角其实早已作出判断，对方是自己一生中的“唯一”，但他们只表达了这个判断，并没有多大激动。这是为什么呢？

他们好像早就料到，唯一最适合自己的人会在这个时候、这个地方出现。也就是说，必然出现在已经没有希望了的时候和地方。人类最爱歌颂和赞美的是初恋，但在那个说不清算是少年还是青年的年岁，连自己是谁还没有搞清，怎能完成一种关及终身的情感选择?因此，那种选择基本上是不正确的，而人类明知如此却不吝赞美，赞美那种因为不正确而必然导致的两相糟践；在这种赞美和糟践中，人们会渐渐成熟，结识各种异性，而大抵在中年，终于会发现那个“唯一”的出现。但这种发现多半已经没有意义，因为他们肩上压着无法卸除的重担，再准确的发现往往也无法实现。既然无法实现，就不要太在乎发现，即使是“唯一”也只能淡然颔首、随手挥别。此间情景，只要能平静地表述出来，也已经是人类对自身的嘲谑。

更大的嘲谑是年龄的错位。为什么把择定终身的职责，交付给半懂不懂的年岁?为什么把成熟的眼光，延误地出现在早已收获过了的荒原?只要人类存在，大概永远也逆转不了这种错位，因此这种嘲谑几乎找不到摆脱的彼岸。

由此可见，仅年龄一端，人生的况味也可品咂得难以言表。我认为很多作家躲开这个问题不是由于疏忽，而是由于害怕。这个井口看似平常，但伸头一看却深不可测。阴冷的水气带出了大地掩藏着的重重怪异，更要命的是，晃荡的井水居然还照出了自己的面影。有多少人愿意长久地逼视那个变了形的自己呢?只能赶快走开。井口外面的话题很多，转移注意并不困难。

想出这个井口的比喻我把自己也吓着了。是啊，人生的许多问题是不能太往深里想的，从小村里的老人们就最怕我们到井边去，怕我们受凉中邪，更怕我们掉进去，现在进一步明白，即便人不掉进去，思想掉进去也很难挣扎出来。你看，把年龄问题稍稍想深一点就会引发出对人的生命程序的整体嘲谑，甚至扩大至对爱情、婚姻的整体嘲谑，这又如何了得!相对论可以一论再论，哥德巴赫猜想可以一猜再猜，但人生的问题却只可作泛论而不能作深究。永远的启蒙调教，永远的浅尝辄止。正由于此，我虽然至今重视人生况味在艺术创作中的地位，但又明白不能把这件事做得过分。对人生的过度深究会造成人们群体性的“反刍效应”和“恶心效应”，从心理上加剧人类遇到的危机。

因此，只能回归泛论。

青年：歌颂的陷阱

泛论年龄，出发点只是经验。经验应该具有说服力的吧?其实未必。人类的很多经验是屈从于常规说法的，一旦超出于常规说法连自己都疑惑起来。然而，人生是我们都在经历的，年龄是我们自己的年龄，即便对于我们尚未抵达的年龄阶段至少也有足够的观察经验，我们如果在人生年龄问题上也放弃了独立的发言权，那还会有什么其它属于自己的声音投向这个世界?

为此，我要延续上文已经开始的话题，不赞成太多地歌颂青年，而坚持认为那是一个充满陷阱的时代。陷阱一生都会遇到，但青年时代的陷阱最多、最大、最险。

反复歌颂一片布满陷阱的土地，其后果可想而知。我不知道人类为什么要不断地重复这个恶作剧，甚至看到了一代代残酷的后果仍不知收敛。我相信这中间一定有不负责任的社会活动家和阴险的政客故意设置的计谋，他们对青年的歌颂是以怂恿的方式达到招募的目的。其中比较可以原谅的是一些理性水平不高的老人，他们以歌颂来缅怀已逝的岁月，以失落者的身份追寻失落前的梦幻。

老人歌颂青年时代，大多着眼于青年时代拥有无限的可能性。但他们忘了，这种可能性落实在一个具体个人身上，往往是窄路一条。错选了一种可能，也便失落了其它可能。说起来青年人日子还长，还可不断地重新选择，但一个实实在在的人是由种种社会关系和客观条件限定在那里的，重新选择的自由度并不很大。“一失足成千古恨”的悲剧处处发生，只不过多数失足看起来不像失足而已。

即从最小的事例来看，社会上从事表演艺术的人浩浩荡荡，为什么真正像样的演员总是寥若晨星，而绝大多数不管怎么训练也不大成器呢?追根溯源，大多是一开始学僵了、学疲了，再也扭不过来。写作也是一样，世间能动笔的人何止千万，他们的脑子也都管用，为什么多数人笔耕一辈子都跳不出那个不高的等级呢?原因也是一开头进错了门，拜错了师，走岔了道，怎么也绕不回去了。这些事情的根子，都是在青年时代种下的。种下的时分，耳边一片赞扬声。

这还只是在说技能，如果要说到品德，改易更难。一个人横贯终生的品德基本上都是在青年时代形成的，可惜在那个至关重要的时代，青年人受到的正面鼓动永远是为成功而搏斗，而一般所谓的成功总是打有排他性、自私性的印记。结果，脸颊上还没有皱纹的他们，却在品德上挖下了一个个看不见的黑洞。

在我的记忆中，认真指出青年时代险恶陷阱的是王安石，他那篇只有二百多字的短文《伤仲永》道出了人人都见到过的事例，却仍然让大家十分震惊。王安石认为，天下是会出现几个真正杰出的天才少年的，但即便是他们，也未必能成为人才，沦落的可能比成才的可能大得多；天才尚且如此，大量非天才的情况更是不言而喻。王安石用旁观者的平静笔触，勾勒了一个天才少年沦于平庸的过程，平庸得那么自然又那么必然。

除王安石之外，为少年和青年说点扫兴话、警惕话的人实在太少了。永远在歌颂他们朝气蓬勃、意气风发、风华正茂、英姿飒爽……就这样送走了一批又一批，送到哪里去了，送到什么里程就不再歌颂也不值得歌颂了，却不知道。

历史上也有一些深刻的哲人，以歌颂青年来弘扬社会的生命力。这是一帖疗世药方，特别对一个古老而疲惫的帝国更有特殊意义，但用药也要适度，需要受到充分的理性控制。因为这里显然横亘着一种二律背反：越是坚固的对象越需要鼓动青年去对付，但他们恰恰因为年轻，无法与真正的坚固相斡旋。

他们刚刚放下历史课本，又何曾体察过历史苍凉的内涵？他们随口谈论社会，又何曾了解过民众的质朴需求？他们得意地炫示文化，又何曾思考过文化的原始使命？把沉重的历史使命压在他们肩上，不太公平。如果对他们一边加压一边怂恿，只能使他们变成一堆扭曲的形体和尖利的声音，这是我们在“文革”初期早就看到了的。按常理青年人应该先埋头创建一点什么，然后让见多识广的中年人和老年人来批评，接下来再由青年人凭着自己的创建感受来反批评，提出新一代的新观念。但不知怎么回事，这个程序倒了过来，很多没有任何创建经历的青年人成了摧枯拉朽的批评者，而有了阅历的成年人则唯唯诺诺，不说长短，只知低头劳作。中国长期以来一直是评论者多而建设者少，一度曾经出现过全国高喊“不破不立”的口号、相信“七亿人民都是批判家”的盛况。这种排斥建设的批判所表现出来的自由幅度和自置高度，以及操作上的随意和痛快，对大量害怕辛劳的青年人有一种巨大的吸引力，但对一切事业都弊多利少。这就像航海，航海家们当然也需要有人在航向、航速、气象、海浪等方面提出积极的评论，但不少年轻的放言者根本还没有能力这么做，他们只是远远地站在岸上，凭着对惊险童话故事的记忆，大声呵斥这条船可能有海盗嫌疑，嘲笑着船体的形状和船长的身材。岸上的闲杂人等最乐于听的是这种声音，但这种声音的结果十分可怕。中国的情况历来是几百年的破坏只换来几年的建设，而刚刚有点建设又很快换来新一轮声色俱厉的破坏。总认为建设者的方向需要有人来拨正，建设者的本人也应受到监督，这没错，但人们怎么也不明白，那些没有洒过一滴汗珠的年轻人何从取得了拨正资格和监督资格?如果说要建立一种机制，那也是一项建设，与建设的过程密不可分。也许正是出于这种观感，我在文化界只要看到画家、音乐家、作家受到了各种低层次评论的纠缠，立场总是站在文化创造者一边。因为我深知一个庞大民族在混乱多少年后终于投入经济建设的极度艰难，而在经济建设的社会大潮流中努力保持一点文化建设的更加艰难。

一些别有用心的年长怂恿者总喜欢说："真理在年轻人手里。"理由呢?没有说，但我猜测他们是故意偷换了一种逻辑。保卫真理需要勇敢，但不能就此把勇敢说成是真理。在我看来，青年人居高临下地说东道西，不要说真理，连什么理论和流派都说不上，他们只是用这种方法证明自己已摆脱教师和课本而独立存在。但是一切过度的激烈都反映了对自身存在状态的不自信，一切严重的攻陷都直通于自身的虚弱，当这样的规律逐一显现，这些年轻生命中的一部分就从自卫性的敏感走向了沮丧、孤傲和狂暴，甚至与周围人群建立了恶性对抗关系，这便进入了躲在一个个小陷阱后面的最大的陷阱，一旦落入其间，很难再拔得出来。一群本来很有希望的青年人就这样失踪于文明领地的边缘地带，实在让人伤心。他们现在已谈不上可爱，但在他们还不失可爱的时分，有太多的人用歌颂毒害了他们，怂恿了他们，唆使了他们。

其实他们已从反面证明，青年时代的正常状态是什么。我想一切还是从真诚的谦虚开始。青年人应该懂得，在我们出生之前，这个世界已经精精彩彩、复复杂杂地存在过无数年，我们什么也不懂，能够站稳脚下的一角建设一点什么，已是万幸。如果刻苦数年，居然从脚下扎下根去，与世界的整体血脉相连，那也就使自己单薄的生命接通了人类。应该为这种接通而惊喜。试想区区五尺之躯，接通于千年之前，接通于万里之外，正是这种接通使自己领略崇高，问津壮丽，体验多元，哪能舍得骤然变脸，扯断这些接通，不分青红皂白，你死我活地批判起来?这种谦然安然的生态，也可免除青春生命的无谓浪费，让青年人有可能欢天喜地地活得像青年。

中年：当家的滋味

如果说青年时代的正常方式是欢天喜地学习建设、体验多元，那么，一到中年，情况就发生了变化。要把“欢天喜地”减去吗?不，不能减去的恰恰是它，而学习和体验两项则都要进行根本性的调整。

人生有涯而学无涯，此话固然不错，但以有涯对无涯，必须有一个计划，否则一切都沉落于无涯的汪洋之中，生而何为?因此，在学校里按课程进度学，毕业后在业务创建中学，学到中年可以停下来想一想了，看看自己能否在哪个领域当一次家?

这是在自己家庭之外的当家，范围也不必很大，试着做一段时间负责人，把此前的人生结果在管理他人的过程中作一番交代，受一次检验。

当家的体验，比一般所谓的做官丰厚得多。当家，使你的生命承担更大的重量，既要指挥很多其它生命，又要为这些生命负责。当家，使你对自身行为强化为更明确的逻辑关系，让潜在的因果变成一种公开的许诺。当家，使你从自惭自羞的状态中腾身而出，迫使自己去承受众多目光的追随和期待。当家，使你在没有退路中思考个体与群体的复杂关系，领悟真正意义上的牺牲、风险和奉献。

当家体验是人生的最后一次精神断奶。你突然感觉到终于摆脱了对父母、兄长、老师的某种依赖，而这种依赖在青年时代总是依稀犹在的；对于领导和组织，似乎更近切了，却又显示出自己的独立存在，你成了社会结构网络中不可缺少的一个点；因此你在热闹中品尝到了有生以来真正的孤立无援，空前的脆弱和空前的强大集于一身。于是，青年时代的多元体验也就有了明确的定位和选择。

中年女子当过了家庭主妇再当一个社会上的大家会使自己变得更加大气，洗刷掉因生活琐事而粘上的世俗碎屑；中年男子的当家体验更是至关重要，因为在我看来成熟男子的重要魅力在于责任心，在于一种使你的爱人和你周围人产生安全感、信任感的稳定风范。

见过大量智商并不低的朋友，他们的言论往往失之于偏激和天真，他们的情绪常常受控于一些经不起深究的谣传，他们的主张大多只能图个耳目痛快而无法付之于实施，他们的判断更是与广大民众的实际心态相距遥遥，对于他们，常常让人产生一种怜惜之情：请他们当一次家，哪怕是一个部门经理，一个建筑工地的主管，也许就好了。这些毛病，如果出现在青年人身上还有情可原，而出现在中年人身上，感觉很是不妙。因为这些毛病阻隔了一个成熟生命对外部世界的基本判断力，剥夺了他们有效地参与社会、改造社会的可能。人生的成熟只有一季，到了季节尚未灌浆、抽穗，让人心焦。

中年人一旦有了当家体验，就会明白教科书式的人生教条十分可笑。当家人管着这么一个大摊子，每个角落每时每刻都在涌现着新问题，除了敏锐而又细致地体察实际情况，实事求是地解开每一个症结，简直没有高谈阔论、把玩概念的余地。这时人生变得很空灵，除了隐隐然几条人生大原则，再也记不得更多的条令。我认为这是一种极好的人生状态，既有很大的幅度，又有很大的弹性。

不少老式读书人每每要求前辈学者对于早年形成的观点从一而终，否则就会因为他们尊敬的偶像不坚定而苦恼万分。我想这样的老式读书人一定没有当家体验，因此也没有进入过精神上的中年。一个人在二十几岁莽撞发表的学术观点，居然要他以一辈子的岁月去苦苦守节?除非这是一个完全停滞的社会，除非这个社会里只是一个简陋的是非选择题。其实即便社会停滞了，人生也不可能停滞。中年是对青年的延伸，又是对青年的告别。这种告别不仅仅是一系列观念的变异，而是一个终于自立的成熟者对于能够随心所欲处置各种问题的自信。

因此，中年人的坚守，已从观点上升到人格，而人格难以言表，他们变得似乎已经没有顶在脑门上的观点。他们知道，只要坚守着自身的人格原则，很多看似对立的观点都可相容相依，一一点化成合理的存在。于是，在中年人眼前，大批的对峙消解了，早年的对手找不到了，昨天的敌人也没有太多仇恨了，更多的是把老老少少各色人等照顾在自己身边。请不要小看这“照顾”二字，中年人的魅力至少有一半与此相关。

中年人最可怕的是失去方寸。这比青年人和老年人的失态有更大的危害。中年人失去方寸的主要特征是忘记了自己的年龄，一会儿要别人像对待青年那样关爱自己，一会儿又要别人像对待老人那样尊敬自己，他永远生活在中年之外的两端，偏偏不肯在自己的年龄里落脚。明明一个大男人却不能对任何稍稍大一点的问题作出决定，频频找领导倾诉衷肠，出了什么事情又逃得远远的，不敢负一点责任。在家里，他们训斥孩子就像顽童吵架，没有一点身为人父的慈爱和庄重；对妻子，他们也会轻易地倾泄出自己的精神垃圾来酿造痛苦，全然忘却自己是这座好不容易建造起来的情感楼宇的顶梁柱；甚至对年迈的父母，他们也会赌气怄气，极不公平地伤害着生命传代系统中已经走向衰弱的身影。

这也算中年人吗?真让大家惭愧。

我一直认为,某个时期,某个社会,即使所有的青年人和老年人都中魔一般荒唐了,只要中年人不荒唐,事情就坏不到哪里去。最怕的是中年人的荒唐,而中年人最大的荒唐,就是忘记了自己是中年。

忘记中年可能是人生最惨重的损失。在中年，青涩的生命之果变得如此丰满，喧闹的人生搏斗沉淀成雍容华贵，沉重的社会责任已经溶解为日常的生活情态，常常游离、矛盾的身心灵肉，只有此刻才全然和谐地把握在自己的手中。

中年总是很忙，因此中年也总是过得飞快，来不及自我欣赏就到了老年。匆忙中的美由生命自身灌溉，因此即便在无意间也总是体现得最为真实和完满。失去了中年的美，紧绷绷地兀自穿着少女健美服，或沙哑哑地提早打着老年权威腔，实在太不值得。作弄自己倒也罢了，活生生造成了人类的生态浪费，真不应该。

老年：如诗的年岁

终于到了老年。

老年是如诗的年岁。这种说法不是为了奉承长辈。

中年太实际、太繁忙，在整体上算不得诗，想来不难理解；青年时代常常被诗化，但青年时代的诗太多激情而缺少意境，按我的标准，缺少意境就算不得好诗。

只有到了老年，沉重的人生使命已经卸除，生活的甘苦也已了然，万丈红尘已移到远处，宁静下来了的周际环境和逐渐放慢了的生命节奏构成了一种总结性、归纳性的轻微和声，诗的意境出现了。

除了部分命苦的老人，在一般情况下，老年岁月总是比较悠闲，总是能够没有功利地重新面对自然，总是漫步在回忆的原野，而这一切，都是诗和文学的特质所在。老年人可能不会写诗或已经不再写诗，但他们却以诗的方式生存着。看街市忙碌，看后辈来去，看庭花凋零，看春草又绿，而思绪则时断时续、时喜时悲、时真时幻。

当然会产生越来越多的生理障碍，但即便障碍也构成一种让人仰视的形态，就像我们面对枝干斑驳的老树，老树上的枯藤残叶，也会感到一种深厚的美。

我想，对老年人最大的不恭，是故意讳言他的老。好像老有什么错，丢了什么丑。一见面都说"不老，不老"，这真让老人委屈。

随之而来，人们喜欢用其它年龄阶段的标准来要求老人，扬其之短避其之长，似褒实贬。对于纷扰复杂的现代事务，即使是寻常家务事吧，不少家庭为了避免中年层次的多重纠纷，也要老人决断和把关，每每把老人说成是全家脑子最清楚的人，无可替代；时间一长，连老人自己也迷惑了，真觉得全家越来越离不开他，哪怕是儿辈作息，孙辈隐私，稍有不知便大发雷霆。我有一个青年朋友为了表达对父母真诚的孝敬，在事业有成之后，不仅把老人接来同住，而且事无巨细一一禀报，听取指令，营造出一种传统家庭的伦理气氛。但这样还不到一年，这位青年朋友也就完全失去了个人生活的任何自由，不要说恋爱约会，就连与同性友人较长时间的叙谈也会造成两位老人的寝食不安。两代人的关系，因不必要的交错渗透而变得彼此敏感，僵持不下。

在中国这样一个儒家传统源远流长的社会环境中，这种硬把老人拉入主体结构的悲喜剧随处可见。大家几乎公认，在这件事上显得特别残忍的例子是电影界，只要有稍为重大的仪式，代表中国电影界上场的居然都是离开影坛达四十年之久的龙钟老人。不是表彰他们四十年前的辛劳，而是请他们代表当代，这实在是对他们的糟践。这些老人本来应该是坐在舒适的居所里，偶尔打开电视稍稍地看几眼这种仪式就足够了，他们有这种资格，早已不必再麻烦他们粉墨登场。同样的事例，有一次我在一篇文章中提及林怀民先生的“云门舞集”在当今亚洲舞蹈界的领先地位，有一位舞蹈研究者撰文表示异议，说我如此评价一个中年舞蹈家，把我国老一代的舞蹈家往哪儿摆?对此我没有回答，但在心里却想，老一代舞蹈家已经这么年迈，何苦再推着他们到中心舞台上扬臂抬腿，去与中年人争胜?请放了他们吧。

把老年人推到第一线的习惯，对很多老年人产生了严重的误导。有的老年人果真到那里起劲地排名争胜了，当然往往是越排越气，越争越恨，结果使整个晚年变得牢骚满腹、怒气冲冲。他们有时忍不住也会破门而出，大声发言，中国社会对于白发老人的颤声控诉一般是不会予以反驳的，除了我的朋友魏明伦先生曾经据理力争过一次之外，大家都躲让着，不置一词，留下了一个又一个半生不熟的怪异事件，不明不白地拥塞在当代文化的缝隙间。

其实，老人的年龄也有积极的缓释功能，为中青年的社会减轻负担。不负责任的中青年用不正当的宠溺败坏了老人的年龄，但老人中毕竟还有冷静的智者，默默固守着年岁给予的淡然和尊严。多年前我本人就遇到过这样一个事件，所受的诬陷全然由于年龄的差距而不想洗刷，但又由于这种年龄差距被对方反复强调而引出了一大批不知真相的老人，颤巍巍、气咻咻地一起上阵，怒目而视，顿使形势十分紧张。正不知所措之际，突然收到了年龄比对方所有的人更加高得多的黄佐临先生写自医院的一封信。这是他生命的最后年月，老人躺在病榻上突然听到了一片苍老的叫骂声，却没见到我答辩，便推断我遇到了年龄上的麻烦。他知道只有拿出他的高龄才能有效地帮我，便向护士要过纸笔抖抖索索地写起信来。也许他还担心自己一个人的高龄还不足以在我心中消解一群人的年龄包围圈，居然又抬出了他的老师萧伯纳。

他在信中说，一九三七年，抗日战争爆发，正在英国留学的他决心回国参加抗战，便到自己的老师萧伯纳家里去告别。坐在萧伯纳的壁炉前，猛然看到壁炉上刻着三行字——

他们骂了，
骂些什么？
让他们骂去！

黄佐临先生在信中对我说，萧伯纳真不在乎别人骂吗？那倒不见得，如果真不在乎，为什么要把这样的句子刻在壁炉上？但他故意镌刻，时时自警自嘲，表明他的精神状态确实要比别人健康一点。

收到这封信的那一天，我没有吃饭，一个人长久地坐在龙华公园中出神。再淡的口气在特定情境下也会变得很浓，当时老人这番话的实际浓度简直无与伦比。我立即就不在乎自己的处境了，一味想着高龄的特殊魅力。年龄本不该被太多利用的，因为它带有天然的不公平性和无法辩驳性，但一旦真被利用了，出现了霉气十足的年龄霸权，那也不要怕,不知什么地方银发一闪,冷不丁地出现一个能够降伏它们的高神。烟尘散去，只剩下这位高神的笑容隐约在天际,而此时天下,早已月白风清。一双即将握别世界的手，向我指点了一种诗化的神圣。

由此想到，中青年的世界再强悍，也经常需要一些苍老的手来救助。平时不容易见到，一旦有事则及时伸出，救助过后又立即消失，神龙见首不见尾。这是一种早已退出社会主体的隐性文化和柔性文化，隐柔中沉积着岁月的硬度，能使后人一时启悟，如与天人对晤。老年的魅力，理应在这样的高位上偶尔显露。不要驱使，不要强求，不要哄抬，只让他们成为人生的写意笔墨，似淡似浓，似有似无。

谈老年，最后避不开死亡的问题。

不少人把死亡看成是人生哲学中最大的问题，是解开生命之谜的钥匙，此处不作评述，我感兴趣的只是，有没有可能让死亡也走向诗化?

年迈的曹禺照着镜子说，上帝先让人们丑陋，然后使他们不再惧怕死亡。这种说法非常机智，却过于悲凉，悲凉中又带着潇洒。

见一位老人以杂文的方式发表遗嘱，说自己死后只希望三位牌友聚集在厕所里，把骨灰向着抽水马桶倾倒，一按水阀，三声大笑。这是另一种潇洒，潇洒得过于彻底。

我喜欢罗素的一个比喻，仅仅一个比喻就把死亡的诗化意义挖掘出来了，挖掘得合情合理，不包含任何廉价的宽慰。

罗素说，生命是一条江，发源于远处，蜿蜒于大地，上游是青年时代，中游是中年时代，下游是老年时代。上游狭窄而湍急，下游宽阔而平静。什么是死亡?死亡就是江入大海，大海接纳了江河，又结束了江河。

真是说得不错，让人心旷神怡。

另一个把大海与死亡连在一起的比喻也很精彩，那是美国一位叫舒瓦茨的社会学教授在自己临死前讲给自己的学生听的。舒瓦茨说——

海洋里的一朵浪花，漂流了无数个春秋，突然发现快要撞击到海岸。它知道末日来临，神情黯然。但它看到身边的一朵大浪花面对末日依然兴高采烈，便十分奇怪。

大浪花告诉它：记住，你不是浪花，你本来就是大海的一部分！

浪花是一种存在，又是一种虚幻，唯一真实的只是涌出无数浪花、又涌灭无数浪花的大海。这个寓言，意味深长。

死亡既是如此，由此回过头去审视老年，能不诗意沛然?

这是一个终于告别了黄土峡谷、拦洪堤坝、功过恩怨、险情奇景的年岁,潮润的海风已弥漫于口鼻之间。

涛声隐隐，群鸥翱翔。

一个真正诗化了的年岁。

最后的课程

他果然出现

我们人类的很多行为方式是不可思议的，有时偶然想起，总会暗暗吃惊。

譬如，其中一件怪事，就是人人都在苦恼人生，但谁也不愿意多谈人生。人群中稍稍愿意多谈几句的，一是高中毕业生，动笔会写“生活的风帆啊”之类的句子；二是街头老大娘，开口会发“人这一辈子啊”之类的感叹。兼有人生阅历和思考水平的人，一般就不谈人生了，这是为什么呢？

因为这个问题太浅？显然不是。

因为这个问题太深？有这个因素，但人们历来都有探求艰深的好奇，就连大得无法想象的宏观世界和小得无法想象的微观世界都成了热闹的研究对象，怎么对人生问题的探求却寥落至此？

我觉得，大多数智者躲避这个问题，是因为领悟到自己缺少谈论的资格。再大的专家也不能说自己是人生领域的专家，一时的感悟又怎能保证适合今后、适合别人?一个人在事业上的成功远不是人生上的成功，一个领导者可以在诸多方面训斥下属却必须除开人生。

——越有教养越明白这些道理,因此就越少谈论。

但是，谁都想听听。

身在人生而蒙昧于人生,蒙昧得无从谈论,无从倾听,这实在是一种巨大的恐怖。能不能试着谈起来呢?有人这样做过,但结果总是让人遗憾。大多是一些浅陋而造作的小故事,不知真有其事还是故意编造的,然后发几句评述,吐一点感慨,好像一谈人生,作者和读者都必须一起返回到极幼稚的年岁;也有一些著名学者参与谈论,像欧洲的那位培根,但不知怎么一谈人生就丢开了推理分析过程,只剩下了一堆武断的感想和结论,读起来倒也顺畅,一到实际生活中就显得过于浅陋,联想到作者本人不甚美好的人品和经历,这些谈论的价值自然就不会很高。

我曾设想过，什么样的人谈人生才合适。想来想去，应该是老人，不必非常成功，却一生大节无亏，受人尊敬，而且很抱歉，更希望是来日无多的老人，已经产生了强烈的告别意识，因而又会对人生增添一种更超然的鸟瞰方位。但是，找啊找，等啊等，发现相继谢世的老人们很少留下这方面的言论，他们的最后岁月往往过得很具体，全部沉溺在医疗的程序、后事的嘱托、遗产的分割等等实际事务上。在病房杂乱的脚步声中，老人浑浊的双眼是否突然一亮，想讲一些超越实际事务的话语?一定有过的，但身边的子女和护理人员完全不会在意，只劝老人省一点精神，好好休息。老人的衰弱给了他们一种假象，以为一切肢体的衰弱必然伴随着思维的衰弱。其实，老人在与死亡近距离对峙的时候很可能会有超常的思维迸发，这种迸发集中了他一生的热量又提纯为青蓝色的烟霞，飘忽如缕、断断续续，却极其珍贵，人们只在挽救着他衰弱的肢体而不知道还有更重要的挽救。多少父母临终前对子女的最大抱怨，也许正是在一片哭声、喊声中没有留出一点安静让他们把那些并不具体的人生话语说完。

也有少数临终老人，因身份重要而会面对一群宁静而恭敬的聆听者和记录者。他们的遗言留于世间，大家都能读到，但多数属于对自己功过的总结和感叹，对未竟事业的设想和安排，也有人生意蕴，却不以人生为焦点。死亡对他们来说，只是一项事业的中断；生命乐章在尾声处的撼人魅力，并没有以生命本身来演奏。

凡此种种，都是遗憾。

于是，冥冥中，大家都在期待着另一个老人。他不太重要，不必在临终之时承担太多的外界使命；他应该很智慧,有能力在生命的绝壁上居高临下地来俯视众生;他应该很了解世俗社会,可以使自己的最终评判产生广泛的针对性;他,我硬着心肠说,临终前最好不要有太多子女围绕,使他有可能系统有序地说完自己想说的话,就像一个教师在课堂里一样——那么对了,这位老人最好是教师,即使在弥留之际也保留着表述能力,听讲者,最好是他过去的学生……

这种期待,来自多重逻辑推衍,但他果然出现了,出现于遥远的美国,出现后又立即消失。一切与我们的期待契合。

他叫莫里·施瓦茨,社会学教授,职业和专业与我们的期待简直天衣无缝。他已年迈,患了绝症,受一家电视台的"夜线"节目采访,被他十六年前的一位学生,当今的作家、记者米奇·阿尔博姆偶尔看到,学生匆匆赶来看望即将离世的老师,而老师则宣布要给这位学生上最后一门课,每星期一次,时间是星期二。这样的课程没有一位学生会拒绝,于是,每星期二,这位学生坐飞机飞行七百英里,赶到病床前去上课。

这门课讲授了十四个星期,最后一堂则是葬礼。老师谢世后,这位学生把听课笔记整理了一下交付出版,题目就叫《相约星期二》,这本书引起了全美国的轰动,连续四十四周名列美国图书畅销排行榜。

看来，像我一样期待着的人实在不少，而且不分国籍。

与生活讲和

翻阅这份听课笔记时我还留有一点担心，生怕这位叫莫里的老人在最后的课程中出现一种装扮。病危老人的任何装扮，不管是稍稍夸张了危急还是稍稍夸张了乐观，都是可以理解的，但又最容易让人不安。

莫里老人没有掩饰自己的衰弱和病况。学生米奇去听课时，需要先与理疗师一起拍打他的背部，而且要拍得很重，目的是要拍打出肺部的毒物，以免肺部因毒物而硬化，不能呼吸。请想一想，学生用拳头一下一下重重地叩击着病危老师裸露的背，这种用拳头砸出最后课程的情景是触目惊心的，没想到被砸的老师喘着气说："我……早就知道……你想……打我……"

学生接过老师的幽默，说："谁叫你在大学二年级时给了我一个B！再来一下重的！"

——读到这样的记述，我就放心了。莫里老人的心态太健康了，最后的课程正是这种健康心态的产物。

他几乎是逼视着自己的肌体如何一部分一部分

衰亡的，今天到哪儿，明天到哪儿，步步为营，逐段摧毁，这比快速死亡要残酷得多，简直能把人逼疯。然而莫里老人是怎样面对的呢？

他说，我的时间已经到头了，自然界对我的吸引力就像我第一次看见它时那样强烈。

他觉得也终于有了一次充分感受身体的机会，而以前却一直没有这么做。

对于别人的照顾，开始他觉得不便，特别是那种作为一位绅士最不愿意接受的暴露和照顾，但很快又释然了，说：

> 我感觉到了依赖别人的乐趣。现在当他们替我翻身、在我背上涂擦防止长疮的乳霜时，我感到是一种享受。当他们替我擦脸或按摩腿部时，我同样觉得很受用。我会闭上眼睛陶醉在其中。一切都显得习以为常了。
>
> 这就像回到了婴儿期。有人给你洗澡，有人抱你，有人替你擦洗。我们都有过当孩子的经历，它留在了你的大脑深处。对我而言，这只是在重新回忆起儿时的那份乐趣罢了。

这种心态足以化解一切人生悲剧。他对学生说，有一个重要的哲理需要记住：拒绝衰老和病痛，一个人就不会幸福。因为衰老和病痛总会来，你为此担惊受怕，却又拒绝不了它，那还会有幸福吗?他由此得出结论：

> 你应该发现你现在生活中的一切美好、真实的东西。回首过去会使你产生竞争的意识，而年龄是无法竞争的。……当我应该是个孩子时，我乐于做个孩子；当我应该是个聪明的老头时，我也乐于做个聪明的老头。我乐于接受自然赋予我的一切权利。我属于任何一个年龄,直到现在的我。你能理解吗?我不会羡慕你的人生阶段——因为我也有过这个人生阶段。

这真是一门深刻的大课了。环顾我们四周，有的青年人或漠视青春，或炫耀强壮；有的中年人或揽镜自悲，或扮演老成；有的老年人或忌讳年龄，或倚老卖老……实在都有点可怜，都应该来听听莫里老人的最后课程。

特别令我感动的是,莫里老人虽然参透了这一切,但在生命的最后几天还在恭恭敬敬地体验,在体验中学习，在体验中备课。体验什么呢？体验死亡的来临。他知道这是人生课程中躲避不开的重要一环，但在以前却无法预先备课。就在临终前的几天，他告诉学生，做了一个梦，在过一座桥，去到一个陌生的地方。“我感觉到我已经能够去了，你能理解吗？”

当然能理解，学生安慰性地点头，但老人知道学生一定理解不深，因为还缺少体验，于是接下来的话又是醍醐灌顶：如果早知道面对死亡可以这样平静，我们就能应付人生最困难的事情了。

什么是人生最困难的事情？学生问。

——与生活讲和。

一个平静而有震撼力的结论。

在死亡面前真正懂得了与生活讲和，这简直是一个充满哲理的审美现场。莫里老人说，死亡是一种自然，人平常总觉得自己高于自然，其实只是自然的一部分罢了。那么，就在自然的怀抱里讲和吧。

讲和不是向平庸倒退，而是一种至高的境界，莫里的境界时时让人家喜悦。那天莫里设想着几天后死亡火化时的情景，突然一句玩笑把大家逗乐了：“千万别把我烧过了头。”

然后他设想自己的墓地。他希望学生有空时能去去墓地，还有什么问题尽管问。

学生说，我会去，但到时候听不见你的说话了。

莫里笑了，说：“到时候，你说，我听。”

山坡上，池塘边，一个美丽的墓地。课程在继续，老师闭眼静躺，学生来了，老师早就嘱咐过：你说，我听。说说你遇到的一切麻烦问题，我已作过提示，答案由你自己去寻找，这是课外作业。

境界，让死亡也充满韵味。

死亡，让人生归于纯净。

文化的误导

描画至此，我想人们已可想象这门最后课程的主要内容。

莫里老人在乐滋滋地体验死亡的时候，发现了一个重大问题。

他不希望把最后发现的重大问题留给只听不说的静宁墓地。这个重大问题，简单说来就是对人类文化的告别性反思。

莫里老人认为,人类的文化和教育造成了一种错误的惯性,一代一代地误导下去,应该引起人们注意。

什么误导呢?

我们的文化不鼓励人们思考真正的大问题，而是吸引人们关注一大堆实利琐事。上学、考试、就业、升迁、赚钱、结婚、贷款、抵押、买车、买房、装修……层层叠叠，一切都是为了活下去，而且总是企图按照世俗的标准活得像样一些，大家似乎已经很不习惯在这样的思维惯性中后退一步，审视一下自己，问：难道这就是我一生所需要的一切？

由于文化不鼓励这种后退一步的发问，因此每个人真实的需要被掩盖了，“需要”变成了“想要”，而“想要”的内容则来自于左顾右盼后与别人的盲目比赛。明明保证营养就够，但所谓饮食文化把这种实际需要推到了山珍海味、极端豪华的地步；明明只求舒适安居，但装潢文化把这种需要异化为宫殿般的奢侈追求……大家都像马拉松比赛一样跑得气喘吁吁，劳累和压力远远超过了需要，也超过了享受本身。莫里老人认为，这是文化和教育灌输的结果。他说：

> 拥有越多越好。钱越多越好。财富越多越好。商业行为也是越多越好。越多越好。越多越好。我们反复地对别人这么说——别人又反复地对我们这么说——一遍又一遍，直到人人都认为这是真理。大多数人会受它迷惑而失去自己的判断能力。

莫里老人认为这是美国教育文化的主要弊病。

我想在这一点上我们中国人没有理由沾沾自喜，觉得弊病比他们轻。在过去经济不景气的时代，人们想拥有物质而不可能，在权位和虚名的追逐上也是越多越好，毫不餍足，其后果比物质追求更坏，这是大家都看到了的；等到经济生活逐步展开，原先的追求并不减退，又快速补上物质的追求，真可以说是变本加厉，这也是大家都看到了的。

莫里老人想呼吁人们阻断这种全球性的文化灌输，从误导的惯性里走出来。

他认为躲避这种文化灌输不是办法，实际上也躲不开。躲不开还在躲，那就是虚伪。

唯一的办法是不要相信原有文化，为建立自己的文化而努力。

但是莫里老人很温和，不想在这个问题上成为破旧立新的闯将。他说，在文化的一般准则上，我们仍然可以遵循，例如人类早已建立的交通规则、文明约定，没必要去突破；但对于真正的大问题，例如疏离盲目的物质追逐、确立对社会的责任和对他人的关爱等等，必须自己拿主意，自己作判断，不允许胡乱参照他人，来代替自己的选择。简言之，不要落入“他人的闹剧”。

临终前几天，他思考了一个人的最低需要和最高需要，发现两者首尾相衔。他与学生讨论，如果他还有一个完全健康的一天，他会做什么。他想来想去，最满意的安排是这样的：

早晨起床，进行晨练，吃一顿可口的、有甜面包卷和茶的早餐。然后去游泳，请朋友们共进午餐，我一次只请一两个，于是我们可以谈他们的家庭，谈他们的问题，谈彼此的友情。

然后我会去公园散步，看看自然的色彩，看看美丽的小鸟，尽情地享受久违的大自然。

晚上，我们一起去饭店享用上好的意大利面食，也可能是鸭子——我喜欢吃鸭子——剩下的时间就用来跳舞。我会跟所有的人跳，直到跳得精疲力竭。然后回家，美美地睡上一个好觉。

学生听了很惊讶，连忙问："就这些？"老人回答："就这些。"不可能再有的一天，梦幻中的二十四小时，居然不是与意大利总统共进午餐，或去海边享受奇异和奢侈！但再一想，学生明白了：这里有一切问题的答案。

如果就个人真正需要而言，一切确实不会太多，甜面包卷和茶，最多是喜欢吃鸭子，如此而已。意大利总统的午餐，奇异和奢侈，全是个人实际需要之外的事。于是，在无情地破除一系列自我异化的物态追求之后，自私变成了一种没有任何意义的无聊行为；真正的自我在剥除虚妄后变得既本真又空灵，这样的自我不再物化，不再忙着从外部世界争夺利益向自身搬运，而只会反过来，把自身向外敞开，在自己对他人的关爱中来建立生命的价值。这样，自我与他人的关系，成了人生追寻的中心。在莫里看来，既然物质的需要微不足道，那么对他人的关爱和奉献就成了验证自身生命价值的迫切需要。生命如果没有价值，也就没有存在的必要，而这种价值的最高体现，就是有没有使很多其他生命因你而安全，而高兴，而解困。莫里老人在最后的课程中一遍遍重申：

人生最重要的是学会如何施爱于人，并去接受爱。

爱是唯一的理性行为。

相爱，或者死亡。

没有了爱，我们便成了折断翅膀的小鸟。

莫里老人对爱的呼唤，总是强调社会的针对性：

在这个社会，人与人之间产生一种爱的关系是十分重要的，因为我们文化中的很大一部分并没有给予你这种东西。

要有同情心，要有责任感。只要我们学会了这两点，这个世界就会美好得多。

给予他们你应该给予的东西。

把自己奉献给爱，把自己奉献给社区，把自己奉献给能给予你目标和意义的创造。

我忍不住摘录了莫里老人的这么多话，我想人们如果联想到这些话字字句句出自一个靠着重力敲打才能呼吸的老人的口，一定也会同样珍惜。他的这些话是说给学生米奇听的，米奇低头在本子上记录，目的是为了不让老人看到自己的眼睛。米奇的眼神一定有点慌乱，因为他毕业后狠命追求的东西正是老人宣布要摈弃的，而老人在努力呼吁的东西，自己却一直漠然。老人发现了学生的神情，因此讲课变成了劝告：

米奇，如果你想对社会的上层炫耀自己，那就打消这个念头，他们照样看不起你。如果你想对社会底层炫耀自己，也请打消这个念头，他们只会忌妒你。身份和地位往往使你无所适从，唯有一颗坦诚的心方能使你悠悠然地面对整个社会。

说到这里，他停顿了，看了学生一眼，问："我就要死了，是吗？"学生点头。他又问："那我为什么还要去关心别人呢？难道我自己没在受罪？"

这是一个最尖锐的问题。莫里老人自己回答道：

我当然在受罪。但给予他人，能使我感到自己还活着。汽车和房子不能给你这种感觉，镜子里照出的模样也不能给你这种感觉。只有当我奉献出了时间，当我使那些悲伤的人重又露出笑颜，我才感到我仍像以前一样健康。

这样，他就道出了生命的根本意义，在我看来，这就是莫里老人最后课程的主旨。

因此，学生懂了：老人的健康心态不仅仅是心理调节的结果，他有一种更大的胸怀。什么叫做活着？答曰：一个能够救助其他生命体的生命过程。

床边的人在为他的病痛难过，他却因此想到了世界上比自己更痛苦的人，结果全部自身煎熬都转化成了关爱；学生不止一次地发现，原来为了分散他的病痛而让他看新闻，而他却突然扭过头去，为新闻中半个地球之外的人在悄悄流泪。

终身的教师

老人的这种胸怀，是宣讲性的，又是建设性的，直到生命的最后时刻还在建设。他的有些感受，是讲课前刚刚才获得的。譬如他此刻又流泪了，是为自己没有原谅一位老友而后悔。老友曾让自己伤心，但现在他死了，死前曾多次要求和解，均遭自己拒绝。现在莫里一回想，无声地哭泣起来，泪水流过面颊，淌到了嘴唇。但他立即又意识到，应该原谅别人，也应该原谅自己，至少在今天，不能让自己在后悔中不可自拔。人生，应该沉得进去，拔得出来。

这是一种身心的自我洗涤，洗去一切原先自认为合理却不符合关爱他人、奉献社会的大原则的各种污浊，哪怕这种污浊隐藏在最后一道人生缝隙里。他把自己当作了课堂上的标本，边洗涤、边解剖、边讲解，最后的感受就是最后一课，作为教师，他明白放弃最后一课意味着什么。

由此想到天下一切教师，他们在专业教育上的最后一课都有案可查，而在人生课程上，最后一课一定也会推延到弥留之际，可惜那时他们找不到学生了，缥缈的教室里空无一人，最重要的话语还没有吐出，就听到了下课铃声。

毕竟莫里厉害，他不相信一个教师张罗不出一个课堂，哪怕已到了奄奄一息的时分。果然他张罗起来了，允许电视镜头拍下自己的衰容，然后终于招来学生，最后，他知道，这门课程的听讲者将会遍布各地。

一天，他对米奇说，他已经拟定自己墓碑的碑文。碑文是："一个终身的教师"。

十分收敛，又毫不谦虚。他以最后的课程，表明了这一头衔的重量。

现在，他已在这个碑文下休息，却把课堂留下了。课堂越变越大，眼看已经延伸到我们中国来了。我写这篇文章，是站在课堂门口，先向中国的听课者们招呼几声。课，每人自己慢慢去听。

（本文是为上海译文出版社《相约星期二》中文版写的序）

第三辑

绑匪的纸条

我是长年的旅行者，一年中有一大半时间在路上，因此家里不订报刊杂志，订了也没法看。说来惭愧，我读的报纸大多是机场、码头随买随丢的那些刑侦破案读物。选择的标准有两条，一是材料必须出自于正规的司法机关，二是必须真人真事，如实报道，不能有文学描写。一般所谓的“法制文学”，我还来不及去看。

读这些刑侦报道，原来只是为了消磨时间，后来几乎成了习惯。也曾自警是否阅读品位下堕，但仔细一想又觉得未必。历来我接触最多的是文艺作品，而当今许多文艺作品的通病是虚假而又令人厌倦；这些刑案报道正恰相反，既真实又有吸引力。这种巨大的逆反带给我一种兴奋，有时甚至还想推荐给文化界的朋友也屈尊读几篇。

当然，我读这些报道还有另外一个目的。在这些充满暴力和血腥的字里行间，我看到的不是一个与普通人的日常生活相隔绝的怪异世界，而是处处与我们的身边相连。刑案是生活的极端状态，而极端状态总会集中社会神经的末梢，关及正常部位的痛痒，具有不少思考价值。

你看手边正好有一份法制文摘，刊登了一九九七年八月一日在湖北省破获的一起绑票杀人案，读起来就很有意思。

这起绑票杀人案其实早在八年前就发生了，侦查了很久没有结果，基本上已成了一个旧年悬案，搁置在那里。去年，一位名叫吴忠义的刑侦专家随手翻阅旧案卷，偶然地发现案卷中保留着一张绑匪写的纸条。他先匆匆瞟一眼，突然若有所思。很快，他决定重新侦查此案，而侦查的范围，划定在受过高等教育的人中间。

究竟是一张什么样的纸条给了刑侦专家一个重新判断的机会？

那张纸条上其实只写了十九个字，六个标点符号。其文曰：

过桥，顺墙根，向右，见一亭，亭边一倒凳，其下有信。

写这张纸条的罪犯是在向受害者的家属指点藏信的所在，他竭力想把句子缩到最短，减少信号量，但他忘了，文字越简缩越能显现一个人的文化功底。

请看这十九个字，罪犯为了把藏信的地点说清楚，不用东西南北、几步几米的一般定位法，而是用动词来一路指引，这在修辞上显然是极聪明的选择。四个指引词，“过、顺、向、见”，准确而不重复，简直难于删改。特别是那个“见”字，用在此处，连一般精通文字的写作人也不容易办到。多数会写成“有”，但只有用“见”，才能保持住被指引者的主观视角。更有趣的是，这个句子读起来既有节奏又有音韵，在两个“二三”结构的重复后接一个“五四”结构，每个结构末尾都押韵，十分顺口。罪犯当然不会在这里故意卖弄文采，只能是长期读古文、写旧体诗的习惯的自然流露。如果他自己发觉了这种流露，一定会掩盖的，但他没有发觉，可见实在成了一种表述本能。时至今日，能有这般表述本能的人已经不多，因此侦查的范围可缩得很小。

那地方有一所大学。很快破案，罪犯是一个大学教师。

谁揭发了他?文化。

高智商犯罪，早已屡见不鲜，监狱里关着大量聪明人，这好像没有什么可以大惊小怪的了。但对这个人，我们仍会沉思片刻。原因是他与“文化”这个概念牵扯得不明不白，使我们对“文化”也疑惑起来。

他的文化水平高吗?答案是肯定的；他是文化人吗?答案先是肯定的，后是犹豫的。犹豫的理由，是觉得“文化人”这个称呼似乎还应该有一些品德上的限定。但也只是“似乎”而已，实际上限定不到哪里去，因为既然已经承认他文化水平高，那么“文化”这个概念本身，显然没有这方面的限定。

这就是说，文化未必有太大的排恶功能。没有排恶功能的事情多得很，但文化在人们心目中的形象太宏大了，形象一大以为它什么都行，于是产生误会。一个人能写一笔漂亮的毛笔字，连不认识他的人也会猜测他通体文雅；一个孩子捧着一本书在读，做家长的便笑逐颜开；一个求职者取出一份学历证明，单位领导就频频点头；更奇怪的是，一个商人有点文化，就被称之为“儒商”，即便他极尽诈骗之能事也丢不掉这个招牌，相反，一个文化不高的商人哪怕再讲信用，人们仍然会从文化上轻视他。于是他们只能让自己的孩子去读贵族学校之类，只为一洗文化上的耻辱，至于品德人格，则就不管了。这一切已成为一种社会秩序和心理习惯，诱使更多的人不问青红皂白地去靠贴文化。在未必有排恶功能的地方出现如此拥挤的局面，非出事不可。

我不止一次听人们这样说："那些年轻人做坏事，是因为缺少文化。"但是，文化在哪一点上，可以防止人们做坏事?有人解释道，文化可以使人读很多书，知道世上有很多好人好事足以效仿。那么事实早已反驳，天下最毒辣的阴谋、最凶险的恶念，也是通过文字来传达的，而传达的文字，很可能是典雅的文言文。

例如我们正在说的这个沦为绑匪的大学教师，他那堪称精雅的文词功能，与他的犯罪是否有根本的冲突?没有。至多与善良人的想象稍稍有一点不协调罢了。他完全可以吟咏着"无毒不丈夫"的句子，翻阅着一本本厚厚的权谋生存典籍，然后用流利的笔触写下心得，一有机会便小试身手。

我觉得在文化的问题上，我们中国人历来有一种一厢情愿的天真。不知被文字坑害了多少年，一见白纸黑字还是付给太多的信任。舞文弄墨的狡诈文人也见过不少，但一听到有人在炫示文史知识还是笑脸相迎。于是，越是见不得人的东西越往文化里钻，文化成了一个宽阔的掩体，一个洗手的金盆。连天下最残酷的社会动乱，也称之为“文化革命”，连明目张胆的诬陷和谋害，也名之曰“文化论争”。这种现象也许可以回答人们百思不解的难题：我们拥有那么悠久而丰厚的文化，为什么在一系列文明的常识上却需要从头启蒙?

我知道我已经把事情说得太大，再说下去这篇短文就难以结束了。回到绑匪的纸条，我只能说，文化揭发了他，他也揭发了文化。他揭发了文化什么呢?那就是：“文化”一词涉义太泛，极易藏垢纳污。我们现在至少应该让很多教师和家长明白，文化知识不等于文化素质，文化技能更不等于文化人格。离开了关爱人类的人格基座，文化人便是无可无不可的一群，哪怕他们浑身书卷气，满头博士衔。

智能的梦魇

“构思过度”对创作是一种危害，营养过度对健康是一种摧残，而江河湖泊水质中的营养过度，实际上是一种污染。智能也是一样，过分地运用在不恰当的地方，就会导向灾难。

前一篇文章提到一个绑票杀人的大学教师，从案情看，似乎不必先把“性本恶”的帽子加到他头上。

事情的起点竟然是一次愉快的嬉戏。这位教师从老家回单位的半道上看到河堤上有几个孩子在玩耍就凑了过去，后来其他孩子陆续走了，他还在与一个七岁的孩子玩着左转右转的游戏，十分开心。没想到孩子转晕了，一头栽进河堤边的污水沟里，摔落了几颗牙齿，满脸是血。这位教师紧张又慌乱，担心孩子的家长加罪于自己，只能用手去捂孩子血淋淋的嘴，这一捂他的手就没有放下来……

不知犯罪心理学家是如何论述胆怯和疯狂之间

的关系的，在实际生活中这两个极端却总是相辅相成、互相转换。一切疯狂背后总隐藏着胆怯，而极度的胆怯又会转化为疯狂。但是，在我看来，无论导致多大的疯狂，在事过之后大多还是会良知复苏的，尽管这种复苏有时已经于事无补。

也有一种东西能阻止良知的复苏，那就是全然失控的智能梦游。智能梦游一旦开始就进入自己狭小的逻辑坑道，坑道外的风景看不到，逻辑外的道义也喊不醒，只知下一步接着这一步，着魔一样走下去。任何复苏都需要惊醒、打断、脱离，布莱希特为了防止戏剧观众进入迷迷糊糊的梦游状态就用过这种办法，以求观众能获得理性复苏，但生活中缺少布莱希特，很难把梦游者惊醒、打断、脱离。这个罪犯(叙述至此我们已经无法再称他为教师了)正是进入了这种状态。也许觉得自己的行为不应解释为杀人而只是把一个半死的孩子稍稍往前推了一步，也许暗喜自己在无人知晓的情况下把复杂的事情简单化了，也许对自己害怕的孩子家长还心存恼怒，他居然顺着邪恶的惯性投入了盘算，而一进入盘算，他的兴奋机制就被调动起来了。他想，我既然已经化繁为简，为何不进一步化害为利呢?脑子一转，他便制造了孩子还活着而只是被绑架的假象，向孩子的家长进行敲诈。一想到这场假绑票的种种技术性环节，种种声东击西、欲擒故纵的战术，他的大脑神经被充分调动起来，其它问题什么也想不到了。

绑票本是一场极为复杂的智能角逐，何况是假绑票，此人在这场角逐中机敏得像泥鳅一样，以一种梦游者才有的敏感快速作出多种反应，但反应再快也没有醒过。最后，当警方严阵以待的时候，他又消失得无影无踪，在大学讲台上悠然讲了八年课，直至最后落网。在这八年中他醒过没有?不得而知，但即使醒过也来不及了。

梦魇，也可称之为“鬼打墙”。世上许多聪明人一意孤行地犯罪，除了最根本的道德人格原因外，还和那堵“墙”的出现有关，那堵“墙”就是智能。智能使他们产生一种依靠感和隐蔽感，像一个瞎子摸着一道墙根朝前走，不见旁岔，也不知退路。智能害人，莫此为甚。

那么，在这处处讲究智能的世界里，该如何来识别和对待各种各样的聪明人呢?

我想，一个人最值得珍视的是仁慈的天性，这远比聪明重要；如果缺乏仁慈的天性，就应该通过艰苦修炼来叩击良知；如果连良知也叩击不出来，那就要以长期的教育使他至少懂得敬畏、恪守规矩；如果连这也做不到，那就只能寄希望于他的愚钝和木讷了；如果他居然颇具智能，又很有决断，那就需要警觉，因为这样的人时时有可能进入一种可怖的梦魇，并把这种梦魇带给别人。应该发现这样的人，并且尽量将他们安置在高人手下，成为一种技术性的存在，避免让他们独自在空旷寂静的地方，作出关及他人命运的行为选择。这也是为他们好。

文化敏感带

我已就绑匪的一张纸条，写了两篇文章。刚刚搁笔，又产生了一个联想，再续一篇。但要说的话，与绑匪已经没有太大关系了。

我们已经分析过，那张纸条上寥寥十九个字，足可证明绑匪的文化水平很高。我把“文化水平很高”这样的评语加给一个绑匪，相信会引起文化界不少朋友的不悦。他们会说：“这算什么文化水平？至多是技术性的文化细节罢了。文化的力量，在于整体组合，在于价值选择，在于人文方向！”

朋友们的意见是对的，但恕我直言，他们这是面对一个凶恶的绑匪，力图划一条明确的界限，才被激发起来的。在平日，他们大多也会把技术性的文化细节和整体性的文化定位混为一谈。

这便是这篇文章的话题。我至今说不明白为什么技术性的文化细节会在中国文化中取得如此优越的地位，并成为一个“文化敏感带”。大概是历代统治者故意要用这种方法把一个个文化人都变成呆子和傻子吧，因为只有把大脑消耗在疯狂的记忆过程和重复的匠艺操作中，才会从根本上消除思考功能和创造功能。但是，又找不到统治者们实施这一阴谋的可靠证据。

照理，这一切早就应该过去了。不要说现今已经到了电脑时代，即便再早几十年，出版事业已经畅达，工具书随手可得，中国文化人早就该转换自己的敏感系统，去想一点真正有意思的大问题了。然而遗憾的是，情况并不是这样。

我想借用一些实例来说明这个问题。

第一个实例程度最轻，基本上属于正常范畴，但也已经让人有点消受不住。有一年，我们聘请几个退休教授，对目前正在开课的青年教师进行听课评分。没想到几轮下来，评分结果和我们平日了解的情况正恰相反，于是便急急调查。通过调查终于明白，原来有两位退休教授把青年教师讲课时对某些词语读音的标准与否，当作了评分的主要标准。评分表后面加了一份长长的附录，全是一个个发音的正误对比。然而问题是，发音很标准的几位青年教师，讲课质量之差，几乎已到了要被勒令停讲的边缘，这次却得了高分；相反，几位公认的优秀青年教师，由于普通话不太标准，评分极惨。

“身为教师，发音的标准至关重要!”这是退休教授的意见，好像并不错，但事实上已造成了一种根本性的颠倒。

这是一件小事，但这种以技术性细节颠倒整体的事例，在文化界比比皆是。一个作家，如果表述了一种违背人类良知的文化观念，大家可以漠然以对，而如果用错了一个典故，则立即千夫共指。在很多人心目中，前者并不可耻，可耻的是后者，因此只对后者敏感。

第二个实例特殊一点，就发生在前几年。一个戏曲作者，认为导演把他的剧本改坏了，要在报刊上予以揭露，构成了一个事件。揭露了什么呢?试举一例：戏曲作者原来写的一句唱词中有“牛女迢迢”这几个字，导演觉得用“牛女”来简称牛郎、织女，不仅文理欠畅，而且当代观众听不懂，于是随手改成了“天河迢迢”。戏曲作者因此勃然大怒，他认为这样改破坏了原句的平仄，撰文道：

> 我坐在剧场里听到这个不合平仄的句子，立即感到全体观众的嘲讽目光全都对准了我，一时真如芒刺在背，万箭穿心，

恨不得在座位底下挖个洞，一头钻下去。

我在一本杂志上读到这样的话忍不住笑了，心想好端端的中国文人为什么一遇到技术性的细节问题就会变得如此夸张和作态?好像在这些琐屑不堪的问题上埋藏着一个文人的全部羞辱和光荣，因此非如此高声表白不可。平仄问题，即使在诗词写作中也有很大的自由度，古今任何一个大诗人都会因佳句而破平仄。更何况，现在戏曲剧场连最起码的观众数字都维持不了，怎么会有观众因一两个字的平仄问题而怒视作者?而这个作者，又何以知名到这个地步，居然能使全场观众仅仅从后脑勺就认出他来?但是，这种荒诞之极的想象居然可以当作真事公开发表，文化界不少人居然也把它当作一个什么事件哄闹起来。由此可知，中国文化的这一部位已经敏感到走火入魔的地步，背离了常情常理，失去了最基本的逻辑控制。

第三个实例比较有名，却与以上情景一脉相承。有一位我不认识的北京作家在一篇文章中说，自己在睡梦中吟得一首诗，然而很快有人指出，这首诗是古人吟过的，于是一时成为文坛笑话，嬉笑怒骂，播扬广远。

我想为这位作家辩护几句。这位作家显然不想故意剽窃，因为再愚笨的人也不可能在众目睽睽之下去剽窃一首随手可以查到的古诗。他的差错出在记忆的模糊上：诗句入梦，但这首诗是书中读来的还是自己吟出来的，有点闹不清了。这种情况在创造性族群的记忆机制中经常发生，不足为奇，何况这位作家并不以古典诗词为研究专业。他写混了，别人幽默地指正一下即可，顺便调侃几句也无妨，无论如何是小事一桩。谁料想，在很多人眼中，这件事其大无比，其臭无比，简直可以抵消这位作家以前的全部创造。这过分了。

对此我可以提供一个参照例证。一位剧作家，从小熟读中外名剧，能成段成段地背诵，长大后又每天迷迷糊糊地构思着一个又一个戏剧片断，有一次他把新写的一场戏给我们传阅，我们立即发现其中一段酷似法国古典主义时期的某剧，一经指出，他惊诧不已，然后大声嘲笑自己："搞混了，分不清脑子里那些台词的来源了！"我们深知他的为人，当然相信他，何况他特地让我们这些非常熟悉西方戏剧史的朋友传阅，绝无剽窃嫌疑。大段的剧本尚且如此，其它细节当然更可理解了。

由此想对记忆问题多说几句。把记忆当作学

问，这在古代，是文化传播事业落后的一个标志，而在现代，则是记忆性文化族群对创造性文化族群的一种强加。这个问题的严重后果，现在连中小学教师都已经警觉起来，正在尽力扭转，可惜我们不少文化人还在本末倒置。其实，即便是记忆性的文化族群，他们真正能记住的文史细节究竟能有多少呢?我本人也算是一个曾在文史中沉潜多年的人，据我的经验，即便平时认为最熟悉的材料，一到笔下也会发现夹杂着不少记忆上的差错，还得从工具书上逐字校核，因此，说是记忆，其实与直接记忆的关系也不大，只是记得翻哪部工具书罢了。而在这方面，据我的印象，本事最大的当属报社和出版社的老一辈职业校对员,但总不能说,这些职业校对员有资格嘲笑和取代被校对者了。

第四个实例牵涉另一位北京作家，我也不认识。他为别人的一本书写了一篇序言，有一位评论者撰文指出，这篇序言中有很多语法错误，口气比较严厉。严厉当然会产生回应，事情立即变得很不愉快了。作家的文字中有语法错误，指出来既有利于读者也有利于作家，本来语气严厉一点也不妨，但我稍稍有点惊讶的是，这篇序言我读过，为什么当时没有感到有语法上的障碍?待我带着这个好奇，找到原文和批评文章一一对照，终于明白了真相。批评者有很好的语法和修辞学方面的造诣，他所指出的语言构成方式确实都可探讨，但其中大多只能说是用语粗疏而不能说是语法错误，而对有些作家来说，用语粗疏可能是故意的。在书面语言的严谨中加添一点口头语言的随意，有时反而能调节文本的规整语态，走向生动。当然，这种随意性如果明显地侵凌了语法，还是应该知道收敛和整理才好。可见，这本是作家和语法学者们协调商量的问题，但经起哄者们一炒作，情况就变得有点怪异。我从一篇评述这个事件的文章中读到的指向，已成为“作家的文字资格”、“名人的认错态度”等等不留余地的恶性事端了，幸好这位作家没有再去理会。这件事，说到底，仍然是一个技术细节问题，而它一被点燃，就快速地吸引大量视线，并烧燎到人格部位。这个程序，一再重复于不同的事件，不能不让人惊心。

说了这些实例之后我想归结一下。

文化在本质上是一个大题目。人们在兵荒马乱中企盼文化，在世俗实务中呼唤文化，在社会转型中寄意文化，都是因为它能给人们带来一种整体性的精神定位和精神路向。它会有许多细部，但任何细部都没有权利通过自我张扬来取代和模糊文化的整体力量。

一个民族，如果它的文化敏感带集中在思考层面和创造层面上，那它的复兴已有希望；反之，如果它的文化敏感带集中在匠艺层面和记忆层面上，那它的衰势已无可避免。

世纪之交，大家都在期待文化的声音，但听了几年，文化都在为不知所云的细节而争吵。终于不耐烦，吵去吧，大家起身走了。没有文化的大家，留下了没有大家的文化。

鲁迅说，一个中国孩子，要学会几千个基本汉字，再学会把笔画繁多的难字准确地填到一个个方格中去，得花费一二十年时间。那么接下来，我们可以顺着鲁迅的计算把这笔账做下去：这个人需要背熟历代诗词，通晓音律平仄，至少也得一二十年吧；掌握文史细节更麻烦，这是一个漫无边际的大海，没有三四十年出不来。当然会有不少人半途逃逸，像孔乙己，知道了茴香豆的“茴”字有四种写法就喝酒去了；像那个绑匪，学会了一笔好古文就谋财害命去了。坚持下来的总该有资格谈文化、写文章了吧，那也应该是七八十岁高龄了，而且还没有来得及接受其它一切正规教育。不知这么一笔年龄账，会给我们什么启发？

当然，普通话的标准发音还是要学，有名的古诗还是要背，顺便学点平仄也不坏，语法上的问题还是要引起注意，但是，中国文化的荣辱边界不能仅仅停留在这里，它还有更大的事情要做。我们学问不深，知识不广，却也懂得要为它失落多年的高贵内质招魂，而不能听任它继续沦于琐碎和庸常。

反过来想，如果中华文化再经过几年调教，吓得作家们再也不敢随意谈古诗了，吓得导演艺术家们躲进书房学平仄去了，真正有点知识的人又被调教得目不斜视、足不出户了，那么，社会上在畅谈文化的会是谁呢？

这样的男人

一九九一年春天，一家法律杂志的负责人找到我的办公室，要我谈谈对当时轰动上海的三个女贪污犯案件的看法，他们准备在杂志扉页“名人谈法”的专栏刊登。我一听就惭愧，当时还在担任学院院长，忙得连报纸也少看，居然不知道这些案件，便请这位先生先给我介绍一下。

原来，三个女贪污犯的案情惊人地相似。她们都是未婚的美貌姑娘，都是单位里的财务出纳员，事发之前都品行端正。她们各自爱上了一个男子，男子借各种理由花她们的钱，她们为了爱，为了面子，自己省吃俭用，把父母的积蓄也搭上，仍然填不满无底洞，便开始一笔笔地贪污公款。及至案发，由于贪污数字巨大，必判重刑，甚至有生命之虞；而那几个男子，却因为只花钱而不问钱的由来，无法定为贪污犯，只能以“窝藏”、“诈骗”之类的罪名轻判，关押一段时间便无事。

这几个男子，明明知道女友是财务出纳员却故意不问钱的由来。有的还不断欺骗女友，说自己拿不出人民币只因为手头只有外币……法律杂志的负责人开始还彬彬有礼，但在叙述这些案情时声音越来越高，已经明显地表露出对这几个男子的愤然，而我，则早已怒火中烧。

我问，你们刊物是否允许我，臭骂他们一顿？或者，提一些疑问向法律界朋友请教？他点了点头说：请。

记得当时我已无法坐着说话，站起身来边走边结结巴巴地吐出一个个断句。

我说，作为一个男人，我为他们感到深深的耻辱。他们连“凶恶”这个词都配不上，因为凶恶者大多数还有点硬气，他们居然连偷盗的勇气都没有，躲在女友柔弱的身体背后宰割女友！他们只有滑腻腻、阴嗖嗖的邪气……

我说，我的呼吁可能已经救不了这几个可怜而又愚蠢的女孩，但想与法律专家讨教，能不能给那几个真正的骗子更加严厉的处罚？我说，是的，按照法律，他们只能被轻判，但他们在监狱里，估计其他罪犯也看不起他们。我甚至很不应该地说，我希望其他罪犯能举起男人的拳头，打他们一顿，让他们知道，男人是什么。

除了这最后一句，前面这些意思，那家法律杂志都刊登了。

后来我才知道，与我同样愤怒的人很多。好几个年轻的私营业主向法院打听，能不能成倍，甚至十倍地偿还这几个女孩子的贪污款，把她们的罪行减轻?有人问他们，是否看中了她们作为女人的德行，想把她们救出来做妻子?私营业主们回答：不，只想让她们知道，世界上的男人不都是那样的!

更意味深长的是，几年后上海又出现了一个男人出卖女友的事件，虽然没有那么严重，却也传播一时，而传播到的绝大多数人都想起了这三个男人。这三个男人已成为一种性别耻辱的标志。

作为后起之秀的那个男人，曾请他的一个不讲原则的朋友四处解释，试图挽回名誉，没想到几乎所有的人都扭过脸去。“连自己的女朋友还要出卖的男人，还说什么!”如此众口一词，我真为上海高兴。

女记者陆萍在一篇报道中写道，有一天她去采访一个犯人座谈会，刚刚结束，就有一位不认识的警察悄悄告诉她，前面将下楼梯的犯人就是三个欺骗女友的坏蛋之一。陆萍立即跳了起来，叫住他，盯住他游移的目光，整整十秒钟，然后，强压心头的怒火，问了他几句，最后，厌烦得根本不想再看他了。

感谢陆萍，在报道中记述了大家关心的其中一个女贪污犯，她从一次次申诉、复审中终于保住了生命，然后写了这么几句诗：

梦幻人生
发生一个无言的故事
我相信了它
在日与夜的交界处埋伏
只等我失足

女犯在监狱里写诗，可见心情不错，而那几个男人当然早已出狱。但我还是忍不住，仍然想谈谈那种男人。

除了上述恶性案件，那种男人在大多数情况下并不都如此惹人厌烦。我见过不少有这类气息的男青年，而且似乎有一种趋势，这样的男人正在多起来。他们在其它方面的表现并不太坏，多数麻烦都出在恋爱上。甚至可以说，他们是一种专门让女孩子们上当的存在。

我想应该先为这样的男人画一幅粗糙的图像。

他们总的说来都长得比较漂亮，有一种城市化的风度翩翩。读书成绩不错，聪明，谈吐举止有点品位，讲究细节。他们不是一见女孩子就狂轰烂炸、死缠硬磨的那一类人，恰恰相反，他们一开始表现出来的是一种爱理不理、懒洋洋的神态，这反而会引起女孩子们的加倍注意，而且，不少女孩子把他们与“白马王子”这几个可笑的字连起来了。女孩子们也明白“白马王子”只是一种说笑，但这种说笑因与某种尚未摆脱的童话心态连在一起，在观察男青年时起着一种模糊的暗示作用。

这个暗示会产生误导。“王子”这个概念与“骑士”不同，需要呈现出某种未曾彻底完成“心理断奶”的弱势，而这恰恰是这种男人的特点。他们从小受到溺爱，被种种方便所惯坏，至今还在生活上时时暴露需要被照顾的破绽；他们善于申诉，使每个女孩子听了一阵之后很容易产生一个姐姐对一个弟弟的怜惜之情，尽管她们的年岁不比他们大；他们在业务上一般不错，甚至还比较出色，这给了女孩子们一种安全感，期望他们今后有良好的前途；他们不讳避自己的一般缺点，如懒惰、任性之类，这又使女孩子们觉得诚实，而且更容易亲近。以上种种，都不是这种男人故意设计的，而是由他们的家庭背景和生长经历所决定，带有很大的普遍性。

如果仅仅是上述特征，还属于正常范畴，但这样的男人显然已经暴露出一个重大的毛病，那就是缺少责任感。他们颀长的身材中少一条敢于为他人和女友担待的脊梁，他们机智的谈吐中少一种敢于决断、敢于负责的声腔。

很多女孩子觉得责任感不太重要，男人没有责任感反而给了女方一种权利。其实对男人来说，还有什么比没有责任感更可怕的呢?与没有责任感的男人谈恋爱，就像与朝雾和晚霞厮磨，再美好也没有着落。如果要我站在教师的立场上向这样的男人讲几句话，那么我会建议他们，暂停恋爱，先去锻炼责任感，做什么都成，只要找到自己的主心骨，然后学会照顾别人，保护别人，那就有了希望。如果没有这种锻炼，实在很难进入像样的恋爱过程。

这种缺少责任感的男人如果再增加一项缺点，事情就开始变得严重。这项缺点就是吹。

有责任感的男人有时也会吹，问题还不至于太大，因为责任感对他们产生一种内控力，如缰绳在手，撒野一阵还得回来。没有责任感的男人一吹就不得了，尽管他们声音未必很大，用词未必很狂，但从任何一点出发都是不归路，越往前走越是风沙蔽天。

他们的吹，有一套大同小异的公式。一般总是从平静地睥睨天下，淡淡地鄙夷名人开头，然后明确暗示自己已达到的水平，以及在将来三年(不会一年，也不会五年，只会三年)内必然会取得的成果，这种成果很少不与国际相连；接下来，一定会提到“怀才不遇”，一半是因为年纪太轻，一半是因为环境不好，只得暂时受压，难于施展，说到这一部分时比较具体，有一些令人气愤的情节，也有一些对既成流言的解释；最后，顺便倾诉自己遇到的最大麻烦——追求自己的女孩子太多，而自己则要求太高，因此很难处理。说到此处他们的语气诚恳而含蓄，又频频摇头，声声叹息，很让人同情。

听了这番话，半数女孩子礼貌地离开了，她们说不清离开的原因，只受到某种直觉的驱使，感到这里有很多不实在的东西，自己没有精力奉陪；但也有半数女孩子粘着了，眼前跳动的希望加上自己内心的虚荣，使她们快速地投身到这种话语系统。至此，吹，成了男女双方共同承担的事情。当然随之发生的情况并没有验证所吹的一切，唯一的弥补方法是更加信心十足地吹下去，而且年轻人生活丰富，要撷取一点零碎证据并不困难。即将到北京参加重要会议啦，敢于与某名人进行学术论争啦，名字已经进入某个关键人物的玻璃台板底下啦，多国外宾专程来访啦，全世界进入同一领域的包括他只有三个人啦，如此等等，反正只须有一点蛛丝马迹，稍稍改变一下事情的性质就仿佛依稀地全部成立。但无论如何，此时的吹，已升格为骗。

在这过程中又有一些女孩子迷途知返。此时，除了部分同气相求的"异性战友"，只有最老实又略带一点精神偏执的女孩子死心塌地，继续追随。但即使如此，这些男人也不为这些女孩子负责，只有索取，只有指挥，只有欺骗。对别人不负责已经要不得，对爱慕自己的女孩子不负责，则实在是一种根本性的坑害。社会上对那些只从女友身上牟利，却从不对女友负责的男人，称之为"吃软饭的人"加以鄙视，不是没有道理的。在我看来，"吃软饭"，表面上风流倜傥，其实是由堂堂男性在扮演一种心理宠妾，是践踏双方尊严的性别灾难。

为此，我们有责任对涉世未深的女孩子们劝告几句——

这样的男人因你们而存在。他们在你们面前作狡作态，作威作福，但说到底，他们是你们培养的，因你们的天真，因你们的虚荣，因你们的善良，因你们的愚昧。

从今以后，请不要嘲笑那些敢于直截了当向你们求爱的人，不要讥讽那些莽撞地给你们做了很多事情而又没有做漂亮的人，你们可以不接受他们的爱，却不妨建立友谊。但是，请不要过于在意那个矜持角落里似笑非笑的面影。如果这些似笑非笑的面影已经走近，那么希望你们在一些基本界限上不要糊涂：他们是男人，是已经长大了的男人，没有理由装扮成一座有待开发的矿藏要你们去卫护，没有理由不吐露负责的言词而只会申诉，没有理由不会打理自己的生活而要你们去照顾，没有理由不动用自己的钱款而要你们去支付。

他们是男人，是已经长大的男人，再多情也不应该把女友的耳畔当作他们唯一的讲台，男人的讲台理应在更大的空间。你们也许十分满足这种耳畔小话，以为是爱巢风景，但等着吧，一有风吹草动，他们既做不了巢顶的茅草，也做不了巢壁的芦秆，更不要说做砖瓦梁柱了。既然如此，何不趁早，让他们的声音从耳畔移开，从小巢释出，到旷野云天间去试炼一番？

你们离别父母的呵护、老师的指点不久，以为凭着自己的感觉就已经能对种种大事作出判断，其实多半是幻想。对于情感上的事，你们羞于启齿又毫无经验，因此所作的判断更加危险，而这种危险的恶果，往往要以漫长的岁月来承受。面对这种情况，最好的办法是把这种隐秘的危险让更大的时间和空间来分担。虽然是谈恋爱，也尽快结束耳畔小语的粘滞状态，把时间放长，把空间放宽，让彼此的生命先在大地山河间折腾几年。自己的生命质量能达到什么水平，对方的生命质量能出现什么状态，都有待于充分展开、仔细打量。一丛未成熟的僵果，岂能有收获的期待？

——你们若能这样，那么，那群男人中说不定还真能挖掘出几个男子汉。

大桥的寓言

这实在像一则寓言，但居然是真的。

从天津到山海关铁路上的一四二号大桥，是一座既有历史价值，又保持着现实功能的备用铁路大桥，一九九四年八月的一天，一大群人开着大吊车、举着气割机前来拆卸，一派热气腾腾的施工景象。人多力量大，没过多久，第三孔右侧横梁已经拆落在地。

这天正好有一位管铁路的干部乘汽车经过这里，偶然看到这个拆卸现场心里有点纳闷：这等大事我怎么一点不知道?打电话到单位一问，别人也茫然不知。于是派人去追查，追查结果让人瞠目结舌，一个无业游民已经以大无畏的主人翁气概，把这座铁路大桥当作废钢铁卖掉了!

这个无业游民，在百无聊赖中想赚点钱用用，听说国内钢材走俏，就到处找钢材，一不小心看到了这座铁路大桥。要打这么大的主意简直难于上青天，但他眼珠一转却看到了一条可钻的缝隙。简单说来，他找到一家与法院有瓜葛的小公司，又找到一家与铁路局有瓜葛的小公司，都对两边说，对方要拆卖一座报废的铁路大桥，寻求合作，报酬可观。两方都被对方公司的背景所迷惑，深信不疑，出具证明，加盖公章，而游走其间的指挥者就是这个无业游民。

本来，他是想多少骗到一点预付的钢材款就溜之大吉的，根本没想过真的去拆桥。然而在这一点上他失算了，大家都在等钢材，理所当然地快速向大桥扑去。这个骗子被捕后在审问时笑得上气不接下气，警察问他为什么笑，他说："真没想到那伙傻子居然真去把桥拆了！"

我想，当警察走后，他在拘留室里也许还会把自己嘲笑一通："真没想到这个傻子闹了半天连一分钱也没骗到！"

人们容易发现一目了然的小偷小盗，而对于一个分解开来的巨大骗局，却很难在各个局部上发现，反而会在实利的诱惑下八方用力，把荒唐推向更大的荒唐。

利用这种心理防范的盲区，连鸡鸣狗盗之徒也能做成一两件大事。

历史上，任何小人成事，都有一个秘诀：绝不把事情的原始整体和自身的人格整体明确对峙，而是故意地零敲碎打、多层分解，分解得越零碎、越复杂，就越能遮人耳目，因为正是这种分解，使人们失去了统观全局的可能，因此也失去了辨别真相的可能。

只有防止被分解，才能防止被盗卖。明乎此，就是明白人。明白人最强调的只有一点：整体，整体！这也是他们战胜鸡鸣狗盗之徒的武器。然而，可悲的是，这样的明白人永远太少。因而不能不担心：实实在在的一座铁路大桥尚且会在众目睽睽之下差一点被拆卖掉，那么，其它许多隐蔽乃至无形的文明成果，会怎么样呢？说不定我们大家都会把拆卸现场当作景观欣赏，欣赏那些吊车、气割机和如蚁的人群，有谁会产生怀疑呢？

当然，我最关心的是精神桥梁。精神桥梁若要被盗卖，也一定有人首先不把它看成是桥梁整体，而看成是一段段钢材的组接，一个个锈斑的汇聚，然后把它拆卸开来。因此，当有人拿着卷尺对它的每一个细部东量西量的时候，当有人锯下某段钢材远看近看、声言要去做化学鉴定的时候，当有人借口要清除桥身上的污垢、开动风钻的时候，我们就要打锣鸣号，并大声呐喊："这是桥梁，这是一座完整的桥梁!乡亲们，快来，有人要拆桥!"

遗憾的真实

思维惯性既会产生防范麻木，也会产生防范失度。本文要讲的案件已经过去很多年了，最近在魏肇权先生谈历年窃案的一本著作中首次披露，很有趣味。

一九五七年六月二十七日夜，位于山东、河北交界处的一个军事禁区里发生了重大盗窃案，盗窃者潜入苏联军事技术专家伊哈诺娃住的房间，不仅偷去了首饰和照相机，而且还撕走了绝密笔记本上的两页正在研制的重要军事设备资料。案件引起了北京军区和国家公安部的高度重视，立即派出了阵容强大的侦查人员，而且规定必须每两个小时向北京最高层报告一次侦查情况。因为显而易见，这只能是潜伏在军事禁区里面的国际间谍所为。但是，紧锣密鼓地查了几天，没有什么进展。

焦虑的公安部长突然想到了“北方名探”鲁奉节。鲁奉节的祖上数代都担任“捕快头目”，自己到英国学过现代刑侦技术，在不同时代侦破过大量刑事案件，但此时正陷入一个不小的政治麻烦之中，差一点戴上“右派分子”的帽子。

名探毕竟是名探，他以一个尴尬的身份来到案发地之后，花四个小时听案情介绍，花三个小时看材料，然后又找那位失窃的苏联专家谈了谈，当天晚上十时就召集会议宣布他的判断：这是一起普通的刑事偷盗案件，没有任何军事谍报性质。

大惑不解的人们当然要问他那两页绝密笔记失窃的原因，他说：笔记本还有三十页与失窃的两页同等重要的资料，为什么不把整个笔记本偷走?除非是笔记本太重，但偷走的照相机比笔记本重十倍。因此撕走那两页只是出于一种临时性的需要。究竟是什么需要呢?他在排除了其它各种可能后得出一个惊人的结论：只能是小偷突然内急，充当了手纸。

会场上一片嗤笑。但鲁奉节的逻辑十分细密，笑声渐渐停止了。他没有笑，只是宣布，现在时间已晚，明天早晨就能在别墅周围找到与手纸有关的痕迹。

果然，第二天一早，人们只花了半个多小时，就找到了充当手纸的那两页笔记。而最后捕获的罪犯，也确实只是个身手不凡的小偷而已，对军事情报一窍不通，毫无兴趣。

我们现在来读这份案情材料只觉得有趣，但请设想一下，在那个时候，鲁奉节先生在几个小时内得出这个结论是多么不容易！他面临的情况，比福尔摩斯所面临的还要复杂。政界、军界和警界的高层早就动员起来了，他们层层听汇报，天天作分析，每个人都已经作出过多种多样的判断，这些判断综合了国际形势、军事动向、内部情报，都十分雄辩，而且都关及这些高官的尊严。层层叠叠的尊严加在一起，下级实际上已经很难提出不同的意见了。于是，尚未侦破的案情出现了两个走向：领导心中的走向和实际发生的走向。在多数情况下，前一种走向更强大，因此我们历史上才会有那么多的冤案、假案、错案，我们今天的现实生活中还会有那么多的申诉无门的委屈。

领导者即使并不霸道，他们的判断也代表了当时当地一种共通的社会思维定势，而任何定势都是强大的，连侦查人员也很难不裹卷在里边。在这种情况下，要让自己的耳朵、眼睛与周围隔绝，只是一门心思地注视切实物证，实在很不容易。鲁奉节先生做到了，他终于抬起头来，平静地说出那两页军事资料的唯一去处，那种滑稽的情景里有一种罕见的崇高。

所有的绝密电话全都响起来了，从军事禁区到北京高层，无数个声音在惊讶地重复：“小偷做了手纸，小偷做了手纸，手纸、手纸、手纸……”到昨天为止的一切滔滔分析、果敢判断，全都烟消云散。

很遗憾。遗憾得不愿向下属传达，遗憾得不愿向妻子复述。但更遗憾的是，这是真实。

在这个世界上，众口喧腾的可能是虚假；万人嗤笑的，可能是真实。

长久期盼的，可能是虚假的；猝不及防的，可能是真实。

叠床架屋的，可能是虚假；单薄瘦削的，可能是真实。

由此我们也就看清了，什么是名探。

其实，世间一切平庸和杰出的界限也在这里。何谓平庸？做加法，层层叠加地人云亦云；何谓杰出？做减法，力求简单地直奔真实。

真实老被嗤笑，因此杰出者的数量总是不大。

人们老想躲开遗憾，因此，更大的遗憾总是紧紧跟随。

氢弹的部件

如果不是魏肇权先生的介绍，我还不知道“文革”中发生过氢弹部件失窃案。这个案件的侦破过程与上一篇文章所说的苏联专家笔记失窃案非常相像，这种相像发人深思。

一九六九年暮春的一天，两名保安人员护送一台体积很小的自动仪从太原乘火车到北京，这台自动仪是氢弹的重要部件，装在一个黑色手提包里，放在行李架上，两名保安正襟危坐，目不转睛地凝视着这个手提包。旅途中只有一个说话带有女腔的男子在行李架上放过行李，很快就下车了，没有其它情况。

万万没有想到，车到北京，手提包依然，而里边的自动仪却不见了！经公安部门鉴定，这个手提包已不是原来的那只，只不过完全一模一样罢了。

如此大事，理所当然地惊动了国务院和公安部的主要领导，而事件的性质又理所当然地指向政治间谍案。国务院总理给的最后破案期限是十天。但是直到第六天，仍一无所获。

火烧眉毛之际，人们只好请出了已被造反派扔在一边的名探郭应峰先生。

郭应峰取过全部调查材料和技术鉴定，把自己关在一间静室中整整八小时，当他走出这间静室后就宣布：这是一个很小的偷盗案件，作案者就是那个放过行李的男子，但他是女人装扮的，山西人，很可能做过演员；她偷错了，这台仪器对她来说还不如一块废铁。

他的分析很细密，这里无法详细介绍，最简单的推断线索大体是：两个保安用这个手提包、上这趟火车，都是临时决定的，因此只能是惯偷偶尔发现行李架上的手提包与自己的包一样，调换了。如果有什么政治预谋，根本来不及这样做。那只换下来的手提包的提把上有山西乡镇妇女喜欢用的一种护肤油脂，联系到说话带有女腔，又如此善于装扮，便得出了这个结论。

郭应峰和其他警官一起，立即到在押的当地偷盗犯中打听有没有这样一名女贼，果然很快找到线索，最后破案，事情正是一个做过晋剧演员的女人干的，只不过她发觉偷来的铁匣子无用，已经随手扔在太原人民公园的荷花池里了。警察立即找到那个荷花池，一捞便着。这天，正好是破案期限的最后一天。

这又是一个让人大失所望的滑稽结局。

滑稽在何处?滑稽在预期重量和实际重量的严重失衡上。就像一个人面对一堆庞然大物，吸足了气，提足了劲，狠命一举，没想到这堆庞然大物原来只是一个没有重量的氢气球，反而让人仰天摔倒。据康德说，这就是滑稽的本源。

由这件事想到许多历史事件。我们的历史观，是由很多必然性判断组合成的，但历史上发生的事件，包括那些挺严重的事件，是否具有那么多必然性呢?实在深可怀疑。许多完全出乎意外的偶然性因素，很可能是一系列重大历史关节的起点。无视这种情况，只选那些合乎主观心意的材料来装配历史，装配出来的只能是假历史。

你看眼前这个案子，按照必然性的逻辑来判断，有一千一万个说不通：严守密防的氢弹部件被盗，居然是小偷偷错了；小偷没有用别的办法，居然是在保安人员的近距离注视下换走的；这个小偷又居然是一个女扮男装的演员；惊动国家高层的氢弹部件，此刻居然以废铁的身份躺在公园的荷花池里……每一点，都像是浪漫主义小说家的胡乱编造，但真实，却轻快地越过每一个疑点站到了我们眼前。幸亏这件事情最后有一个躺在荷花池里的铁匣子，如果没有，前面的种种疑点都会被“争议”，最终成为一个“无头案”，人们的注意力仍会集中在神通广大的外国情报机构身上。历史，因拒绝偶然性而失落了大量被解读的可能；人类，因自以为是的逻辑而加添了多少愚笨！

如果承认世间有不少大事是一种偶然组合，那么，我们的某些评论家就没事可干了。因为谁都看到，这些评论家的使命是把一切多姿多彩的生活实况一一推上他们铺设的必然性轨道，别人读起来很顺溜，唯独在被评论者心中是风马牛。按照这些评论家的意见，这个做过晋剧演员的女贼，一定是美国情报局安插在亚太地区的重要成员，而太原人民公园那个荷花池底下，一定有一条秘密地道与台湾海峡相连。——这不是笑话，请看历史上那么多荒诞不经的冤案，不就是这样制造出来的?至于日常报刊间的随意攻难，虽然说不上什么冤案，基本的制造过程也与此相类。必然来、必然去，最后必然出一个大荒诞。

郭应峰先生他们所做的显然是另一番活儿。也幸好有他们这样的人，敢于让世界留下一点真实，敢于在“文革”高潮中把一场听起来令人毛骨悚然的大案件了结在一个琐碎的滑稽中。须知，在那个时候，就连国家主席、军队元帅，根本没有去碰过一下类似“铁匣子”这样的东西，也已经按照必然性逻辑而分析成了“内奸”。

郭应峰先生把自己关在一间静室里整整八小时，我非常关注这个情节。评论家们谈必然性，听众越多越好，声音越响亮越好，因为最粗糙的逻辑和最世俗的声势历来是天然盟友，而天下最荒唐的颠倒，也总能在大庭广众之中完成它的“雄辩”。但是郭应峰先生要的不是这个，他由实证而发现了偶然，许许多多偶然点的组接，脆若游丝，稍一用力就会绷断，只能小心翼翼地在心底轻轻梳理。就像外科医生做心脏手术，关键之处比绣花女的针尖还要精细入微，容不得一丝噪音，因此只能安静得鸟尽人灭、天老地荒一般。此间情景，近似古人所说的“格物致知”。郭应峰先生“格”了八小时，就理出头绪来了。

好多事，坏就坏在热闹，坏在人声嘈杂、香烟缭绕的会议桌旁，坏在随声附和或齐声嘲笑的勃勃兴致上。

一个案件尚且如此，要思考人生的大问题更需要长时间单独的安静，难怪佛学大师过一段时间总要在深山孤室里“闭关”。我们的人生太喧闹，浑浑噩噩间，往往连一个难题也破解不了，只能踩踏着众多难题胡乱度日。

试着破解一个两个吧，不必求助外力，先把自己关到静室里几小时，再说。

乱世流浪女

我对近年来逐渐公开的“文革”时期刑事案件特别感兴趣，因为那个时期历来被密密层层的政治案件充塞着，好像不存在刑事案件，其实当时的刑事案件很有研究价值，为我们提供了破读那段历史的另一条途径。

例如，作为几起盗窃案主角而一度震惊全国的女青年宋莲萍，就会让人产生很多感慨。

宋莲萍出身于河北省一个中学教师的家庭。一九六六年“文革”开始那一年初中毕业，就没有地方上高中了。一九六八年被分配到内蒙古落户，临行前与父母争吵，便离家出走，也不去内蒙古了，开始了她的流浪生涯。

她的这个起点，就让我十分同情。一个中学教师家庭出身的女孩，居然无法完成中学教育，光从这一点，我就把她的个人悲剧看成社会悲剧。不让她读完中学倒也罢了，又不让她留在父母身边，如此年少却非要去内蒙古落户不可，这种先离散教学、再离散骨肉的政策，实在是触目惊心的恶业。与这种恶业相比，后来宋莲萍的偷盗，真算不上太大的过错。

宋莲萍的父母作为中学教师，当时的日子很不好过。上级下令让中学生中止学业到农村去，基本理由就是要割断他们与教师的联系，因为教师们天天都在课堂上“放毒”。放什么毒?据说是资本主义、封建主义和修正主义之毒。这种罪名压在一个教师头上已经受不了，何况他们夫妻是一对教师，分外沉重。对宋莲萍的父母来说，现在要从他们身边夺走的，不仅是学生，而且还有女儿，他们的心情怎么会好呢?他们和女儿不知该怪谁，只能在不知所措中天天抱怨。他们居然与女儿争吵起来了，具体争吵什么不清楚，但不难想象，那是一种极其酸楚的话语撞击，越是舍不得分开越是撞击得响亮。争吵中不知是哪句重话刺激了心气很硬的宋莲萍，她出走了。既然走出了家门，她就选择了流浪。

选择流浪，这在今天是一个漂亮的说法，但在“文革”高潮时期，根本做不到。流浪要有相对宽松的社会条件，要有随时都能获得施舍的物质可能，要有人人见到不明身份的外来人不惊不诧的心理土壤，但这一切，当时都不具备。幸亏她是一个十几岁的女中学生，不大像人们心目中的“阶级敌人”，才没有被抓起来。可是，举目无亲地长途跋涉在贫困的大地上，她毕竟饿坏了。

当她流浪到山西天镇县九庵庙时，已饿得气息奄奄，昏迷在草堆里，被庙中八十一岁高龄的老僧大默和尚救活。老僧武艺高强，每天清晨小施身手被宋莲萍看见。宋莲萍要拜师学艺，遭到老僧拒绝，她便以自杀相求，老僧只得同意。

在乱世学武艺，显然是一个聪明的选择。而且老僧、小庙、一个干杂活的小女孩，也引不起别人太多的注意，比较安全。就这样她整整学了两年，两年后的一天，老僧突然找不到她了，仔细一查，自己多年积蓄的钱也不见了，只得长叹一声。

老僧在长叹中产生了隐忧。她敢于拿走师傅的钱，那也就有可能拿别人的钱，而她已经学了两年功夫——一想到功夫，老僧心中有点发紧，因为他最明白，宋莲萍已学到什么水平。老僧觉得不应该给人世欠下一笔孽债，于是天天苦恼。一年后，他自知大限已到，只得给公安局写了一封信，说自己有这么一个徒弟，年龄多少，外貌如何，什么时候不辞而别，临走时“做了一件不太光彩的事情，证明她也许心术不正”，但她的武艺“已学到一定程度”，望警方留心。

当时的警方显然没有太留意老僧的遗言，但我们现在回头去看，不能不对老僧肃然起敬。他用词那么含蓄，把偷走积蓄说成是“做了一件不太光彩的事情”，对徒弟的武艺也只说“已学到一定程度”，但他非常明确的是：“一定程度”的武艺绝对不能与“心术不正”连在一起，因此寄言警方，提醒世间。

从老僧的这份遗言，我们深为宋莲萍可惜，她舍弃了一位多么不该舍弃的师傅！现在分析她拿走师傅积蓄不辞而别的原因，我看主要是三点：一，年纪太轻，又不曾建立佛教信仰，因此受不了老僧小庙极端清苦、寂寞的生活；二，她自知已经学得的功夫非同小可，完全有能力去闯荡世界了；三，生在最贫苦的年月，她对经济价值的概念近乎无知，把师傅那笔不大的积蓄看得非常巨大，又眼看师傅已年迈得不久人世，不想让那些钱落入他人之手。

于是她走了。身上既有武艺，又有钱财，她认为无所畏惧了。这与她两年前离家出走时的情景相比，判若天壤。但她哪里知道，生在当时，武艺并没有正当用处，而师傅的那点钱，真正用起来才发觉非常有限。大概也就省吃俭用地过了一年多日子吧，她又山穷水尽。

在还有最后一点钱的时候，她都没有下决心在社会上偷盗，可见在她本性深处，还有隐潜的行为控制力。到了一九七一年十月底，她实在身无分文了，便决定以武艺自救。她经过反复思考，选择了在铁路运输线上偷盗货车的办法。不对行人拦路抢劫，更不上门打家劫舍，因为这会直接损害到个人，而当时铁路上的货车，所运的都是国营企业的大宗物资，挖一点小零碎下来供自己聊以度日，她不觉得有太大罪过。这是在没有法制的年代，一个女孩子凭自己的良知傻想出来的一条是非界限。

与现在的车匪路霸相比，她在货车上偷盗的数量确实很小。开始是偷了两纸箱塑料拖鞋，第二天她自己在路边一双双叫卖，按当时的物价，每双也就是几角钱吧。比较大的一次，是从货车上偷下了一大盒上海牌手表，这在当时可不算个小数字了。

也许在那个时代，飞车偷盗的人几乎没有，因此她才出手几天就成了警方的追缉对象。这一追缉，她的惊世骇俗的武艺就表现出来了。

警察们看见，在飞驰的列车上，她纵身上上下下，轻松得像在跳舞一般，还故意展现出几个身姿，完全是一种享受。有一次她稍没留神被一群警察包围住，束手就擒，但哪里想得到，就在很多男女刑警的严密看押下，她居然嫣然一笑，跃身蹿出屋顶盖板，立即不见了踪影。

如此神奇的本事出自一个二十岁上下的女孩子，而这个女孩子似乎故意在逗着玩，这不能不深深地刺痛了警方。有关部门于是下令，在九条铁路干线的几十趟列车上布下天罗地网，捉拿宋莲萍。但是，好像谁也不是她的对手，经过几个回合，那些高大而强健的警察们叹息道："从来没有看到和想到，世界上竟有反应如此敏捷的角色！"

最终，她还是没有被捉到。不知在第几次纵身逃逸时，一个神枪手击中了她。

她的死亡，离她决心飞车偷盗，仅仅一个月。她的罪行，她的武艺，都发生在这一个月中。仅仅一个月的调皮捣蛋就震惊全国，震惊的不是她的罪行而是她的武艺，这也实在让人眼睛一亮的了。

当警方领略了她的武艺，再想起她师傅的遗言，说她"已学到一定程度"，不能不重新仰望起那位高僧来。"一定程度"已经这样子了，高僧本人会是怎样的呢?嘿，穷乡僻壤的破落小庙，真不可小瞧了。

然而，更值得我们思考的还是女主角宋莲萍。这位中学教师的女儿，这位“文化大革命”的牺牲品，这位孤苦伶仃靠自己闯荡世界的可怜姑娘，怎么会用两年时间就学成如此高强的本领?在一个没有舞蹈的年月她无处展现自己的生命节奏，便迷上了一列列飞驰的列车。说她是盗贼，也可以，但我却总是于心不忍。首先，是谁偷盗了她的青春，偷盗了她求学的机会，偷盗了她的伦理亲情?她为了糊口，确实偷盗过一些塑料拖鞋、国产手表之类，但她从未损害过任何个人。她有死罪吗?既然没有，那又是谁，偷盗了她的生命?当然，我不是指那个应命而来的神枪手。

她若生得早一点，可能是名震远近的荒江女侠；她若生得晚一点，也可能是哪项国际比赛中的女子冠军。只可惜，她生在不该有如此出色的身手的年代。一切出色都是一种危险，出色在不合时宜的地方，就一定会蜕变成一种过失，甚至过错。那么，倒过来的道理便是：很多过失和过错，其实只是一种不合时宜的出色。

今天细想起来，宋莲萍最让人伤心的地方是：

从出走到死亡，每走一步都找不到任何一个人可以商量。她实在太孤独了。

我们现在还有机会看到公安机关的档案里当时记录的宋莲萍的外貌：高挑身材，鹅蛋型脸，弯眉挺鼻，非常漂亮。

如果活到今天，也就是四十余岁吧。

她的可怜的父母亲，应该还健在。

褪色的疑问

“文革”旧案中，有一个叫刘学保的假英雄特别让人恶心。他在二十余年后受到法律的严惩，证明岁月悠悠，公理自在。

事情说来话长。据他自己说，某一天，他与一个有“政治历史问题”的人搭班巡夜，突然发觉那个人居然安放好了炸药包准备炸一座大桥，他意识到阶级斗争就在眼前，立即冲上去搏斗，打死了那个阶级敌人，自己也负了伤，大铁桥终于保住了。于是他成了当时著名的英雄，全国许多报纸进行了宣传和颂扬。有一篇报道还进入了小学语文课本，当年的小学生现在也已进入中年，如果记性好一点，或许还能记得这个名字。

但是，此案从一开始就有现场勘察人员提出一系列疑问，例如：为什么英雄指认的地方根本放不下一个炸药包?谁会用这么一点点炸药炸大桥?这样一个地方能够搏斗起来吗?如此等等。

可惜那是一个迫切需要敌人与英雄、破坏与搏斗的时代，一切疑问立即被淹没掉了。更重要的是，这种怀疑万一成立，名扬远近的英雄立即成为一个杀害无辜的凶犯，中间不存在其它可能。狂热的时代其实是最虚弱的，完全没有力量来面对这样一件事情的颠倒，因为一旦颠倒就意味着一系列整体社会观念的破灭，后果远远超出事件本身。

既然牵一发足以动全身，那么大家也就小心翼翼地不敢去动那根头发了。很多貌似堂皇的邪恶甚嚣尘上，正与这种逻辑怪圈有关。中国人无数次地遇到过某种观念需要寻找证据的情况，越是经不起推敲的观念越是需要寻找，到后来寻找变成了呼唤，呼唤变成了引诱，引诱变成了培植。

如果从大背景上看刘学保的案件，那简直就是“文革”思维的一个拙劣造型。

不妨设想一下，如果有人试问，中国人都过着挺艰难的日子，温饱都成问题，还搞什么“文化大革命”呢?答曰有阶级敌人；再问，有阶级敌人也很正常，为什么如此大张旗鼓?答曰阶级敌人多得不可胜数，城市乡村都有，白天黑夜都有，没准晚上巡夜，都能碰上一个，由此非大张旗鼓不行；提问者还是不解，说姑且是这样吧，但这些阶级敌人又没有掌握政权，处于严密监控之下，你们有必要继续剑拔弩张吗?答曰阶级敌人已经混到我们巡逻的队伍中来了，而且正要拿炸药炸大桥，千钧一发，没有时间再犹豫了……于是，刘学保应运而生。他完全是一个“主题先行”的概念化“作品”。但是，只有这样的“作品”才能体现主题，越奇异反而越风靡。

然而，即使放在这样的背景下，刘学保的案件也显得触目惊心。因为它已不属于当时传染全国的群体性痴迷，而是在黑夜荒野，两个个体生命之间的生死玄秘。刘学保为了个人名声，不惜以别人的鲜血来证明血腥的必要，实在令人发指。

群体性痴迷所造成的大量丑剧，都以各自不同的等级而成了历史的教训，但是，越来越提高的法制观念使人们懂得，不能让血腥罪恶躲藏在一般丑剧中。虽然时隔久远，也应该凭着全人类公认的罪和非罪的界限，去抓住有血债的杀人犯。

于是，刘学保终于被“请”回来了。是法制之手，把他从没有法制的二十几年前“请”了回来。

法制能把看似复杂的问题简明化。在这个案件中，其它一切都可忽略不计，关键在于，他是不是一个杀人犯。已有大量嫌疑的问号在触摸这个结论，但这个结论是否成立，还要经过缜密的侦查。一旦成立，那么，他必须受到制裁，而那个所谓的“阶级敌人”则是一个蒙冤二十余年的被害人，除了平反昭雪，被害人的亲属子女应该拥有充分的法律权利。

——这条思路足以证明，中国人在清理往昔政治灾难的过程中，又在理性意义上踏上了一个新的台阶。

法律需要证据，这是对刘学保案件重新侦查的最大困难。

复查人员几经思考，开始了工作程序。

第一步，先让事情回到二十几年之前。当年现场勘察人员提出的疑问虽被否定，但他们的名字留了下来。那么，再逐个找回他们，把褪色的疑问重新激活。还要找当年的其他证人和有关村民，让他们也回到二十几年之前，此事当然很难，但没有想到，人们对一个虚假的事件很难淡忘，点点滴滴，证明材料逐渐积累起来。

第二步，考虑到这个案件的特殊性，花费最大的精力做模拟试验。好在当年对“英雄”的采访连篇累牍，事情的具体过程已被反复报道得详尽无遗，刘学保自己作报告讲述“搏斗过程”的材料也在，为模拟试验的可靠性提供了切实保证。同样这座铁桥，同样大小的炸药包，同样的两人站立方位，同样的搏斗程序，一次又一次地重复试验，把炸药包也一次次拉响，完全根据当年刘学保的描述，把他在描述时有可能夸张、挪移或记错的成分也考虑进去，结论终于出来了：整个事件完全不可能这样发生。不可能这么站，不可能这么走，不可能这么伤，不可能这么死——只剩下一种可能，那就是刘学保为了冒充“英雄”，残酷地杀害了那个无辜者。

第三步，审讯。这不复杂，今天的公安人员只是轻轻地抓住几个要害一问，立即漏洞百出，继续盘问下去，刘学保只得承认自己是故意杀人。二十几年前的闹剧和冤案，终于见底。

刘学保被判了无期徒刑。

他现在还在监狱里。铁窗锁住的，是“文革”精神的象征体：虚假的英雄，颠倒的罪名，堂皇的谋杀，疯狂的鼓噪。

是该锁住，而且锁住个无期，不可减免。

写到这里，我脑海里挥之不去的是大桥上的那支复查队伍，特别是其中那几个年岁不轻的人。他们当年竟敢在一片社会性狂热中对一个“英雄”提出几条根本性的疑问，这就了不起，他们因此受到不公平的待遇，可想而知。但他们万万没有想到，历史会有那么好的记性，居然在二十几年之后要他们把那中断了的勘察继续下去。

既然历史那么有心，他们也要对得起历史。那么大年纪，每天爬上爬下、左比右画、苦苦回忆、细细分析，好像在修复一个远年的故事，其实呢，他们是在修复历史的尊严。

驶往未来的列车，将从这座勘察清楚了的铁桥上通过。

含冤葬身于铁桥边的那位老人，应该可以闭眼了。

膨胀的雪球

本文要讲的事件发生在江西某地，一个简陋小厂的热处理班长，成了“诺贝尔奖的候选人”！消息刊于报纸，人们虽然兴奋却没有太大的惊讶，因为这位热处理班长早已是位“科技明星”，曾受中国科学院邀请参加在美国召开的国际材料学术会议，在会上舌战外国专家、荣获金质奖章、拒绝高薪聘请，这一些都在报刊和演讲会上宣传过，而且他确实也已因此而荣升为市科委副主任和政协委员。

一天，一位技术人员在市总工会门口的宣传栏前停步观看这位科技明星的先进事迹展览，看见照片上获国际材料学术会议金质奖的那篇论文的英文标题虽然很小却还能辨认，定睛一看不禁大吃一惊，居然是：Nanhai country: the road towards prosperity，一个有关我国南海地区发展的报道，由此提出了质疑。凡假事只要遭到任何一个认真的质疑，好像冰河裂开了第一道口子，接下去再也无法收拾了。经层层调查，最后的结果是，一切全是假的，于是，“科技明星”所任职务也随之全部撤消，他立即成为新闻媒体的众矢之的。

骂他骗子已经没有太大意思，这件事值得玩味的是一个巨大谎言的构建过程。

我注意到，最要命的就是那个起点。那年，此人由于没有文凭不能参加职称考核，得知只要有像样的论文就可以破格，一气之下便伪称自己的论文将在国际会议上宣读，还说有中国科学院的通知。这是一个小小的甚至有点玩笑性质的谎言，但一旦开头就收不住了——

既然将在国际会议上宣读，这个国际会议仿佛应该在美国开，他就必须到美国去了；尽管他只是掩人耳目地到了兰州几天，但既然说是去了美国，总要让论文得个奖吧；既然得奖干脆就得个金奖，好在祖母临死时留下了一个小金片；这终究有很多的漏洞，于是又不得不赶紧伪造一些中国教授联名推荐他的书信；推荐的目标当然高一点好，于是便扯到了“德国的”诺贝尔奖……

我在读有关这事的一篇调查报告时，居然也一步步为这位当事人着急，而且越到后来越着急，生怕他出现漏洞。这种情景，就像早年看电影《豺狼的日子》，一个秘密军成员试图谋杀戴高乐将军，我们当然不会赞成这种谋杀，但随着电影情节的展开，故事情景的逼近，立场渐渐产生挪移，最后竟为杀手担惊受怕，替他捏一把汗，直到他最后在关键时刻被捕，还在心中惋惜不迭。这种过程，其实是被电影艺术家“蛊惑”之后的“中邪”，完全进入了对方的行为逻辑甬道，只得步步向前走。

在我们眼前的这个欺骗事件中，首先是当事人受到了“蛊惑”，一头扎进去无法后退。对此我们不妨花点精力仔细分析一下。开始他只是想，各行各业都在评技术职称，我只想评个最普通的技术职称罢了，竟然还要有“像样的论文”，什么叫“像样的论文”?谁说了算?我的论文是中国科学院推荐的，总可以了吧?——这种顶牛式的心理，哪儿都可能产生，但他没有想到，他所在的这个地方太贫困、太需要科学了，一听中国科学院那还了得?他情急之中口气稍稍大了一点，这一大就给他留下了永久性的灾难。

如果一开始受到申斥、受到怀疑，什么事也不会有，但他受到的是人们大喜过望的称赞。需要，而且是迫切的需要，集中成一种热切的眼光和信任，把他包围起来了。领导的接见、记者的采访、报纸的传扬，已经使他有口难辩，他或许也曾低声解释，周围的人全认为这是成功者的谦虚。“什么，他居然说自己什么也不是?”记者们深深地感动了，称赞他是“大音希声”。

问题还不仅仅是领导和记者。他的家人，含辛茹苦地盼望了他那么多年，此刻终于有了一点宽慰的笑脸；他的同学，都不太成功，现在都在为有他这么一个同窗而高兴……他用一句假话点燃了一种广泛的社会需要，烈火已燃遍四周，他已无力扑灭了。

剩下能做的事情，是一条黑道走到底，明知总会揭穿，且让这种事情发生得晚一点。这是一个怯弱者的选择，而不是像报道所写的那样，属于“胆大妄为”。

他凭着极有限的知识，想象着一个科技成功者可能遇到的事情，然后笨拙地一一效仿。一效仿就出现了漏洞，他只得立即想出新的谎言去堵漏。新谎言的漏洞更大，于是再去编造更新的谎言……这简直是一种没有丝毫喘息机会的苦役，就像驮着越来越重的石块，在攀援峭壁悬崖。

这里出现了一个谎言的膨胀公式：谎言只能在

滚动中完成自己的“圆满”，但越滚动，它的着力面就越大，体积膨胀也越快，膨胀了的体积需要有更大的体积来覆盖表面，因此必然以几何级数疯狂扩张。这就像从山上向山下滚雪球，完全无法想象它的最终结果。

特定的社会需要，是谎言滚动的“势”，是扩充体积的积雪，是顺坡下溜的速度。因此我觉得不应该过多地责怪这位热处理技工。我仔细地分析了有关这个事件的调查报告，发现这个人其实并不坏，谎言构建起来之后也没有乘机做什么坏事，谋什么财物，相反，倒是为补漏花费了不少冤枉钱，而他的经济情况一直很不好。直到谎言揭穿，他仍然生活在贫寒之中。揭穿之后很多报刊嘲笑他，但我认为这些报刊不应如此轻松，当年一有风声就把他推上危险高坡的，还不是报刊?报刊对他，应有巨大的亏欠。

报刊在这一问题上的责任，是只求轰动，不求实证。这是当代很多报刊的共同毛病。一有新奇的消息，就急匆匆地赶发出来，一阵爆炒，然后紧紧追随。在我看来，这是谎言发生机制和扩张机制的关键。这件事的最后揭穿，居然也不是记者，这实在是一种职业性的失职。

由此联想，这些年来，我曾近距离地目睹过很多谎言的扩张过程，都或多或少与传媒有关。前些年，有人转告我一家报纸的报道，一个中年作者刚发表一个作品，就受到海外五所大学的联合邀请，他正在准备演讲稿云云。我当时一听就为这位老兄着急，心想你说一所大学邀请，旁人还能马虎过去，怎么扩充到了五所?大话由媒体说，收场还得靠自己，这个场怎么收?世界上的大学校长都是很高傲的，他们很少联手做一件什么事，据我本人对海外的了解，好像不大可能出现五所大学联合邀请一个人讲学的事，哪怕他是一代宗师，或退休总统。幸好这位先生聪明，没再就这件事弥补和延伸。更惨的是一些老人，不小心进入了谎言系统，传媒一加播扬，他们完全不知道该如何当众继续把谎说圆，只得随口乱说，实在让人同情。例如我曾见到两个老人，开始只是出于一点小小的虚荣，编造了一个创作上的谎言，后来就越吹越大，也越来越说不明白了，让听的人都为他们着急。记得我当时就托人转告那些报刊，饶了这两位老人家吧，但报刊不依，仍然以声援的方法捉弄他们，直到最后不得不“大音希声”。

我想，天底下最劳累的事情之一，就是编造谎言。因此谎言揭穿，对他们是一种解脱。从报道看，江西这位当事人终于败露的时候，他正在外地，当地领导紧急传唤他回来。在一间会议室，他刚进门，领导就问了一句：“你到过美国吗?”他连停顿也没有，立即急不可待地说：“假的，我全是假的!”然后和盘托出。

他深深地吐了一口气，全身放松地坐了一会儿，终于慢慢地站立起来。

我猜，他当时心中想的一定是：好了，这次可怕的“热处理”总算完工了。

街道已经不是昨日的模样，他摇摇晃晃，回家了。

心中的恶狼

在各种凶杀案中，最让人感到恐怖的是哪一种？我认为是没有具体理由的那一种。有理由，就有逻辑，伤害具有针对性，人们也有可能提防；如果没有理由，只能听天由命，谁都手足无措了。

其实，没有具体理由的犯罪，总还是有心理理由的。因此，我们有必要更加关注人类的心理黑箱，说不定什么时候，那里会蹿出来一条恶狼。

一九九四年五月二十七日夜，云南省通海县县城的一个歌舞厅里，一个握着长剑的青年男子见人就刺，不到半小时就刺死四人，刺伤多人，他边刺边大声吼叫："我孙玉峰曾经是社会一个重要组成部分。我事业的成功，对社会有益，我事业失败，就会给社会带来灾难。"

那么，他有什么事业呢？这完全是一个只有初中文化程度、读过一些江湖武侠故事的农村无赖子的狂想。他偶尔进县城，见路上没什么人理他，就在日记里写道："每走到人群之时，竟然当我是死人，视如无物，阴恻恻地一天又一天、一年又一年地过去。"他恨一切不理他的人，但所有的人都不怎么理他，于是他断言"天下人人可杀"。

看来，他走向罪恶的心理程序，是从狂妄自大的心理幻觉开始的。总觉得自己十分重要，应该引起人们的注意，但人们实在没有注意他的理由。我估计他曾多次自我卖弄，一再招惹别人，甚至恨不能把一个有点小名气的人引出来与他在大庭广众之下吵一架，可惜连这也没有发生。他的招惹因形态卑下，别人只须眼角一扫就会立即厌恶地转过头去不再理会。这种极度的孤独和无聊引起了他的仇恨，但仇恨又没有特定的对象，只能拿起长剑，朝那些活得最快乐的人群走去，按照他的认知范围，他选择了歌舞厅。

应该说，这个心理程序的前半部分，我们在日常生活中也十分眼熟。明明是自己招惹了别人，却不躲开、不道歉，反而觉得别人对不起他，甚至越来越义愤填膺，这是为什么？

有一位作家曾大惑不解地问我："某某人，我完全不认识，他在五年前一边剽窃我的作品发表，一边写文章骂我，这样做我还能理解，贼喊捉贼嘛!我不理解的是，五年来我对此事完全不理，而他对我的批判却接连不断，而且口气越来越凶，这是为什么?”

我想了一想，说：“问题大半出在你的完全不理上。开始，他一边剽窃你又一边骂你，是为了堵你的口，遮人耳目；但你居然对这两件事完全没有反应，使他感觉到，他在你心目中太微不足道，他的所作所为完全无足轻重，这使他产生了彻底的自卑，并由自卑变成愤怒。”

“不是欺软怕硬?”他问。

“不是。欺软怕硬只是表象，”我说，“你的完全不理，看上去是软，但已超出了软的底线，是一种不可理解之软，而不可理解之软其实就是一种超强度的硬，因此引发了他极度的不自信。”

其实，这种现象并不深奥。

儿时在乡间，常见夏天的中午一头头水牛浸在池塘中消暑，总有群蜂围着它们转。有的水牛被吵得不耐烦了，会甩起尾巴驱赶一下，而有的水牛则纹丝不动。群蜂先是集中在甩动的尾巴附近，恣意逗乐，但时间一长，全都向着纹丝不动的水牛进攻了。它们不是在纹丝不动中寻找安全，恰恰相反，它们一浪接一浪地去招惹，频率越来越快，恨不能把顽石般的水牛整个儿挑动起来。

在“文化大革命”中,我也目睹过类似的现象。

一个同学，来自农村，生怕城市里的同学瞧不起，成天找机会作态，连夜间上厕所时穿的拖鞋都坚持用木拖板，响彻楼层，还声言是“保持贫农本色”。这样的人，“文革”一来，很容易造反。一天，造反派开会斗争教师，适逢他外出，回来后听说，深感失落，居然决定一个人拉一名教师出来游街，补补“风头”。他来到集中关押教师的地方，吆喝几声，教师们诚惶诚恐，唯独余上沅教授不惊不怒，平静如水。这个同学一看，突然傻住，似有恐惧，然后火气上扬，独独把余上沅教授拉出来，由他一个人押着，在校园里游街，招摇过市。作为这次恶性事件的代价，这个同学在十年之后被审查了很长时间。

这个同学犯了错误，但我们都熟悉他，深知他其实并不坏，此前此后也没有做过其它更坏的事，那次冲动，完全是他长久来煎熬于内心的过度自卑和过度自重的突然迸发，迸发的直接起因是两重失落，失落于一种热闹，又失落于余上沅教授超常的平静。

但是，这种突然迸发有时会产生极严重的后

果。据报载，一九九八年三月六日下午，洛阳工学院一个姓金的硕士研究生，由于长期以来觉得老师和同学处处看不起他，在交纳课程重修费的时候，突然举起水果刀，向一位正在开发票的女教师猛刺十三刀。直到被警方逮捕，他在监狱里清醒了一阵之后才沉痛地说："我把自己看得太重了，老觉得别人有意和我过不去，现在想想并没有什么根据，老师和同学们对我其实都挺好的。"他还说，他并不是针对那位被刺的女教师的，如果那天路上碰到别的老师和同学，心里觉得过不去，也会举刀。

这就是说，由于种种心理病灶的夸张性诱发，他心中的恶狼放出来了。这只心中的恶狼也会吃人，既吞噬了别人，也吞噬了自己。由此联想开去，那个在美国爱荷华用手枪刺杀了多名物理学教授的中国留学生卢刚，也进入了类似的心理程序，当然后果更加严重，制造了一个震惊世界的血腥事件。卢刚是博士研究生，洛阳的那位是硕士研究生，云南那个叫孙玉峰的人什么也不是，但在自己村庄里也足可自命为一个孤独的哲人了。他们最后都把自己置身在血泊中，干下了人世间第一等的坏事：杀人。因此，我们切莫轻视了这只心中的恶狼。

据我看，这些人的心中之所以会培育出一只恶狼出来，大致有以下一些共同点：

第一，他们都有过一段奋斗史，使他们超出了原来的生活环境。这种经历带来一种力图排除一切阻力的行为惯性。他们已经把世界看得很小，以为再努力几步就能抵达某种极致，因此把眼前的障碍看得很大，以为生死存亡就在此一搏；

第二，他们的起点比较低微，因此在把世界看小的同时又十分自卑，永远敏感于别人对自己的态度，每天都虎视眈眈，疑神疑鬼，总觉得随时都有一种莫名的力量能把自己颠覆；

第三，他们从来执著于成败的界限而无所谓善恶的界限，因此在心底不拒绝用恶的方式来争取成功。善良对于他们，从未有过感召力和控制力；

第四，他们永远逼视着高于或有可能高于自己的人物，不管这些人物与自己有没有关系。对于那些以平静的生态高出自己的人尤其嫉恨，形成了一种强烈而又辽阔的“泛嫉恨”，最后甚至嫉恨整个文明世界。

有了这四个共同点，只要出现了燠热的温度，便立即可以在心头听到恶狼的嗥叫。

不是危言耸听，我认为，这种心理上的恶狼今后会越来越多，而且有可能带来很大的世界性灾难。因为在很大的范围之内，个人不再受到群体意志的严密控制，跋涉在精神荒漠上的心理孤儿层出不穷，而现代社会的生存竞争又如此激烈，处处隐藏着危险的触发点，因此，接连不断地出现一些骇人听闻、又没有理由的凶杀事件是不奇怪的。至今仍在美国监狱里接受马拉松式审判的智能杀手卡钦斯基就是一个例子，让我们每次想起总要为人类的前途增加忧虑。此人是毕业于哈佛大学的数学博士，由于仇恨高科技社会，专门用邮包爆炸方式杀害大学教授和科学家，十八年间制造了十六起血腥大案，造成一片恐怖。他过着极端孤独的生活，却又渴望着自己在公众中的知名度。他希望自己的行为一直引起全社会的关注，如果社会上突然冒出来一个大新闻掩盖了他，他会坐立不安，很快再次作恶。为了让社会更关注自己，他居然会给受害者写信，说自己“夜以继日制造炸弹是多么辛苦”，而且还寄长篇文章《工业社会及其未来》给报社要求发表，声言如蒙发表就不再制造爆炸事件。不管这个案子多大，受过高等教育的卡钦斯基在极端孤独中因渴望成名、嫉恨成功者而不择手段行恶的基本特征，与我们前面所说的杀人犯没有什么两样，他让我们警觉，心中的恶狼对人类的残害会达到什么地步。

对于这样的人该怎么办?他们的行为终点当然已属于警方的事，但行为的起始和中段却发生在我们身边，而且时时有可能走向终点。像往常一样对这种邪恶现象完全不予理睬以求太平，显然已经不是办法，因为对这样的人来说，并不是有谁去招惹了才会引起他们的行恶，我们不去招惹，他们仍然会找上门来，将巨大的罪恶向着完全无关的人群泼洒。在他们面前，不存在明哲保身的空间，不存在任何个人的安全。

因此，对付这些人心中的恶狼，只能是全人类的集体行为。在社会上普及心理咨询和缓释机制，当然是一个办法，但更重要的还是要重复我心中的圣典：大规模地激发善和爱。只希望街市间忙碌的人群，努力减轻在成败问题上的沉重压力，而多多关顾善恶之间的界限。只希望我们经常自问：何苦到处开辟战场，风声鹤唳?何必时时寻找对手，枕戈待旦?如果这是成功的代价，那么成功又是什么?如果这是个人成名的方式，那么个人的名字又是什么?

——我知道当今社会上多数聪明的年轻人都拒

绝作这种自问，认为这些问题过于浅陋，不符合生存竞争的原则。但是，生存竞争、生存竞争，当我们居住的星球，竞争到已经不适合生存，竞争到互相剥夺生存，一起结束生存，那么竞争又是为了什么？

从上述几个杀人犯的心理轨迹来看，他们在竞争之初可能还与改进自己的某种生存环境有关，但竞争到后来完全进入到了一种野心勃勃的精神层面，只想成名扬名，而没有其它更多的实利追求了。连制造了那么多爆炸大案的卡钦斯基，最后居然也是为了在报纸上发表一篇署名文章，真有点不可思议。更不可思议的是我国云南的那个杀人犯孙玉峰，他刺杀了那么多无辜者，最终被判死刑，在执行死刑前法庭问他还有什么最后的愿望，他的愿望让人大吃一惊："把我的经历编成一本书。"可见他实在太想成名了，而这个农村无赖子的成名理想，竟然是书籍。但他的全部经历，满打满算，至多只能写成一篇文章，而且很多段落都毫无意思，怎么撑得成一本书？

卡钦斯基为了在一篇文章中成名而大量杀人，孙玉峰为了在一本书中成名而大量杀人，文化对于邪恶世界的诱惑会大到这个地步，这是我以前没有想到的。由此我也终于领悟，为什么文化界会发生那么多争名夺利、诬陷造谣的阴暗事件，原来已有不少卡钦斯基和孙玉峰混迹其中了。我想我们今后都不必大惊小怪了，更让人惊恐的狼嗥虎啸，也有可能光顾这个斯文的天地。以后的日子比较严峻。

想要让文化去阻止他们?不，他们正惦念着文化呢!

真正急于做的，是高贵的博爱精神、慈善情怀的重建。

只有这团火光，才能把深夜荒山间的狼群阻退。千万不能让这团火熄灭了，无论如何应该到四处捡拾柴枝维持着，直到霞光初现。

为自己减刑

一位朋友几年前进了监狱。有一次我应邀到监狱为犯人们演讲，没有见到他，就请监狱长带给他一张纸条，上面写了一句话："平日都忙，你现在终于获得了学好一门外语的上好机会。"

几年后我接到一个兴高采烈的电话："嘿，我出来了！"我一听是他，便问："外语学好了吗？"他说："我带出来一部六十万字的译稿，准备出版。"

他是刑满释放的，但我相信他是为自己大大地减了刑。茨威格在《象棋的故事》里写一个被囚禁的人无所事事时度日如年，而获得一本棋谱后日子过得飞快。外语就是我这位朋友的棋谱，轻松愉快地几乎把他的牢狱之灾全然赦免。

真正进监狱的人毕竟不多，但我却由此想到，很多人正恰与我的这位朋友相反，明明没有进监狱却把自己关在心造的监狱里，不肯自我减刑、自我赦免。

我见到过一位年轻的公共汽车售票员，一眼就可以看出他非常不喜欢这个职业，懒洋洋地招呼，爱理不理地售票，时不时抬手看着手表，然后满目无聊地看着窗外。我想，这辆公共汽车就是他的监狱，他却不知刑期多久。其实他何不转身把售票当作棋谱和外语呢，满心欢喜地把自己释放出来。

对有的人来说，一个仇人也是一座监狱，那人的一举一动都成了层层铁窗，天天为之而郁闷忿恨、担惊受怕。有人干脆扩而大之，把自己的嫉妒对象也当作了监狱，人家的每项成果都成了自己无法忍受的刑罚，白天黑夜独自煎熬。

听说过去英国人在印度农村抓窃贼时方法十分简单，抓到一个窃贼便在地上画一个圈让他呆在里边，抓够了数字便把他们一个个从圆圈里拉出来排队押走。这真对得上“画地为牢”这个中国成语了，而我确实相信，世界上最恐怖的监狱并没有铁窗和围墙。

人类的智慧可以在不自由中寻找自由，也可以在自由中设置不自由。环顾四周多少匆忙的行人，眉眼带着一座座监狱在奔走。老友长谈，苦叹一声，依稀有银铛之音在叹息声中盘旋。

舒一舒眉，为自己减刑吧。除了自己，还有谁能让你恢复自由？

第四辑

灯 下 回 信

秋雨按：上海《青年报》有一个“青苹果热线”栏目，一度邀请我做主持人，回答青年读者们的各种来信。报社转来的信件，多数是中学生写的，这让我想起，我从初中开始读报，读的也就是这份《青年报》，而且，我也是在这份报纸上第一次发表自己的文章的，因此备感亲切。我乐于做这个栏目的主持人，也与此有关。我给青年读者们的回信，一九九六年十一月在该报集中发表，此后收到的来信就更多了。以前大家是写给报社，由报社转给我，后来则成沓成沓地寄到我的单位来了。我当然不可能一一作答，有时随手翻阅，也会顺便回几封。有几封是已经参加工作的大学毕业生写来的，涉及的问题也比较大，我就花费较多的时间来写回信。

以下摘录的来信和回信，有些在《青年报》刊载过，有些则是首次发表。删去了每封信首尾的礼貌性、说明性词句，来信者的署名，遵照他们自己的选择。

我写这些回信，大多在半夜，因此有了这个总题。

一

来信

余教授：

学生爱上自己的老师只是从书中看到的特别多，而我也从未想过自己有朝一日竟会落入这个俗套。

他是体育老师，年轻帅气，操一口正宗的北京话。他的课上得很棒，还常和我们一块儿玩耍，幽默可亲。我不得不承认自己陷得很深，几乎天天都会想起他，有时一个人坐着发呆——整整一下午。向别人谈起，得到的只是对那一份不成熟感情的嘲笑。于是只能自己救自己：给他写些永远也寄不出的信；在日记上记下心灵的点点滴滴；心里实在乱七八糟了，就干脆坐在黑暗中，放些很纯粹的音乐，让那超负荷的心灵尽情发泄。常常因此把自己弄得伤痕累累，我真的好无助，欲哭也无泪。

真不该那么早就尝试爱的感觉，特别是陷入这种暗恋兼单相思的痛苦。幻想和压抑都不能让我轻松好受些，难道必须任时间来冲淡一切吗?

依　叶

回　信

依叶：

很抱歉，我先要给你泼一瓢凉水：你现在所陷入的状态，既不美好，也不深刻，很多少男少女都经历过，属于青春期的一种浮浅躁动，一般很快会过去，算不了什么事。

不要再写那些信和日记了，更不要在黑暗中边听音乐边胡思乱想了，因为你目前所经历的不是爱，只是一个傻孩子对异性的过分关注，事情做得越多就越傻，形式感越强则更傻。爱情，以两颗成熟心灵的交流为起点。体育老师什么也不知道，根本没有与你产生过这方面的交流；如果他知道了，请想一想，他怎么会爱上一个不好好学习、又没有长大的女孩子呢?在你这一方面，你其实连自己也不了解，怎么可能了解一个大人?

打一个比方，你想游泳，但游泳池还在远方，你看见脚下有一个小泥潭，以为是游泳池，一脚踏进去了。

我看还是赶快跳出这个小泥潭，狠狠嘲笑一下自己，从明天起，好好上课，包括专心地上好体育课。二十年后，你再遇到体育老师，当众告诉他，当年我还给你写过很多没寄出的信，大伙必定笑作一团，包括你自己。

余秋雨

二

来　信

余教授：

我在高中一年级时就爱上了同班的一个女同学，现在已经恋爱了一年多时间。在我们班级，差不多的情况还有四对。

但是，我们的班主任老师对此一直反对，说我们这样做影响学习，还会带来不良风气，因此每次开会都批评，搞得我们烦透了。

恋爱是不良风气吗？我们读过古今中外一些写爱情的作品，懂得了要用斗争来保卫爱情，你支持我们吗？

陈晓铜

回　信

晓铜：

爱情非常珍贵，不仅值得用斗争来保卫，而且即使付出生命的代价也值得。

在这茫茫人世间，一定有一个生命特别适合你，她已经来到世间，等着你。为了找到她，你会经历很多事情，周游很多地方，终于如电光一闪，充分成熟的你找到了充分成熟的她，然后互相托付漫长的生命。

但我不相信，她，正恰就降落在同一所学校、同一年级、同一个班级，降落在高中一年级。那么巧，那么准，又那么早。而且，同样的巧事还发生了四对！

当然，勉强说来，你们的交往也可算作初恋，但初恋毕竟是一个人的重大事件，任何人都不可能有第二次初恋，你们大家难道就这么随意地集体打发了？

今后有人问起你们的初恋，如果你们齐声回答是高中一年级时的同班同学，别人听了一定会大叫：不算，不算，把公式化的儿戏来蒙人，真乏味！

我的这封回信也许会引起你的女友生气，好像我故意在拆散你们。其实，未经艰苦寻找的草率结合，对她也是不尊重。她和你一样，都有寻求深刻爱情的权利。

如果经历了人生坎坷，尝过了世间甘苦，突然有一天，在街上遇到了一个高中时的女同学，一谈之下情投意合，二谈之下心心相印，那就谁也不会反对你们的恋爱了。

余秋雨

三

来 信

余教授：

进入高中以来，我无数次地哭泣过，

为我的形象、我的学业、我的人缘、我的环境。我是个多余的人，就好像在黑暗中被别人遗弃了。我本以为读了高中会出现转机，可多少次的失败使希望和信心荡然无存。我也知道谁都不可能随随便便就成功，而我是根本就无法成功！没有秀美的容颜、没有聪颖的天资、没有出众的才华、没有骄人的学业、没有一个真正关心我的朋友、没有和睦温馨的家庭……我真的是一无所有，根本没有资本去改变不公的命运。看到别人幸福的微笑，我好羡慕；面对自己前途的渺茫，我又急又无能为力。说句老实话，我想过死，之所以没有那么做，不是怕死而是不甘心！我真想有一天能让所有瞧不起我的人看看："我也是好样的"。可是，会有那一天吗？

荷　东

回 信

荷东：

中国古代有一种说法叫“境由心造”，优美的意境是如此，懊丧的困境有时也是如此。一个孩子，早晨不小心摔坏了一个玩具，下午爸爸妈妈临时有事不带他到公园去玩了，他就会觉得日月蒙尘、天地无光。等到长大后一想，这算什么事呢！

其实你所遇到的困境也是如此，把自以为突不破的困难一个个收拢起来吓唬自己，把自己吓得垂头丧气。

你吓唬自己的方法，是先设想一个成功者的范本，然后一条条地与自己比，把自己比得一无是处。按照你的这种对比方法，天地间没有什么东西站得住了。泰山会叹息：“我比世界屋脊矮了那么许多”；黄河会自卑：“在辽阔的太平洋面前，我只是一道浊流”……

退一万步说，如果你确实处处不如人，遇到了比别人大得多的困难，那也应该发挥生命的主动性，改变这种情况。你还那么年轻，一切都可以改变，一切都可以创造，一切不利因素都有可能转变成有利因素。我们活在这个世界上，就是来迎接困难的，看到了一个个困难，心里就特别踏实，因为这才像活着。如果一时找不到困难，这倒反而心里发虚，怀疑自己是否在梦中。即便遇到乍一看无法克服的困难，也咬着牙齿一个个克服，这才是一个强者的生活。如果一切都已安排得顺顺当当、完美无缺，还要我们做什么?我曾在一本书上说过，人生，只要还有一线希望，就还有无限的可能。我这是对那些身残、年迈或真正陷入绝境的人说的，像你这样，何止是“一线希望”!建议你读一读杰克·伦敦的小说《热爱生命》。

必须向你指出的是，你的问题出在一个根本观念上。你很看不起普通人的生活，认为那种生活是“一无所有”，让你与普通人一样，你觉得是“不公的命运”。请你到大街上看看，再注意一下长辈亲属、隔壁邻居，究竟多少人，兼有“秀美的容颜”、“聪颖的天资”、“出众的才华”、“骄人的学业”?难道命运对他们都“不公”?那么命运又对谁“公”了?把别人都没有的东西集中在一个人身上，算“公”吗?你如此地看不起周围的普通人，却希望他们来“真正关心”你，这“公”吗?

我不知道你的这种观念是从哪里来的，只希望你及早丢弃，早一点明白：以平常态，做普通人，是最有滋味的人生。

余秋雨

四

来　信

余教授：

刚刚结束了初中生活,现在的我心头空荡荡的。对初中生活断断续续的回忆只有那阳光不再灿烂的感觉。有人说过:“初中时,孩子们的心灵是纯真的、友善的。”那我敢断言,我的同学们都是“早熟”的,初中就是斗争和欺骗的开始。学习委员在班主任面前打小报告,排挤他人以谋得班长的宝座;英语正副课代表则不择手段在英语老师那儿争宠;就连我这个小老百姓,也不顾一切地要冲进班级前十名……说句真心话,我从未爱过这个集体,一丝一毫。

现在进了高中,会不会冷漠有加?成

熟真的那么可怕吗？

周霁云

回　信

霁云：

虽然我没有到过你初中的班级，但我可以断言，你把同学们的问题看严重了。你一定会说我不了解情况，那你不妨再去问一问其他大人，他们一定会同意我的看法。

这个同学向老师说点班级的事，你认为是“打小报告”；那个同学与老师亲热一点，你认为是“争宠”；某同学做了班长，你认为这个位置是“宝座”，别人没做是因为受了“排挤”……我不知道现在初中班级里一门课的课代表还分正副，但你都把它们看作了官职，因此把自己说成是“小小老百姓”。你用如此政治化、斗争化、权术化的眼光观察了自己班级之后，居然得出了这样一个结论：“初中就是斗争和欺骗的开始”。

霁云，读了你的信，我先是好笑，然后心情沉重。我一直在猜想，究竟是什么途径，把阴暗的政治权谋思维灌进了你如此幼小的心灵，使你如此敏感和恐惧。我真希望哪位老师能在初中学生中作一些调查，分析一下他们形成这种思维方式的具体原因。看了哪几本普及政治权术的书?或是看了哪几部反映宫廷斗争的电视剧?我早就听几位中学教师告诉我，报刊间那些转弯抹角攻击人、挖苦人的小杂文，因篇幅短小、行文有趣，对初中学生有很大的负面影响，但从你信中看，影响之大已超过那些哗众取宠的小杂文所能发挥的能力了。

也许你在旁听长辈言谈的过程中逐步形成这些观念的?那真是长辈们的不幸，他们在无意之中把自己曾经身受的灾难遗传给了下一代。

现在的任务，是清除这些观念性的毒害。你初中的同学其实都不邪恶，你初中的班级也不是一个钩心斗角的官场。生活中有阴影，但更有阳光，阴影只是阳光的附属品。你的年轻的生命，理应与阳光连在一起，理应与快乐、友情、欢笑连在一起。老谋深算式的冷眼，不仅不应属于你的年龄，也不应属于一个健康社会的一切年龄。

你说，“我从未爱过这个集体，一丝一毫”，这太不好了。生命能量的传递是互相的，你连一丝一毫的爱也不给这个集体,其实也就是在否定和拒绝别人给你的爱,哪怕一丝一毫。你认为你的冷漠是有原因的,但我要告诉你,正是你的冷漠,构成了你感到自己遭受冷漠的原因,此外没有别的原因了。即使周围真有冰霜，你只要愿意释放出生命的热量，也能溶化它们;倘若不能融化,你的口鼻间也会冒出一团团洁白的热气,把远远近近的伙伴们招引。

余秋雨

五

来　信

余教授:

期中考试前,我的一位好友把我拉到一个无人的角落,十分认真地对我说:"考试时,照顾一下,好吗?我只求你这一次!真的,初中时我是绝不会想到进了中专会这么惨的……"她平时待人很好,与我特别知心,就像个老大姐,而且学习也挺努力的。可就是成绩差极了,上学期的所有课程都是补考才勉强通过的。所以,我答应了,她连声道谢。

考试时,我全力以赴,也时刻没有忘记自己所肩负的"重大使命"。可做完题后时间已所剩无几,加上老师监考很紧,坐在后面的她也没有出过声,所以除了数学考试外我都没有"帮上忙"。

分数出来后，我的成绩不错，而她除了数学外其它全不及格，想起她临考前对我说的话，我心中全无半点喜悦之情，我辜负了她！我甚至恨自己为什么要考得那么好，我无颜再面对她。我怎么才能修复与她的友情呢？

蔡　霞

回　信

蔡霞：

友情是可贵的，但以不做坏事为前提。作弊是一种坏事，因为它制造了一种虚假，既欺骗了老师，也欺骗了你们自己。而友情一旦与虚假与欺骗相组合，就立即变成为一种令人厌恶的东西。也许你会认为我说重了，但我确实要郑重地劝告你：在你今后的一生中，什么时候人情关系如果盖过了基本的是非关系，那么，迟早会发生不愉快的事情，友情也会受到严重损害。

更麻烦的是，作弊与其它坏事还不同，你与她两人谁也不愿说破，但她会担心你是否有某种暗示，如果没有这种担心了，又会觉得欠了你的情，这就进入了友情关系中最忌讳的部位——超敏感度的隐性观察。许多大人联手做坏事，最后都闹得尔虞我诈，都是这种逻辑关系的延伸。因此，说来说去，是朋友，就不能联手做坏事。

你这次没有时间作弊，太好了。如果她因此而恨你，你可以向她解释一下，但千万不要解释成没有时间，而应该着重向她说明，一两个虚假的成绩什么用处也没有，等于是欠债，一定要加倍偿还，何苦呢?你还可以答应她，今后在课余时间帮她温课。如果你这样说了，她还不能原谅你，那你们的友情就没有必要继续下去了。

更大的可能是，她没有记恨你，你也帮她温了课，但她的成绩仍然不好。这也不要紧，友情不是以成绩好坏来划分的，她今后不能继续深造，做一个普通劳动者，也能继续成为好朋友。我一生中最值得怀念的朋友，都与学业无关。

余秋雨

六

来信

余教授：

我高中毕业后，只因几分之差，没有

考上大学，现在在家复习，准备明年再考。问题是，我的女友考上了，而且是一所重点大学。请你告诉我，我是继续保持与她的关系，还是主动切断这种关系，让她在大学里获得自由？如果继续保持与她的关系，请问，我明年是不是必须报考她所在的那所大学？

秦西岳

回　信

西岳：

真正的爱情与是否考上大学关系不大。但是，我建议你与女友的关系要冷一冷。这不是很矛盾吗？不。我的理由是，如果爱情真正到了一定的火候，就不会再存在是否继续保持关系的问题了，但你却把它作为一个问题向我提出，可见你们的爱情火候未到。火候未到的爱情要经历校门内外、年级上下等等分离性因素，确实有点累，不如冷一冷，过一段时间再看。

至于你明年是否一定要去报考她所在的那所大学，我也认为不必如此强求。你说她考上的是一所重点大学，从语气判断，你今年报考的并不是重点大学，却也未能如愿；如果只经过短短一年时间的复习，你又强迫自己大幅度提升报考等级，其中又有爱情的因素加添在里边，你的压力太重了。万一考不上她那所学校呢?你与她的关系中一定会出现某种说不清、道不明的尴尬因素。你对这种尴尬因素不会没有预感，因此压力更重。

我的建议是双重减压：先减爱情的压，再减考大学的压。你只承认，一个关系很好的女同学考上了大学，今后彼此的关系如何发展，顺其自然；明年你会再考一次大学，考自己喜欢而又比较有把握的专业，不求重点，也不求一定要和什么人在一起。这样，你就可以松下一口气来，复习功课的效果也会大大提高。

我不认识你，却对你的私事说这么多斩钉截铁的话，其实是十分冒险的，你完全可以不加理会。但我希望你记住一个原则：要对一些复杂的问题作出选择时，首先要给自己减压，先让自己放松下来。在沉重的压力下，连空气都是扭曲的，最容易作出错误的决断。

余秋雨

七

来　信

余教授：

我在二十三岁时就担任了车间主任，由于年龄优势，还差一点被选作了副厂长。但我明白自己的长处在技术方面而不在管理方面，因此几经申请，终于辞职，专心去做技术工作了。

让我伤心的是，刚刚辞职，平日与我亲密无间的三个好朋友拍着我的肩说："可惜！可惜！你太让我们失望了！"我以为他们是开玩笑，谁知他们以后确实开始对我冷淡，有时简直是冷若冰霜。

到这时我才懂得，他们当初与我交朋友，其实是更看重我的仕途。仕途一断，友情贬值。但回想起来，我与他们在一起的时候确实很愉快，我现在再也找不到这种愉快了。有时我也会一个人暗想，为了不使朋友们失望，我还是去做车间主任或副厂长吧?但又觉得不是味道。想请你谈谈对这件事情的看法。

王礼明

回　信

礼明:

不要害怕朋友们的失望，也不要害怕朋友们因失望而远去。我们不可能让一切朋友都满足，故意扭曲了自己而使朋友们满意，这就是虚假，而虚假又怎么能培植友情?

请允许我讲一段自己的往事。

好些年前，在南方，一位与我交往了很多次的朋友，突然放低了声音对我说:“请代我向老人家问好!”

我不知道他为什么用如此恭敬的态度来问候我的父亲，我的父亲名不见经传，这位朋友也从来没有见过。但又想大概是人家特别讲究这方面的礼节吧，于是就对他深表感谢，同时也问候了他的父母。没想到接下去他又说:“从报纸上看，他最近在北方几个油田视察吧?”

我突然傻住，又蓦然惊觉。他上了一种谣传的当，把一位与我的名字很接近的中央领导人，当作了我的父辈。

我连忙说明真相，而且急不择言地告诉他，在我们家乡，上下两辈人的名字，中间那个字不可能一样。他尴尬地笑着，频频点头，眼神间露出一种被欺骗的忿然，而且好像是我欺骗了他。

当然，这份友情也就在他的深深失望中结束了。

在功利社会中，多数朋友间是各有期待的，但大家都不把这种期待点明，成天在嘻嘻哈哈中互相偷窥，真是劳累。在这种情况下，如果有朋友突然点破，明白表示失望，然后离去，这是一种结束虚假的可喜举动，会使双方都感到轻松。

不计功利的朋友也会有，但不多，需要长期寻找。我们不能用这么高的标准，来要求一般性的交往。

你的那几个朋友既然已经明确表示出他们与你交往的目的，而这个目的你已经无法满足，那就中断那份友谊吧。一般性的友好交往还可以保持，没有必要反目成仇。千万不要为了不使朋友失望再去做自己不想做的事，因为这是为虚假增添虚假，变成了两重虚假，比以前的单层虚假更要不得了。

人生不要光做加法。在人际交往上，经常减

肥、排毒，才会轻轻松松地走以后的路。我们周围很多人，实在是被越积越厚的人际关系脂肪层堵塞住、窒息住了。大家都能听到他们既满足又疲惫的喘息声，你们年轻，不要走这条路。

余秋雨

八

来信

余教授：

我从大学毕业后一直在一家外资企业里上班，按社会上的一般标准，一切还算不错。但是，时间一长，我感受到了一种难言的平庸。按照我的工作表现，如果没有太特殊的情况，我会长久平稳地一年年被聘，成天与各种资料和数据打交道，多少年后我也可能升一级，做个小小的部门主管，继续一天天上班，做着自己完全不能左右的事情。

难道，这就是我们在大学里经常谈论、时时企盼的“成功”？

在战争的年代，指挥一场胜仗是成功；在饥寒的岁月，保证一家人或更多的人的温饱是成功；在现代，作为一个管理者，领导一个地区度过危机是成功；作为一个企业家，创造令人瞩目的财富是成功……而像我这样，什么都不挨边，什么都作不了主，什么成绩也算不到我一个人头上，我也不可能在自己的单位里争权夺利而取得胜利，那么，成功的概念何从建立？我觉得你在各方面都相当成功。你是怎么寻找成功的机会，积累成功的果实，抵拒平庸的消耗的？给我一点启发吧，哪怕片言只语。

焦一泉

回　信

一泉：

我不知道你们在大学里是如何谈论和企盼成功的，在我接触的年轻人中，对成功这个概念往往有两度夸张——

第一度夸张，把成功看得很大，几乎看成了足以留诸史册的惊人功业，这有几个人担当得起呢？至少在我，连想也不敢想；

第二度夸张，把成功看得很险，几乎与失败处于千钧一发之间，非此即彼，你死我活，不成功就是一个窝囊废。

把这两度夸张加在一起，结果非常可怕：既然成功的要求如此之高，成功者的数量也就很少；既然不是成功就是失败，世上的绝大多数人都成了失败者；但谁又愿意成为失败者呢？因此为了争取成功必定需要经过残酷的争斗，争斗到最后仍然是"一将功成万骨枯"。

如果成功必然导致如此可怕的图景，我们人类为什么要它呢？

我们不妨让成功这个概念低调一点，软化一点，泛化一点。几位医生开刀前都点名要这位护士消毒器具，这位护士是成功的。年迈的丈夫临终前紧握着妻子的手，这位妻子是成功的。这种成功，并不与失败近距离对峙，而是完全能够与其他成功和睦相处。

从这样的观念出发，你每天平平常常地上班，不能说是不成功。例如，如果你们企业里某个业务关节只有你才能快速地处理妥帖，如果同事们想到你时都轻松愉快，如果亲戚朋友遇到麻烦问题时总是喜欢与你商量，如果在外地工作的老同学回来时总是首先与你打电话，那么，你就是一个成功者，而且是多方面的成功，令人羡慕。

至于我个人在这个问题上的体会，说出来你也许会不相信，那就是尽量少考虑这个问题。老是考虑成功，就会害怕失败，那就反而很难做成事情。例如我在出版了不少学术著作、早已成了教授之后，才开始学写第一篇散文，与低年级学生一起起步，成为一名“散文新秀”，如果太多地考虑成败，那就肯定不敢这样做。

尽量少考虑成败，那么，多考虑什么呢？我主张多考虑世间的是非和善恶，以便拨乱反正、止恶扬善。可惜现在从中学生开始，整天都在追求成功，研究抵达成功的途径和方法，却很少花精力辨是非、分善恶，这实在让人焦虑。不少年轻人为了成功，不惜与罪恶联手，便是深刻的教训。

为此，我觉得你也不妨降低对成功和失败的过度敏感，以一个普通人的身份来弘扬高贵的互助互爱精神，使大家的内心多一些善良，使我们的社会多一些仁慈。在这方面，每天都有大量的事情可做，除了上班之外，忙都忙不过来。如果忘记了善良和仁慈，只知一味地与别人争夺成功，那才叫真正的平庸。成不成属于术，善不善属于道，我们岂能求术而舍道?

你知道,这已涉及到终极关怀的问题,涉及到人文领域的中心部位,即人之何以为人的那个部位了。

余秋雨

九

来　信

余教授：

我气量不算太小，但遇到了一件实在恼火的事情。

大学毕业时，我与另外两位女同学一起被招聘到这个单位。开始三人很亲热，谁知一年后我因工作上的成绩接连两次加薪，引起了她们两位的嫉恨，麻烦事就频频发生了。

先是到处传言，说我工作上的成绩有虚假成分。我开始听到这个传言时完全不知道是她们散布的，还向她们倾诉。她们说，也听到了，但每次都予以反驳，还劝我今后谨慎，注意“盛极必衰”。然而渐渐，越来越多的人告诉我，这个传言是她们散布的，由于大家都知道她们是我的朋友，又是同一个专业，不会乱讲，因此使传言显得很有说服力。

过了不久，传言的内容变了。因为我的工作成绩是否虚假是有确实证明的，而且每天都在证明，很难以传言来否定，于是传言的方向转向我的历史，主要是说我在大学时代是个“恋爱狂”，有好几个男同学受过我的骗，甚至还有更难听的话，种种暗示，让人掩口而笑。讲大学时候的事，只能由她们所为，她们实际上是不加掩饰地与我对仗了，但我不知如何对付她们，不知何以洗刷，何以自辩。

近半年来，她们又进了一步，不再传言了，而总是在各种会议上发言，反复讽刺“我们单位有名的先进人物”，甚至在企业内部刊物上写文章，用挑拨离间的语气讨论“先进与民心”的关系，谁都知道在说我。

我从一个被阴暗角落里的传言伤害的人，变成了一个在正式场合“有争议的人物”。

她们这么做，严重地干扰了我的生活和工作。我应该怎么做?理直气壮地当众训斥她们一顿?想过，但可以预想，到时候她们的话可能听起来比我更理直气壮。找领导反映?领导也就是劝慰几句罢了，她们又没有违反单位纪律，能有什么效果?干脆到法院打官司?这就需要搜集足够的证据，但对传言，任何证据都是不过硬的，至于发言，更抓不到切实的把柄。总之，我一筹莫展。

我读过您的不少文章，知道您对历史和现实中的光明面和阴暗面有过深入的思考。为此想请教，面对我的处境，该怎么办?

褚景丽

回信

景丽：

初读来信，我曾怀疑你是否因过敏而夸大了事实，但再读两遍，我大致上相信了。因为你所叙述的程序，符合嫉妒者的行为轨迹。中国社会上的很多灾难，就是循着这种轨迹越来越恶化的。

当然，由于我没有调查，这封回信还难以轻断具体的是非曲直，我下面要说的只是：如果你所说的全部是事实，应该怎么办。作为一种“假定性”的探讨，如何？

首先是基本不理。这不是胆小，不是躲避，而是拒绝进入她们的行为轨迹。如果在具体问题上与她们一一辩论，虽然可能洗刷掉某些诬陷，但从大的方向看，是顺着她们的思路在走了。你现在的成绩，你以前的历史，本来是没有任何理由成为辩论对象的，如果逐个辩论开了，等于在你自家的家园里开辟战场，即使小赢也是大输。借用战争术语，可谓在战术上偶有所获，在战略上误入歧途。

你一定会问，如果不理，别人相信了她们的传言怎么办？请放心，只要你没有出来和她们干仗起来，很少有人会完全相信单方面的谣传。即便相信了，对你的实际损害其实不大，像“文革”时期那样凭着几句谣传施行政治暴力的时代，毕竟过去了。更何况，你每天创造的成绩，你诚恳的笑容，你坦然的步态，都在默默之中为你正名。不正名也不要紧，一个人在名誉上保留一点冤屈的斑点，就像在食物中保留一点没有营养的纤维素，森林中保留一点恶兽毒菌，反而是健康、大气的标志。你又不想做民选总统、一代教宗，不要过于在乎周围对你的看法，而周围其实也不会一直保持着对你的强烈兴趣。即便是民选总统、一代教宗，不是也有许多人指着他们的背脊说三道四？他们好像也不在乎，依然是落落大方，从容不迫。相比之下，我们遇到的事情真算不上什么。

其次，你要以适当的方式，宣布与她们友谊的中止。这倒是一个原则问题，不能含糊。因为她们的谣传之所以有某种蛊惑力，而你又特别生气，都与她们曾是你的朋友有关，一旦明确中止，事情就会结束夹缠状态，变得比较简单。这种中止，光写一封信不行，还要让周围较多的人知道。但是切记，不要把这种中止的宣告，变成态度激烈的吵架。一切都可以显得很平静，中止友谊这个决定，本身就具有很大的力量，甚至可以说，越平静地宣告，越有力量。不要具体申述中止的理由，一申述就能引起反驳，又变成了一场辩论。

在这个问题上，最不可取的态度是，既满腔愤怒，又黏黏糊糊。说来说去还是朋友，她们那边说对朋友也要揭露真相，你这边说是朋友不应该造谣生事，旁人听了就会想，既然是朋友间的啰嗦事，谁也不想管。其实事情已经到了这一步，还老挂着“朋友”这个词有什么用呢?既混淆了彼此间的是非，又玷污了人世间的友情，变成了一本越缠越乱的糊涂账。许多老朋友终究成了骂也不是、恨也不是的烂污状态的仇人，都与这种错误程序有关。相比之下，较好的做法是不谈是非，先结束友谊。在友谊结束前谈是非，用的是内部坐标，其实此时的“内部”已不存在；在友谊结束后谈是非，用的是社会坐标，比较敞亮和公开。就友谊而言，及时地结束在该结束的时候，不仅为彼此双方清理了友谊系统，而且也在一个范围内为友谊这个命题恢复了名誉。

最后一点，如果你与她们中止友谊后，她们仍不知收敛，继续造谣生事，那么，不到万不得已，也不要诉诸法律。法律在名誉上能起的作用很小，而反作用则很大，不宜轻用。既然她们是你大学里的同学，你在实在忍无可忍的时候，可以把有关情况告诉大学里的其他同学，让他们知道，让他们判断。他们也许会出来调解，那也好，使他们增加对事情的了解。这或许是能对她们产生某种心理钳制作用的因素，因为她们既然利用老同学的关系造谣，也就不会不在乎其他老同学的看法。你在大学里的表现，包括你的恋爱史，老同学们都是知道的。老同学们当然构不成对她们的实际处罚，但一种背景性的心理气场出现了，这是一个无形的道义法庭，毕竟会起一点正面作用。如果她们不是你的老同学，而是一般的老朋友，那你就可以借用当年她们与你之间共同的其他朋友，来起类似于上述老同学的作用了。当然，这一办法，非到忍无可忍时不要轻易采取。

在这三点中，最重要的是第一点，即基本不理。没有这一条，其它两条就失去了前提。因此，以健康和超然的心态来面对身边的人际关系，是根本。我估计你会说："道理都对，但我身处一个不大的单位，任何一种荒唐的谣传都会形成巨大的气压，很难忍受。"是很难忍受，但强健的心志，就是这么锻炼出来的。这一方面，我大言不惭地希望你学学我。这些年来我受谣传包围的程度大概远远超过你吧?散布你的谣传的是你的老朋友，散布我的谣传的也是我的老朋友，但我的老朋友比较有名，会到处写文章，又会天南海北到处游说，比你的那两个老朋友厉害多了。我所受的压力可想而知，但还是基本不理。

不理并不是故意地闭目塞听。对此我可以教你一种心理疏离方法，你不妨一试。在谣传最为严重的时候，设想自己升腾到一个高度，原先的名字也不再与自己有关，回身俯视原处，只见谣言如何步步追逼着这个名字，煞是好玩。俯视一阵之后你就发现，真正可怜的不是被追逼者，而恰恰是追逼者。他们非常劳累、步步为营，而且前途黯淡。因为谣言的每一步不仅会露出漏洞，而且会暴露造谣者自己，必须从两方面堵漏，但按照规律，除非他们立刻停止，否则总是顾此失彼，手忙脚乱。我曾用这个方法观察过昔日的两个老朋友，他们开始只不过用耳语方式对别人说说我的作品而已，后来就越来越无法收拾了：别人对耳语产生警惕，他们不得不公开发表批判文章，表示自己堂堂正正；但如此批判一个昔日友人对大多数读者总还是不太习惯，于是他们又不得不寻找背弃我的特殊理由，例如，最好有一个什么历史问题；终于道听途说地找到一个，于是到处播扬。但广大读者比较现实，没有剧作家的想象力，很难相信一位经历“文革”后多年清查而担任高校校长的人，居然是《悲惨世界》中冉阿让式的逃犯，而他的两位老朋友居然是叫沙什么的警官！读者的漠然使他们有点不知所措，我有空闲时也暗暗为他们设想一些办法，心里却很轻松，要不然，这些年怎么会有心绪写那么多文章！

我举自己的例子，是想用切身感受来宽解你。我想你的那两位老同学也找不出更多办法来对付你了，你完全可以站在另一个维度来观察，就像看公园角落里对着残局发怔的棋手。

如果看烦了，那就走开。因为她们口中念叨的你的名字，与你既有关又无关，就算是棋手心中的假想敌吧，由她们一步步厮磨去。也像读小说，警官老盯着冉阿让，挺紧张，又挺好看。

观赏时间一长，我们也会对棋手产生由衷的同情。好可恨的这盘残局，害得棋手们耗掉那么多光阴。小说中，警官也比冉阿让更值得同情。

夜色降临了，催棋手早些回家吧，好好睡一觉，明天，最好不要再到这里来蹓跶。《悲惨世界》，也该早点读完。

说到底，一切都会过去。

那么，永远不要为自己而过于生气。

余秋雨

十

来　信

余教授：

我学的是国际财经，却喜爱文学艺术。只要有可能，我总是尽力抽时间观赏电影、戏剧、舞蹈，平时也听音乐、看小说。由于专业课程的负担很重，我没有可能花时间好好消化这些作品，更不可能找同学讨论、找老师请教，因此老是觉得没有完成欣赏过程，一切都半生不熟，囫囵吞枣，有点遗憾。唯一找到的弥补办法，是到学校图书馆阅览室里翻看一些文艺报刊，希望那儿能有一些文章帮助我。但是，多翻看几次，令我惊讶的现象发生了。凡是我觉得好的作品，报刊上总是否定得最多，而那些明明平庸的东西，却历来找不到批评。我看了两部美国写人性的电影，热泪盈眶，但报刊间对这两部电影好话不多，讽刺有加。我最喜欢的两位中国导演，从偶尔翻到的外国报纸看，国际上的地位也不低，但我们的报刊几乎不作研究，整版整版配了照片宣传的电影，我和同学们都毫无观赏兴趣。更不可思议的是，有的报刊评选全国最差演员和作家，把我很喜欢的那几位全都评进去了。

我周围的同学，平日骂得最多的是那些泛滥成灾的概念化、公式化的假大空作品，这些作品很少有观众，却始终在源源不断地上市，兴高采烈地获奖，对这种情况，报刊间几乎不予批评。相反，哪个演员有了一点道听途说的传闻，各种报刊不容辩白、不作调查就一起上阵，用最严厉的词句齐声责斥。

以前，我一直以为可能我的艺术欣赏水平和文化判断能力有问题，但时间一长，又觉得并非完全如此。在香港凤凰电视台看到杨澜对您的采访，才知道您的许多看法与我很接近，因此我增强了自信。您说，为什么我们报刊间的文艺批评会变成这个样子？

卓　菲

回信

卓菲：

首先要说明，您在报刊上看到的那些文章，总的来说不能算是文艺批评。要不然，真正的文艺批评家要提抗议了。

我看产生这类文章的原因有以下几个：

一，一些年龄比你略大几岁的大学毕业生，厌烦了从中学到大学的正统教育规程，在这些正统教育规程中，教师对中外文艺作品的分析，基本上都是肯定的。这种沉闷状态一定会引发反叛，当大学生在临近毕业时发现自己居然能对著名作品发表否定意见并说得头头是道，深感痛快。肯定的语言方式早被老师用完了，再用就傻，于是自然而然呼应成一个以苛评为业的年轻群落。这对社会文化思维而言是一件好事，但年长的群落已疲于发言，更不愿作吃力不讨好的总体研究，于是，话语重心倾斜，造成一有好作品就出现大量否定意见的情况。坚持公正每每失之于枯燥，批评庸俗又容易带上官气，都是年轻人所不屑为；

二，社会上言路初开，报刊繁多，竞争激烈，不少报刊为了吸引读者必须寻找刺激性的话题。政治性的刺激不敢，经济性的刺激势必扰乱市场，剩下有三个领域，司法领域、体育领域和文化领域还有可能产生刺激性。司法领域的刺激性在于案件本身的真实情节和宣判结果，缺少评论空间；体育领域比分明确、胜败公平，靠评论来颠倒乾坤的可能不大，而文化领域则有可能。于是，你所说的种种愚人节般的游戏就在文化领域频频出现了。总的说来，这是报刊为了增加发行量而产生的自然要求，又因文化事业本身的软性状况而容易被搓捏，无可奈何，不足为怪，但当这种倾向成为一种趋势，我们的文化秩序和文化坐标实在堪忧；

三，长期以来，我国文化界一直轻于建设，重于破坏，轻于创造，重于评论。而事实上，最被轻视的最烦难，最被重视的最轻松，因此很多人选择了后者，即最被重视又最轻松的一途：破坏和评论。破坏而受重视，是因为它声势夺人；评论而受重视，是因为它居高临下。例如在我自己培养的学生中，哪一个要认真地写出几个高质量的电影剧本，可能要付出很多年的艰苦努力，相反，如果用一个晚上写一篇批判某位名导演的文章，就会给人产生一种错觉，以为他已取得了与这位导演同等、甚至更高的文化方位。正是这种错觉，引诱了我们文化领域某些部位的超常发育、某些部位的日渐萎缩。在此需要再一次说明，超常发育的并不是严格意义上的文艺评论机制，由于激愤的呵斥和琐碎的议论充斥报刊，连这种机制也萎缩了。

那么，怎么办呢?

我对前景并不悲观。目前报刊间的这种颠倒文化品位的嘈杂之声，已经引起社会的普遍厌烦，随着社会的进一步快速发展，它们被遗弃的时日已经不远了。不久前我在与孙绍振先生的通信中曾经提到，目前我国社会的许多领域都已进入与国际接轨的快车道，进入规范明确的标准化运行，而文化界的很多部位，近似高速公路桥墩下还没有来得及清理的拥塞旧街，了无规则，人车共道，叫卖声声，斯文扫地，但是越杂乱越标志着根本性变革的临近。会出现一些真正堪称重要的批评家的，而更重要的是，一定会有大作品的出现，而大作品本身就有整顿秩序的功能。

你所看到的混乱，是大作品出现前的混乱。这种混乱会不会埋没大作品呢?不会，真正意义上的大作品会反过来埋没混乱。

那么，不妨宽下心来，把你不愿看到的一切，当作一个过渡时期的浅薄的自嘲、不太有趣的幽默?

按你的年龄，你会在中华文化领域看到让你兴奋的景象的。对此，我已作过不少分析和推断，有把握。

余秋雨

十一

来信

余教授：

我看到一些报刊在谈到您时，常常会表达出一种遗憾，觉得您作为一个学者，与电视太亲近了，并由此引起反复讨论。这事在我们学生宿舍里也引起争论，多数同学认为现代文化没有必要拒绝传媒，但也有一些同学同意报刊上的那种意见，认为学者还是集中精力钻研学问为好。我很想听听您自己对这一问题的看法。如果没有时间详谈，只须告诉我，是您对电视台的邀请盛情难却，还是本来就有主动性？

王丽宙

回信

丽宙：

是我本来就有主动性。

不少朋友希望我不要过于亲近电视，安心钻研自己的学问，这完全是好意。但是，这些好心的朋友不知道，电视文化正恰是我“自己的学问”，而且是学术主业之一，也是我主持的博士点的专业科目。我不能因为写了几篇散文，就要放弃我的学术主业。一个木匠空下来时也能炒几个菜，但不能因此而说他干木匠活是不务正业。我亲近电视，就是木匠亲近他的墨线锯刨。

但是，我倒由此想到三个值得讨论的问题：

一，为什么我们文化界一想到学问，便立即产生一个约定俗成的范围，几乎不会想到诸如电视文化这样的领域呢？

二，如果不以电视文化为专业的其他学者，在电视上做了几次谈话节目，算不算不务正业呢？

三，为什么我们欧美学术界的同道们频频上电视，不仅欧美的观众没意见，连我们中国观众也没有非议呢？“中国学者”，在学术形象上与国际同行相比，有什么特殊需要遵守的规矩？

这几个问题虽小，却关系到世纪之交中华文化从内容到形式的几处要害，想想很有意思。我还会多想想，谢谢你来信的启发。

余秋雨

十二

来　信

余教授：

读了您的《遥远的绝响》，我深感共鸣。

世俗太污浊了，为此，同流合污成了中国文化人最大的耻辱。魏晋名士的高贵，正在于他们抵抗流俗，保持着纯洁的孤独。宁肯独自打铁，宁肯单车漫游，宁肯鸣啸山林，宁肯放声大哭，却不肯降低自己、贬损自己、耗散自己。

你把他们的生态方式、心理走势和生死意向，写得那么简洁、明白而富有诗意，令人陶醉。

其实我一直在这样做。我不喜欢热

闹，历来惯于独行。我静静地想着自己崇拜的那个角落，却不会去争夺。夜晚，我会关掉电灯，点上蜡烛，让月光照着我买来的一小丛文竹，凝视两三个小时。我觉得这种意境真好，由此，更厌烦街市间的车来人往了。

但我周围的人都说我过于清高，拒人于千里之外。清高就清高吧，拒人就拒人吧,我不在乎。不清高,不拒人,哪还有我?

我的这些想法与做法，你赞成吗?我从不以这样的问题问人，今天特殊，轻声动问《遥远的绝响》的作者。不答也可，就像那啸。

赵钦素

回　信

钦素：

我不赞成你的心理方式和生活方式。

因此我要回啸了，请你聆听。

古人所说的同流合污，并不是指与世俗社会的沟通。世俗社会就像大海，有污浊、有杂质、有凶险，但正是它的容量，它的运动状态，使它产生巨大的能量，给地球上的生命以多方面的关顾。你有一个纯净无波的小池塘，但对不起，它无论如何无法构成对大海的对峙和反拨。

魏晋名士的魅力，不在于离群索居、傲视众生。这事说来话长，此处不作评论，但有一点可能是定律：任何傲视众生的人都谈不上魅力，魅力在于交流，在于发射，在于广泛地被接受。未曾交流、不被接受的魅力，不叫魅力。

我希望你能与世俗社会和解，不要始终对门外板着脸，门外的风景并不像你想象的那样丑陋。

月亮升起了，何必只凭蜡烛，去长久凝视昏暗中的文竹？这实在有点单调，一再重复又有点做作。夜间最美的是什么？依我看，除了月亮，就是万家灯火。

余秋雨

十三

无来信，只回答一篇发表了几十遍的文章。

××先生：您好！

最近，在上海一家杂志上又读到了您写我和妻子的那篇文章。这篇文章，仅就我注意所及，您在全国各地的报刊上大概至少已经发表几十遍了吧？

您的文章写了一些生活琐事，全为我们说好话，口气十分善意，这是应该感谢的。但这些事，我们作为当事人怎么有很大一部分都不知道呢？有的虽有影子却又大相径庭，读了忍不住哈哈大笑。我估计你是道听途说再加上自己的想象写出来的。据上海另一家杂志的编辑告诉我，他们也收到了您的这篇稿子，曾打长途电话到重庆向您核实材料的来源，您说是在某个城市的大街上遇到我，我站在路边对您说的，而且还从上衣口袋里掏出一张照片请您同时发表。这实在有点不可思议。当然我也不排斥您遇到了一个骗子或精神病患者的可能，而他的外貌又与照片上的“我”非常相像。

不管怎么说，××先生，说好话也要讲究真实。不真实的好话与不真实的坏话，在社会功能上是一样的。我们国家，长期注重是非判断、好坏判断，而轻视真伪判断，其实，真伪判断是一切的基础。真伪的界限不确定，是非界限和好坏界限就很不可靠。这一点，我非常希望能成为我国正派传媒和撰稿人的安身立命之本。对于被说的人而言，也不能老是对“坏话”发火，时间一长终究会明白，不真实的好话会给自己和社会导致严重的恶果，有时虽然是小事也会打开自轻自贱的裂口。例如几年前我曾看到一份材料，说我早年的几部学术著作产生过国际影响，问其理由，说是我国一个戏剧代表团曾把这几部著作当作主要礼品赠送给欧洲某协会。但我这几部著作并没有翻译成外文，也根本不是人家点名索要的，只是代表团一时找不到合适礼品，胡乱赠送罢了，外国人连翻都不会去翻一下，谈得上什么国际影响?我当即要求把这样的“不真实的好话”改掉，因为这种吹嘘反而会让人家轻视我们，效果比骂我还坏。这就像在原先光洁的脸面上突然生出来一个大水泡，把真实的容貌破坏了。这个水泡可能很亮，但我们的脸宁肯丑一点，也不要它。而且，从整体而言，大量不真实的传递只能加剧文化信号的无序和错乱，中国文化在这方面吃的亏已经够多的了。

另一个问题是，即便所写全部属实，有没有必要把某对夫妻的生活琐事几十遍地发表，去浪费读者那么多时间?即便是稍稍出了一点名的文化人，他们可以面对社会的是他们的专业成绩，而不是其它。我能给予社会的是文化思考和散文作品，我妻子能给予社会的是表演艺术，至于我们的私事，就未必比千家万户都有的私事更有价值。一个人有了一点专业成绩如果就想换得别人对自己更大生活领域的关注，在我看来是一种忘乎所以的矫情，而且他们的生活也就很难再过得真实而平静。

由此引出一个更大的问题：在社会转型期，世事繁杂，广大民众的集体注意力十分值得珍惜，而我们的媒体空间又不是很大，如果再让它们浪费在平庸的泥淖中，于心何忍?我觉得在这一点上我们不忙去摹仿海外那些闲得发慌的小报，因为我们现在还很难伪装悠闲。且不说国计民生的种种大难题，即便是文明素质的消长、文化生态的进退，都还没有腾出篇幅来细细商量，怎么舍得花那么多白纸黑字去让大家关心“张家长、李家短”的啰嗦事?我这些年对报刊间不少与自己有关的谣传和攻击一概不予辩驳，就是生怕浪费广大读者珍贵的注意力。试想，自己家里有点噪音还怕干扰隔壁邻居呢，哪里忍心拿着与人家毫无干系的琐事，却频频叩击他们本来就不轻松的神经?

我和妻子虽然都不认识您，但从文章中看出您的善意，估计能听得进我们的劝告，所以写了这封信。冒犯了。

即颂

笔安

余秋雨

十四

来　信

余教授：

日前在报上读到著名记者朱伟伦先生有关你在西安两场学术演讲的报道，朱先生说这是他平生听过的最精彩的演讲。我和同学们还年轻，没有资格说“平生”之类，却也被你的口才所折服。你最让人佩服的地方是演讲后半部分的当场问答，不管听讲者提出的问题多么艰深和古怪，您几乎不作思考，立即找到破解的路途，干脆利落的语言每次都激起全场数千人的掌声和笑声。

回到宿舍，所有的同学都在谈论你的演讲，大家都说，报刊上那些经常纠缠着你、要与你辩论的人，如果有机会听你一次演讲，一定会打消念头。但也有同学觉得可惜了，认为你应该在报刊上有声有色地展开一场场精彩的辩论，这会给我们层次不高的媒体语言增加很多活力。

但我觉得你没有必要这样做。这几年，我们在电视里看到，无论是全国还是国际的大专院校辩论赛，你都担任评委，而且每次都由你担任主要讲评，与此同时，传媒间总有人用故意的恶语来引逗你与他们辩论，这有点好笑，就像一场球赛正忙着，突然从栏杆外钻进来两个小朋友一定要拉出主裁判来与他们比赛一样。我觉得，你在电视里娓娓评述着辩论双方的误区和差错，剖析着辩论的诀窍，其实也是在反讽和开导着那些招惹你的人，是吗？

也许我看多了武侠小说，特别欣赏那些武艺高强而又不轻易出手的人，他们对冲到自己眼前的对手反而有一种同情和怜悯之心。我觉得你也有这种风范。

我不解的是，如果你不参加辩论，那么藏在身上的辩论本领有什么用处呢？我们作为普通人，还有没有必要学一点这方面的技巧？如果有必要，你能向我推荐几本这方面的书吗？

刘启佳

回　信

启佳：

感谢你对我演讲的美言。

辩论如果仅仅是一种自我防身的本领，那就把它看小了。男儿立世，只为自己，即便百般武艺也一文不值。

像你一样，我也钦佩很多武林高手在心态上的大气，但我自己还没有学好，需要继续努力。我很明白，一位声乐大师不会与歌舞厅小姐一比歌喉，一位将军不会在与邻居的打斗中展现战略战术。我曾亲眼看见，一位武功超群的朋友走在街上，遇到横冲直撞的小伙子们总是躲避和退让，生怕自己失手伤了人。

我不与媒体间的攻难者辩论,主要是考虑到问题本身的无聊,而不是因为自己的辩论水平太高,怕失手伤人。当然有时作为休息时的娱乐,也会诊察一下那些文章的毛病所在,为它们设计几个修改方案,看它们能不能因此变得硬扎一点。有时反过来,也会构想一下如何把这些文章置于逻辑上的死地,像下盲棋一样,但从来没有技痒,因为我有一条最严格的人生界限:绝不与无聊打交道,哪怕与无聊辩论。

与谬误辩论，很可能获得真理；与无聊辩论，只可能一起无聊。

余秋雨

十五

来　信

余教授:

这两年“理解万岁”的口号,不怎么叫了,但我仍然觉得,人生在世最大的快慰是被人理解,而最大的悲哀是不被人理解。

也许我这个人不容易与别人沟通,每做一件新鲜一点的事,别人总不理解,有时明明做了一件大好事,别人也还是不理解。而我,又没有心情和机会,向别人解释清楚。

生活在不理解我的环境里，就像走在一个荒无人烟的沙漠里，连喊叫几声也听不到回声，真是寂寞。

我应该用什么方法去寻找理解者?

卜伊奇

回 信

伊奇:

恕我直言，你上了一种可称之为“弱者文化”的当，把理解看得太重要了。

除了特殊的合作关系，人与人之间的彼此理解并没有那么重要，而且究竟能达到什么理解程度也很值得怀疑。

我的意见是——

真正的善良是不计回报的，包括在理解上的回报。阳光普照山河，并不需要获得山河的理解；春风吹拂大地，也不在乎大地的表情。

也不要因为害怕被别人误会而等待理解。现代生活各自独立、万象共存。东家的柳树矮一点，不必向路人解释本来有长高的可能；西家的槐树高一点，也不必向邻居说明自己并没有独占风水的企图。

做一件新事，大家立即理解，那就不是新事；出一个高招，大家又立即理解，那也不是高招。任何真正的创造都是对原有模式的背离，对社会适应的突破，对民众习惯的挑战。如果眼巴巴地指望众人理解，创造的纯粹性必然会大大降低。平庸，正在前面招手。

回想一下，我们一生所做的比较像样的大事，连父母亲也未必能深刻理解。父母亲缔造了我们却理解不了我们，这便是进化。

余秋雨

掩 卷 沉 思

小 引

我读书，多半在深夜。四周都已沉睡，只有我和作者在轻声聊天。此间情景，像是小时候过年守夜，开始那么热闹，渐渐大家都打盹了，坐在椅子上，头一颠一颠的，只有我和祖母醒着，压低了嗓门说话。红蜡烛在摇曳，祖母说着以前过年的各种事情，我听着、问着，远处隐隐传来两声爆竹，天地间安静极了。

守岁，总像是在等待什么。等待着上天把一段年月交割?交割给谁呢?交割时有什么嘱咐?这一切一定都在发生，因此我们不能安睡。深夜读书的情景也与此相类，除了两个对话者，总觉得冥冥中还有更宏大的东西在浮动，因此对话时既专心又有点分心，时不时抬起头来看看窗外。窗外，是黑黝黝的一片。

阅读中的对话者，有些是我特地邀请来的，从书店；有些则是自己来叩门的，叩门的声音很沉稳，原来是厚厚一包书稿，要我写序言。近年来写序言的事情虽然已成为我一个不轻的负担，但这是朋友们把自身的精神劳作和对我的信任的双重传递，我没有理由皱眉。事实上，这也是略带强制地让我获得了重要的阅读机会。朋友是熟悉的，因此这种文本阅读必然与生命阅读连在一起，备感深切。

不管哪种阅读，我都不会关闭自己、被动接受。被动不是谦逊，恰恰相反，只有开启自我才是对对方的尊重。不过这种开启常常离题，飘飘忽忽，如夜风游荡夜空。

因此，我写的序言从来不合标准，没有精细的评价，只有一团团意绪。阅读那些不必由我写序言的书籍更是如此，读着读着走了神，有时自己觉得有趣，把走了神的那部分记下来，一看，不是读书笔记，不是对话记录，有的过分严肃，有的过分随意，只好自我安慰：这倒是一种宽泛意义上的散文格局，什么都装得进，有点后现代的意思。

以别人的精神劳作为起点的深夜冥思，本身不见得有什么价值，却反映了自己是如何在别人的推动下过日子的，可以摘录一些给关心我的读者看一看。亲爱的读者们为我的书耗费了不少时间，而与此同时，我却把自己耗费在别人的书中，这可看成是一种心理循环、情意接力、文字转圈。一切都发生在深夜，而深夜是不必像白天那样严谨的。读者如果容忍以下的编排，觉得尚可一读，那我就理解为对深夜的原谅。

藤葛飘飘

一棵大树如果没有藤葛缠绕，就会失去一种风韵，连画家也不会多看它一眼。

从这个意义上说，藤葛需要大树，大树也需要藤葛。

前不久与一群香港朋友一起，读到一家杂志对一位著名作家的批判文章，口气非常严厉，但香港朋友们说，是不是他自己化名写的?他们不是怀疑他在炒作，而是觉得一旦有阴影出现，这位作家就立即显得立体，显得真实，甚至产生了藤葛缠绕般的风韵，而藤葛缠绕的总是大树。他们认为每一个聪明的现代人都应明白这个道理，因此那个作家有某种故意的嫌疑。我说服他们，这是不可能的，然后立即给这位作家写信，祝贺他，说你真是荣幸，接着，又将我遇到的一些难办小事，向他请教。不久我收到了他以大树的风姿写来的回信，真可谓高屋建瓴、气度华贵。

这个感觉，我在读《学者追忆丛书》时又重新产生。

这套书收集了人们回忆世纪初一群中国学者的各种文章，归还给这些学者以真实的生态，读起来很有味道。夏晓虹主编，陈平原写总序，我感谢他们为中国文化界做了一件好事，让更多的读者从各个角度进一步了解了这些很重要的前辈学者。

很显然，这些回忆文章的作者，有很大一部分并没有真正懂得学者和他们的学问，哪怕有些作者还是学者的朋友。有一些，简直是以俗人的立场来看一个精雅天地，读后让人哑然失笑。对学者不恭的言词也时时见到，有的甚至有明显的记忆失误。这一些，丛书的编者都没有删掉，一是因为这些文章中常常保留着学者们的一些生活、工作细节，二是因为这些文章本身就反映了学者们当时所处的环境。

那么，这些无法与学者们对位的文章，是否会损害学者们的形象呢?不会。时间过去那么久，历史已经筛选过了一切，文化的品格等级早已显现，对那些文章的定位，时间早已完成。有的文章，连遣字造句都停留在一个陈旧、低俗的方位上，几句话就表明了自己的品级。

这就像前不久出了好几本鲁迅在世时报刊间批判鲁迅的文章汇编，读者读了，并没有因此损害鲁迅在心中的形象。相反，人们反而为鲁迅的喜怒哀乐找到了逻辑，鲁迅变得更可理解了。陈村先生有一次对我说，那些文章的作者今天看来确实是没有资格批鲁迅的，就像我们没有资格批判哪位桥梁专家和外科医生。但这样的书还应该出，鲁迅有了真实的环境，这像鱼有了水，活了。

我们现在不少传记，把传主周围的琐屑污浊全都洗涤了，只留下学术活动和重大斗争。其实，即便是伟大的传主，最缠绕他生活和心理的往往也是琐屑的事情。为此，我觉得读这样的回忆汇编，比读那些过于光鲜的传记更有意思。

刚读完，便被聘为香港文学奖评委到香港，遇到也是评委的董桥兄。与董桥兄谈话，每次都离不开书，他问我大陆最近有什么好书，我就推荐了这一套。告别董桥兄后回到旅馆，即接到陈平原先生的电话，原来他也在香港，于是就有了三人聚会。我们戏言，现在文化界争执、批评甚多，哪一位若有野心，真不如把批判自己的文章结集成书，销售行世，转眼就藤葛飘飘了，但现在谁也不敢这么自大。

反过来，想到这套丛书中的有些被回忆的学者，不知怎么，一生没有遭到太多的非议，回忆文章多为恭敬美言，现在读来就缺少质感，丛书编者到处寻找也找不到“另类”话语文本，颇为遗憾。他们活着的时候被时人供奉，几乎不可能挨骂受气，这是他们的福气，但祸福相依，站远了看过去，他们那里不仅没有藤葛，连树干中的水分都蒸发了，光秃秃，干巴巴，多么乏味。

真为这些学者可惜。我永远尊敬他们，没有任何撕破心中偶像的反叛欲望，只是觉得天地对他们不公，给了他们一个经过太多卫护、太多过滤的环境，他们过早地被“脱氧”了。

幸好，时至今天，不会再有什么卫护和过滤，这种悲剧结束了。

我们爬山会踩到很多碎石，我们游泳会碰到很多水藻，我们夜行会遇到种种惊吓，我们独坐会听到种种异音。这才是人世的美丽、生活的魅力。真好。

——读《学者追忆丛书》

收藏昨天

经常有年轻朋友来信询问一些有关人生的大问题，我总是告诉他们，你其实已经有了一位最好的人生导师，那就是你自己。

这并非搪塞之言。人生的过程虽然会受到社会和时代的很大影响，但贯穿首尾的基本线索总离不开自己的个体生命。个体生命的完整性、连贯性会构成一种巨大的力量，使人生的任何一个小点都指向着整体价值。一个人突然地沮丧绝望、自暴自弃、铤而走险，常常是因为产生了精神上的“短路”，如果在那个时候偶然翻检出一张自己童年时代的照片或几页做中学生时写下的日记，细细凝视，慢慢诵读，很可能会心情缓释、眉宇舒展，返回到平静的理性状态。其间的力量，来自生命本身，远远大于旁人的劝解。

拿起自己十岁时候的照片，不是感叹韶华易逝，青春不再，而长久地逼视那双清澈无邪的眼睛，它提醒你，正是你，曾经有过那么强的光亮，那么大的空间，那么多的可能，而这一切并未全然消逝；它告诉你，你曾经那么纯净，那么轻松，今天让你苦恼不堪的一切本不属于你。这时，你发现，早年自己的眼神发出了指令，要你去找回自己的财宝，把不属于自己的东西放回原处。除了照片，应该还有其它更多的信号，把我们的生命连贯起来。

为此，真希望世间能有更多的人珍视自己的每一步脚印，勤于记录，乐于重温，敢于自嘲，善于修正，让人生的前前后后能够互相灌溉，互相滋润。其实，中国古代显赫之家一代代修续家谱也是为了前后之间互相灌溉、互相滋润，你看在家谱中呈现出来的那个清晰有序的时间过程是那么有力，使前代为后代而自律，使后代为前代而自强，真可谓生生不息。个人的生命也是一个前后互济的时间过程，如能留诸记忆，定会产生一种回荡激扬的动力循环，让人长久受益。一个人就像一个家族一样，是不是有身份、有信誉、有责任，就看是否能把完整的演变脉络认真留存。

我们也许已经开始后悔，未能把过去那些珍贵的生活片段保存下来，殊不知，多少年后，我们又会后悔今天。如果有一天，我们突然发现，投身再大的事业也不如把自己的人生当作一个事业，聆听再好的故事也不如把自己的人生当作一个故事，我们一定会动手动笔，做一点有意思的事情。不妨把这样的事情称之为“收藏人生的游戏”。让今天收藏昨天，让明天收藏今天，在一截一截的收藏中，原先的断片连成了长线，原先的水潭连成了大河，而大河，就不会再有腐臭和干涸的危险。

绝大多数的人生都是平常的,而平常也正是人生的正统形态。岂能等待自己杰出之后再记载?杰出之所以杰出,是因为罕见,我们把自己连接于罕见,岂不冒险?既然大家都很普通,那么就不要鄙视世俗年月、庸常岁序。不孤注一掷,不赌咒发誓,不祈求奇迹,不想入非非,只是平缓而负责地一天天走下去,走在记忆和向往的双向路途上,这样,平常中也就出现了滋味,出现了境界。珠穆朗玛峰的山顶上寒冷透骨，已经无所谓境界，世上第一等的境界都在平实的山河间。秋风起了,芦苇白了,渔舟远了,炊烟斜了，那里，便是我们生命的起点和终点。

想到起点和终点，我们的日子空灵了又实在了，放松了又紧迫了，看穿了又认真了。外力终究是外力，生命的教师只能是生命本身。那么，就让我们安下心来，由自己引导自己，不再在根本问题上左顾右盼。

左顾右盼，大漠荒荒，其实自己的脚印能踩出来的只是一条线。不管这条线多么自由弯曲，也就是这么一条。要实实在在地完成这一条线，就必须把一个个脚印连在一起，如果完全舍弃以往的痕迹，那么，谁会在意大地上那些零碎的步履?我在沙漠旅行时曾一次次感叹：只有连贯，而且是某种曲线连贯，才会留下一点美，反之，零碎的脚印，只能是对自己和沙漠的双重糟践。

我最合适什么?最做不得什么?容易上当的弯路总是出现在何处?最能诱惑我的陷阱大致是什么样的?具备什么样的契机我才能发挥最大的魅力?在何种气氛中我的身心才能全方位地安顿?……这一切，都是生命历程中特别重要的问题，却只能在自己以往的体验中慢慢爬剔。昨天已经过去又没有过去，经过一夜风干，它已成为一个深奥的课堂。这个课堂里没有其他学生，只有你，而你也没有其它更重要的课堂。

因此，收藏人生，比收藏书籍、古董更加重要。收藏在木屋里，收藏在小河边，在风夕雨夜点起一盏灯，盘点查看一番，第二天风和日丽，那就拿出来晾晾晒晒。

——读《人生纪年》

游戏还是战斗

居然有一本书叫《游戏的人》，我一见书名便如遇故人。

作者荷兰人，约翰·赫伊津哈，在我出生前两年出版此书，在我出生前一年英勇牺牲在德国法西斯手下。那时，离法西斯灭亡已经没有几天。

法西斯分子哪里知道，这是一个从游戏的角度来审视人类的人。

他临死时，嘴角可曾浮起过微笑?

但是，连尊敬他的人也不大理解：既然已经把人类的一切活动看作游戏，为什么还会那么英勇?

这是出于我们对游戏的误解，已经误解了很久，很久。

是康德和席勒他们引渡了我，然后我再去引渡我的学生。但我知道他太晚了。

记得十余年前我在写作《中国戏剧文化史述》这本书的时候，已经受到文化人类学的深刻影响，很自然地把很大一部分精力放在中国戏剧发生学的重建上。这种重建是针对“劳动产生戏剧”、“经济水平决定戏剧”、“阶级矛盾造就戏剧冲突”等等凛然框架而言的，在当时风险很大，连能否出版都成了严重问题，因此只能借助于王国维先生的巫觋学说来艰难行事。因为由巫觋的扮演来说明戏剧起源，倒是有很多文化人类学的文章可做。但越写越感到避不开“游戏说”了，中国戏剧为什么比希腊戏剧和印度戏剧晚产生那么久，也可以从游戏说中找到答案。当然我又明白，学术研究不能满足于一个概念的引入，如果仅仅把康德、斯宾塞、席勒有关游戏的论述与中国戏剧史上已有的文字资料连结起来，那只是搭建积木而已，算不上像样的文化行为。因此，我在带着一系列疑问完成那部著作之后，立即打点行装投入对边远地区现存原始演剧方式的长时间考察，考察报告的英文本后来发表在美国夏威夷大学的学报上，不少外国学者正是读了这篇考察报告后前来我国进入这一问题调查的。至此，我对游戏这个美学和人类学的命题掌握了不少感性材料，只是这些材料大多无法作年代论定，对中国戏剧文化史的修改仍无太大的实际补益。

有一次，我在国内一个研讨会上就游戏学说多讲了几句，报纸上立即出现了一篇批判文章，题为《是游戏还是战斗》，副标题点了我的名，但作者很客气，没说批判，只说是“商榷”。至于文章内容，我想一切上了年纪的中国人闭着眼睛就能想象。当时我还年轻，很想反驳，因为多数读者不可能分辨是非，只知道我成了“有争议的人”，这一头衔在当时麻烦甚多。但再一想，我如果反驳，由于缺少共同前提，“商榷”十年也不会有任何结果。大概也正是从这件事开始吧，我干脆养成了对一切商榷都不予回应的习惯，省了很多心。只不过有时闲下来无事，嘴里也会嘟哝出一句“是游戏还是战斗”，学着哈姆莱特给自己开个玩笑。

不管是我还是当年的批判者都没有想到，居然有一位西方学者早就提出，连战斗也可能是一种游戏，一种争夺荣誉的竞赛游戏；更没有想到的是，这位游戏学者是在与法西斯的斗争中英勇牺牲的。读了赫伊津哈的《游戏的人》之后，今后我在嘟哝“是游戏还是战斗”时，不会完全用一种开玩笑的口气了。

赫伊津哈把游戏看作是“先于文化的文化现象”。他以很大篇幅论述了游戏与典仪的关系，游戏的自愿原则和公平原则——即我们首先从鲁迅那里听到过的“费厄泼赖”，只不过他把“费厄泼赖”看成是把游戏做下去的基本前提。他又探讨了在十九世纪人类文化创造中游戏意识减少的原因，这使我很感兴趣。更感兴趣的是，赫伊津哈对游戏的前途表现出很大的不安，因此全书提出的问题多于答案。在我看来，正是这种不安，足以引导人们进入具有宗教意义的鸿蒙思考。此书最大的吸引力也在这里。

——读《游戏的人》

现代阐释

一九九三年夏秋之交的一个傍晚，我和徐城北先生在大连棒槌岛的海边游泳。水有些冷了，我们不敢游远，就站在近岸的海水中说话，他突然谈到了正在写的《梅兰芳百年祭》。开始我不太在意，以为那只不过是在他一本本专著后面再增加一本罢了，但听着听着，觉得应该对眼前这位戴着眼镜、不断用泳巾擦着背脊的中年男子这些年来所做的工作另有一番认识了，而且，我也因此对他今后的工作产生了新的建议。

以后几天，天气转凉，不能下水了，我经常一个人在沙滩上散步。我想，在一个历史悠久而又渴望现代化的国度里，拥抱传统和反叛传统这两种完全对立的欲望各自都能找到一系列理由，因此我们周围一再地出现情绪性的对峙：或者把传统文化和古典艺术看成是永恒的瑰宝，主张弘扬和振兴；或者把它们看成是旧时代的遗形，反对沉溺与把玩。后来这种对峙中间又出现了不少中介形态和暧昧形态，琳琅满目，然而遗憾的是，一直难于看到有人去做这样一项艰苦而重要的工作：为古典艺术提供切实的现代阐释。

当然，我不是指一般意义上的保存、注释、讲解、评论，而是指从现代意义上的重新大规模地寻找、选择、破解古典，挖掘出埋藏在那里的某个人种曾经有过的美学尊严，而这种美学尊严又恰恰可以塑造未来。这种现代阐释反对无根的创造，却也拒绝国粹派的墨守成规，阐释的主要方式不是疲塌的讲稿，而是惊人的创建，阐述者不是几个个体，而是一个庞大的群体，一个炽热的时代。这么说，还是很难用简洁的语言来定义这里所说的现代阐释，我心中想到的范例是十八世纪德国启蒙运动中写《古代艺术史》的温克尔曼、写《拉奥孔》的莱辛这些人。他们沉醉于古希腊艺术，细作考证、悉心研究，从中伸发出震动整个欧洲的现代理解和个人情怀，形成了严格意义上的美学格局并直接呼唤出了康德、歌德、席勒、黑格尔、贝多芬。在他们之前，德国是如此落后，在他们之后，德国文明光耀百世；而他们所做的，正是为古典艺术提供现代阐释。

另一个例证是日本的川端康成。他一九六八年获诺贝尔文学奖时在斯德哥尔摩发表的获奖演讲，竟然是慢悠悠地讲了公元九世纪至十二世纪的几位日本诗僧。这个演讲当时连翻译都很困难，听众也颇感陌生，但川端康成的感觉基点是现代国际，因此人们还是找到了接受这种陌生的台阶和扶手。终于，从这个奇特的演讲，国际文学界从根子上了解了日本和川端康成。

相比之下，对传统文化和古典艺术，无论是作一般意义上的批判或颂扬，还是作就事论事的考证和研究，或者作大而无当的空论和概括，都是一些外围工作，而在主体工程开始前的外围工作，大多是一种没有坐标的零散行为。参与者都会把自己的行为夸张成至关重要，其实呢，肯定谁也不会重要，因为主体工程根本还没有起来。

现代阐释是一种生命对生命的远距离贴近，是现代人对古典艺术家提供一种诚恳的理解，一种严格的取舍，一种小心翼翼的艰难谈判，一种高屋建瓴的文化判断，结果使古典艺术有可能真正楔入现代，也使现代有可能不再晃荡，而是从那些经得住时间冲刷的远年风姿中，领悟自身的渊源和未来。

我与城北兄年岁相仿。那天在海边，我们都说，海是真好，可惜我们已经不再有年轻时的体力和豪情，游不到山那边了，但既然已经辛辛苦苦地走到了海边，那就跳下去游一阵吧。

人到中年，越来越明白的不是自己想做什么，而是自己已经不能做什么。但是，我们也可以把自己想做又没有能力做的事情告诉别人，看看有谁能做。依我看，在中国，那么久远的传统要获得现代生命，不能依靠学术讨论，而要等待作品。我国在学术讨论上的习惯、功力、怪圈，以及人们对学术讨论的成见，使得一切重要事情都要以避免讨论开头，而都会以一些切实的成果了结。什么时候，能让我们看到几部包含着中国文化的真正精髓，而又能深深感动世界上其它文化族群的佳作呢?我想现代阐释，就是在那里完成的。

——读《梅兰芳百年祭》

倾听祖先

"倾听我们祖先的脚步声"，我很偶然地从俞大纲先生生前写的一篇文章中读到这句漂亮的话，不禁怦然心动。这句话，是俞先生从美国现代舞大师玛莎·葛兰姆那儿听来的，时间是一九七四年九月，地点是台北国父纪念馆，担任翻译的是葛兰姆的学生、当时还只有二十余岁的年轻小伙子林怀民。我看到了那张照片，年逾八旬的葛兰姆老太太一身银袍，气度不凡，像一位圣洁的希腊祭司，林怀民则白衣玄裤，一副纯中国打扮，恭敬地站在边上。

其实林怀民早就领悟了，他已在此前成立了一个现代舞蹈团叫云门舞集，"云门"是记载中黄帝时代的舞蹈，什么样子早已杳无线索，但这两个字实在是既缥缈又庄严，把我们先民达到过的艺术境界渲染到了极致。林怀民用了它，这两个字也就成了一种艺术宣言，从此，一群黑发黄肤的现代舞者祈祷般地抬起头来，在淼远的云天中寻找祖先的脚步声了。

云门在艺术上特别令人振奋之处是大踏步跨过层层叠叠的传统程式，用最质朴、最强烈的现代方式交付给祖先真切的形体和灵魂。这是一次艺术上的“渡海”，彼岸就是贯通古今的真人。云门拒绝对祖先的外层摹仿，相信只有舞者活生生的生命才能体验和复原祖先的生命。云门更不屑借祖先之口来述说现代观念，相信在艺术上搭建哪怕是最新锐的观念也是一种琐碎的行为。云门所表现出来的，是一种在古代话题下的生命释放，一种把祖先和我们混成一体的文化力度。外国人固然也会为某种优美的东方传统艺术叫好，但与他们对云门的由衷欢呼相比，完全是另外一件事了。我认为，云门的道路为下世纪东方艺术的发展提供了多方面的启发。

如果说,就上海文化艺术界而言,今年秋天一件真正的大事是云门的演出,那么就我个人而言,今年秋天一件真正的大事是结识了林怀民先生。很多年了,我不断从港台朋友和外国艺术家口中听到他的名字,而他和他的舞员们又都读过我的几乎全部散文,因此真可谓一见如故了。我们这次谈得很多,但我想最深的交往还是作品本身。感谢他如此堂皇地表达了我隐潜心底的艺术理想,使我能够再一次从身边烦嚣中腾身而出,跟着他去倾听祖先的脚步声。

瘦瘦的林怀民忧郁地坐在我的面前，巨大的国际声誉没有在他脸上留下一丝一毫得意的痕迹。他和他的舞员们始终过着一种清苦的生活，而一到舞台上却充分呈现了东方人从精神到形体的强劲和富足。我想，几千年前，我们的祖先踏出第一个高贵的舞步的时候，也是这样的吧？

——读《云门舞集》

从对抗到对话

一九九六年，上海大学美术学院成立了一个现代艺术工作室，以挪威奥斯陆海涅—昂斯塔德艺术中心主任米丘先生的名字命名。其实米丘先生是地道的上海人，上海以这样的方式欢迎自己的海外游子介入，正是这座城市原有的秉性。据当代著名国际文化活动家培尔·霍伍得拿克先生论断："米丘先生是中国第一代完全了解西方现代主义的艺术家。"那么，只说一个米丘，也可证明我们与国际现代艺术重新接通了血脉。

但是，我们欢迎米丘，意义不止于此。米丘带来了现代艺术，更带来了一种文化态度，这种文化态度，即使对现代艺术领域之外的人们也有广泛的启示作用。

我认为，米丘的文化态度可以概括为一句话：从对抗走向对话。

一切恶性对抗并非来自某些人本性的好斗，而是来自于某些人的自我粘滞、自我限制、自我固守。过去有不少论者总是强调现代艺术的反叛性和对抗性，把一切现代艺术家看成是金刚怒目式的狂悖者，实在是一种误会。实际上，倒是那些极端保守而又貌似斯文的圈子粘滞过甚，最后成为恶性对抗的策源地。这些年来的事实早已证明了这一点。年轻的现代艺术家们虽然衣履不整、发式怪异，却大多相安无事地各自劳作着，而那些刺耳的争吵声，大多出自某个喜欢拿着自己的规范去命令别人的陈旧群落。由粘滞而偏激，以偏激求粘滞，是这个群落的思想行为特征，看似十分矛盾，实则互为表里。

因为粘滞，一切专业分工、流派定位成为不可逾越的阵地，人们为种种界限而敏感地生存，既警惕有人越界而入，又警惕有人越界而出，即便在界内，又何尝有一刻安心，结果难免把从业同行逐个当作了或隐或显的对头；

因为粘滞，对于不同的观众也心存敌意。自命从事现代艺术便铁板起脸，鄙视大众、拒绝社会，自命投身流行艺术则无视传统、嘲笑经典。这种刺猬般的态度表现在艺术上更是处处碰撞，追求深刻便撕破外相，追求形式则排斥意义，总之翻来覆去都离不开对抗；

因为粘滞，对东西方文化精神的选择更是偏执，未曾深入任何一个方面却能极言优劣，刻意褒贬，既夸张了全球性的文明对抗，又夸张了作为一个背负着历史的现代人的内心对抗。

对于以上种种，米丘先生全都提出了否定。他不接受一切粘滞的归属，把自己的活动范围开拓得很广，现代油画、抽象水墨、表演艺术、行为艺术、文化策划、艺术管理，一一介入。他软化、甚至取消了其间的种种界限，因此也就软化、甚至取消了对抗。他也不认为艺术的思考性和流行性不可互容，相反，从他的作品中可以看出，他努力在两端之间寻找与广大观众对话的空间。他的作品并不通俗，常常剔除了易读符号而通达原始情结和整体意绪，但正因为这样，他以真诚的空白为观众提供了参与的可能。他以自己对社会的广泛参与，换来观众对艺术的广泛参与，而一切参与都是深刻的对话。

把这种对话扩而大之，也就成了东西方文化精神的对话。东方的神韵、西方的技法曾使他的作品享誉欧洲。而再往前走一步，他把中介的责任从作品而交给整个生命，他把自己充分西方化又充分中国化，让自己的血肉之躯肩负起了东西方文化使者的重任。正是这一点，使米丘从一个自由活泼的艺术智者跃升为一种大气磅礴的文化现象。

总之，以宽容、博大的胸怀把一切对抗化解为对话，化解的现场就在自己的笔端，自己的心底，自己的脚下。化解的动力，是他曾目睹过恶性对抗的无形战场，他深知这样的战场每天都在斫伤着文化的创造力，斫伤着人类的高贵和尊严。于是，他背井离乡，品尝孤独，在地球的另一端的山林里苦苦思索,在遥远的街市间频频询问。他很快领悟到，人类的高贵和尊严实在是现代人一个越来越严重的课题,为此更应该努力对话。文化艺术使对话温馨，世纪之交使对话平等。多少年了，终于等到了一个可以和世界进行平等对话的时刻。因此，就在米丘的匆匆行色间，民族的尊严和人类的尊严汇集到了一起，两种尊严全都化作会心的微笑，笑得那么轻松和健康,那么具有形式感。

在我看来，现代艺术的解放意义，便在这种健康的文化态度里。

——读《米丘作品》

无执的人

按说，在绘画领域兼擅油画和水墨已是相当难得，但我分明又看到了他所制作的胶彩、纸刻、版画、雕塑、书法和篆刻，而且每项都有出色成就。

我还没有来得及喝一声彩，他的一本厚厚的文集又出现在我的案头。文集专收评论，范围十分广泛，绘画艺术自不必说，连东西方的宗教、美学、园林、语言、饮食，也都一一被他娓娓谈论着。后来又渐渐知道，他还堂而皇之地涉足过诗、小说、剧本、散文，搞过翻译，有的在东南亚文学史上还很有地位。

从本性而言，艺术不应该被肢解为畛域森严的技术性职业。艺术是人类殷切企盼健全的梦，它以不断战胜狭隘性作为自己存在的基点。艺术的灵魂，首先体现为一种充分释放、自由创造、积极赋型的人格素质。这种素质或多或少在每个人心底潜藏，因而每个正常人都有机会成为各种艺术深浅不同的接受者和共鸣者；照理大家也有可能成为兴致广泛的创造者的，但终于遇到了约束和分割，艺术创造的职能只集中到了一批称之为艺术家的特殊人物身上，而且他们也被要求以终身的专一来琢磨一个行当。为此，历来总有一些艺术大师为自己置身的门类性局限而深深苦恼。

分门别类的创作方式已经造就了不少伟大的艺术家，但是，这又何妨有一批特别洒脱的艺术家频频跨疆越界，投入一种更超迈放达的创造呢？西方艺术史是留下过像达·芬奇、狄德罗、萨特这样一些名字的。我不喜欢仅仅称赞他们“多才多艺”，或许歌德的一段话倒是说到了点子上：

> 人是一个整体，一个多方面内在联系着的能力统一体。艺术必须向人的整体说话，必须适应人的丰富的统一，单一的杂多。（《收藏家及其伙伴们》第五封信）

歌德还认为，人靠智慧划分出种种界限，又靠着爱来超越这些界限，然后协调两者而通向美。

在东方，素称拘谨的中国古代文人在艺术门类的跨越上却也十分自由。同一个人，能作诗填词，写一笔漂亮的散文，书法艺术也拿得出手，为配书法还刻得几方印章，画山水花卉竟又完全上得了品格，操琴度曲同样在行——这在中国古代文化界简直比比皆是，甚至可以说一切像模像样的文人大体都是如此。他们未必苦苦思索过艺术门类间的分合关系，而只是把这一切当作一种完整的文化人格素养自然延伸、自行完善。其中，那些具有澄澈的宗教体验的艺术家如王维、苏东坡乃至现代的苏曼殊、丰子恺他们则更进一步，把艺术活动当作他们的精神觉悟方式，只求舒心达意，绝不画地为牢。在他们那里，没有疆域的身心与没有疆域的艺术对应互融，水天一色。这种境界，实在足以使我们今天的艺术家们惭愧。

处在东西方文化交汇地，他以自己的身心浓缩了这种交汇。相比之下，他的精神基座无疑更倚重于参禅悟道，他静坐茹素，歆羡弘一法师，每一步都指向着梵行高远；另一方面，他谙悉西方，对许多现代西方艺术家有深刻的理解，甚至他的几项重大荣誉都从欧洲获得，但他没有把自己全然销熔于西方的精神漩涡，谁也无法把他钩连到欧美哪一个艺术源派。他在归属感上显然超越了粘滞，抵达了一种真正的“无执”状态。

这种“无执”既飘逸又凝重。只因他已把自己锻铸成一尊“四面佛”，因而世界也从四面向他合围。比之于单纯的西方艺术家或单纯的东方艺术家，他理应获得数倍的感受，发现数倍的美，但他没有因此而晕眩，成为一个手忙脚乱的吐纳者，而是返身蒲团，闭目冥思，层层剥除自己身上的障碍，以精赤的单纯开创出了一个内心的无限，松松爽爽地投入逍遥游。他不再庄严地负载要“表现”什么或“表达”什么的责任性重荷，只是让空澄的心灵与浩淼的宇宙进行着不断的“能量交换”。他的作品，便是从这种交换中蒸腾出来的烟云霞霓。

——读《陈瑞献选集》

绝境回来

名扬国际的小画家胡怡闻病危的消息，把整个上海都吓了一跳。

她是我同学的女儿，几乎是所有孩子和家长羡慕的对象。

但是，似乎生命之神反对宠爱，执意要把她塑造得更加坚实，便狠狠心把她投入了一条粗砺恐怖的生命畏途之中让她自个儿去挣扎。她突然生病，病得那么蹊跷又病得那么严重，柔婉的生命一直被逼到最后的防线之前，在她周围，几乎全社会都在呼唤和营救。

终于，她挣扎过来了，艰难而又必然地拿起了画笔。那枝画笔，已不是先前那枝伴随着无数欢声笑语的魔棒，而是一枝熔铸着有关人类生命大恐怖和大安详的拐杖。

现在我们看到的，是她重新站立之初的生命记录，这份记录属于她，又属于无数生命，属于那些未必生重病、未必会画画的生命。

我们的艺术显然长久地误会了大气磅礴，以为巨大的篇幅、堂皇的排场就是，以为漫长的历史、壮观的场面就是，以为山顶的远眺、海边的沉思就是。其实，艺术的真正大气，产生于绝境。这种绝境倒未必是饥寒交迫、生老病死，而是生命中更为整体的荒漠体验和峭壁体验。放逐、撕裂、灭绝、重生，这才有彻心彻骨的灼热和冰冷，这才会知道人世间最后一滴甘泉是什么，最难越过的障碍在哪里。

于是，开始有了生命的气势。

——读《胡怡闻病后画展》

更谦虚一点

复旦大学的一些研究生趁假期长途旅行，远至西藏，一路上写了不少充满文化激情的散文，其中一部分，现正放在我的案头。

他们实在是值得羡慕的一群，那么年轻就走了那么远的路，居然不是为了打仗，为了逃难，为了流放，为了“上山下乡”，而纯粹是为了考察。中国兵荒马乱了多少个世纪，这种放任于山水之间的青年旅行者，实在是久违了。有了他们，这块土地简直有点奢侈了，这真叫人愉快。

由于他们，一种比较地道的文化审视态度出现了。这种审视态度，并不仅仅是动用文史知识来诠释景物，也不仅仅是面对景物而浮想联翩，而是把自己的生命当作一个充满着无数问号、极有感觉弹性的文化软体，与自然和历史周旋。

在他们的游记中我也发现了一些毛病。我对此略有担忧：这些毛病是不是我早先的一些散文传染给他们的呢?如果是，应该及早由我本人来指出。

我要告诉他们，旅途中的文化感受，不必如此拥挤、如此密集、如此迫不及待地表达出来。让自己的笔多描述一点自然景物本身，就会更大气。走在这样一条奇异的路上，我们的合适身份应该是惊讶而疲倦的跋涉者，而不宜是心思很重的读书人。

我还要告诉其他更多的读者，最有意义的旅游，不是寻找文化，而是冶炼生命。我们要明白，人类的所作所为，比之于茫茫自然界，是小而又小的；人类的几千年文明史，比之于地球的形成、生命的出现，是短而又短的；人类对于自身生存环境的理解能力，是弱而又弱的。因此，我们理应更谦虚、更收敛一点。在群峰插天、洪涛卷地的伟大景象前，我们如果不知惊惧、不知沉默，只是一味叽叽喳喳地谈文化，实在有点要不得。如果这算是什么“大散文”，那宁肯不要。

——读《寻找太阳城》

人类两大动作

《华尔街日报》评论布尔斯廷的两部学术著作《发现者》和《创造者》“富有戏剧性”，这倒使我这个戏剧专业出身的人仔细想了一想。

想的结果是，不错，可以看成是戏剧。主角只有一个，人类；全剧只完成了两个动作，发现、创造。

布尔斯廷用如此简洁的方式来提炼世界历史，实在是器宇恢弘。全书史料丰富，大多数史料都包含着人情味极强的情节性，让读者如临其境，如见其人。读完之后才明白，原来人类的光明面、人类的文明事业，确实都包容在发现和创造这两件事里面了。人类当然也干了不少坏事和丑事，作者不予理会，不是他学历不够，或疏忽大意，而是只想呈现人类之所以为人类的基本元素，以便把那些非人性的作为比照得琐碎可笑、无地自容。因此，这是一种充满喜乐之情的选择，让每一个读者都能感受到做人的自豪。

这种历史态度，不仅与实证主义史学判然有别，而且也不同于思辨的历史哲学。我猜想布尔斯廷一定受到过年鉴学派整体史学观的积极影响，读他的书总能联想到法国历史学家布洛赫的话："一个优秀的历史学家就像神话中的巨人，他知道只要嗅到了从人类血肉之躯发出的气息，也就找到了自己的目标。"也能想到比利时历史学家佩伦的话："如果我是一个古董鉴赏家，我就会把目光盯住那些陈旧的细节不放，但我是一个历史学家，我热爱生活。”

与年鉴学派史学家相比，布尔斯廷有更多的文学气息，所以人们也喜欢把他归入文学派史学家的范畴。这里所说的文学派，当然不是指文笔和想象，而是指对人类抱有更大的慈爱，对历史采取更大的取舍，慈爱和取舍又都不违背历史的本真。以此为基础，再来发挥叙述的情节性和感染力，也就蔚为壮观了。

——读《发现者》、《创造者》

中国人

“中国人”这个称呼，现在大家叫惯了，以为自从地球上有了中国这么一个地方，产生了这么一种人，就自然而然地叫下来了。其实并不是那么简单。

在我记忆中，“中国”这个词在西周就出现了，内涵却一直在变化。秦汉以后，历朝都不以“中国”为国名，但大体上又都以“中国”通称。由于民族众多，战乱频仍，经常出现对峙双方都把自己说成“中国”，把对方说成夷狄的情形，如南北朝和宋金时期都是如此。

这还只是在内部进行着名号上的争夺和调整，真正严格意义上的"中国"概念，只能在国际关系中确定。如果说，一个朝代一个朝代的排列体现了时间上的纵向关系；那么，一个国家一个国家的排列则体现了国际间的横向关系。中国古代，纵向关系远远强于横向关系，因此很难有明晰的、整体意义上的"中国"概念。直到清代，边界吃重，外交突现，"中国"才以一个主权国家的专称出现在外交文书上。

同样的道理，"中国人"这一概念在整体上的明晰化，也应该是在与不同属类的人的较大规模地遭遇之后。使之明晰化的光亮，可能来自于外国人看中国人的目光，也可能来自于中国人在了解外国人之后所作的比较和反思。据我披阅所及，明清时期欧洲来华的几批耶稣会传教士的书简，一七九三年英国马戛尔尼访华使团的记录，是较早由西方人士探视中国人的书面材料，后来值得注意的便是一些西方人类学家研究中国人体质形貌特征的科学论文了。

我本人对"中国人"这个概念产生震动性的反应，是在翻阅一批美国早期漫画的时候。这批漫画由长期关注美国西部开发史的胡恒坤先生收藏，几年前在香港三联书店出版。漫画是十八、十九世纪美国报刊杂志不可缺少的一种报道形式，因此也就留下了中国人从在美洲立足谋生开始的种种经历。画家是美国人，因此对中国人的体型面貌和生活方式产生强烈的好奇，画得既陌生又夸张。随着美国排华浊浪的掀起，漫画中的中国人形象越来越被严重丑化，丑化成异类，丑化成动物；不仅形象恶劣，而且行为举止也被描写得邪恶不堪。而这，恰恰正是当时许多美国白种人心目中的中国人。这种漫画作为一种形象化的文化判断，既是排华浊浪的结果，又反过来起到了推波助澜的作用。

我一边翻着那些被画得不忍卒睹却又依稀相识的面容，一边读着历史学家唐德刚先生的《清季中美外交关系简史》和《书中人语》等著作，不能不一再地遥想被唐德刚先生呼唤过的“我先侨的在天之灵”：你们究竟在哪些方面使西方人害怕了、讨厌了?除了洋人的偏见，你们自己也有很多不检点的地方吧?其中哪一些是根深蒂固的，难以改进?你们究竟又在哪些方面与遥远的祖先和今天的我们一脉相承?是啊，我们，我们的血液里有多少是稳定的遗传，今后还会遗传多久?

这就躲不开“中国人”这个隐潜着不少历史感情的概念了。历史感情又与现实思考联结着，因为在世纪之交，文明与文明之间的共存和对峙就在眼前，而任何一种文明的基础，都是群体人格。那么，中国人，极其老迈而又受尽欺侮的中国人，你从哪里来?又到哪里去?你有没有可能再变得年轻?从漫画走进油画或其他什么画?

在十九世纪与二十世纪之交，这个问题也被认真而痛切地思考过。但是那些思考往往不是情绪太激烈，就是学理太艰涩。更严重的是参与者太少，明明在讨论中国人而绝大多数中国人却并无知觉，致使思考从深刻沦为低效。这次世纪之交，至少应该让更多普通的中国人一起投入有关自己的思考了吧?但愿如此。

——读《中国人》丛书

明天的功课

读这样的书，我又变成了一个学生，不断地为自己的空缺而惶恐。

并没有老师在催逼，事情的紧迫性在于：其

一，这些学问早已不仅仅是科技知识，而分明是一种谁也躲不开的文明形态，自以为在从事文明工作的人焉能讳避?其二，这种文明形态已经大规模地出现在眼前，而且扩展的速度极其惊人，过不了多久必成八方包围之势，时不我待。由此我常常想起上一个世纪下半叶，无论是我家乡的浙东学派还是我妻子家乡的桐城学派都还余绪未尽，蕴藏着不少深厚的学人，但由于他们中很多人拒绝新世纪的文明冲激，终于孤寂潦倒，烟消云散。

当然，任何时期的文化都会留存它永恒的一面，但这个部分不会很大，我们千万不能对自己已懂和已做的一切给予过高的期许，以为可以进入永恒的层面。很多劳作，连“过眼烟云”也说不上，因为烟云总有不少人看见，而有些劳作除了作者自己，根本没有其他人“过眼”。我们的文化讨论常常以既存的文化范型和学者范型做坐标，说了千百个应该不应该，其实许多公认的应该，也由于时代的高速发展而变成低效和无效的文化陈迹，由应该而沦为不应该。那些争执，风声雨声，你来我往，都在做昨天的文章，真不如省下一点精力放在学习上，认真准备一点明天的功课。

作者尼格洛·庞帝是第一流的未来学家，是自己研究领域内的权威，以这样的身份来写入门性的普及读物有点让人诧异。其实，这样做，既可保证一门新学科在入门当口上的初始准确性和结构弹性，也可显现这门新学科在本质上的普及性。因而，大权威在谦恭地“礼贤下士”之时，正表现出他最傲然的学科自信。

——读《数字化生存》

文化陌生人

在国内几个重要的文物拍卖会上，他毫无表情地坐在一角，泥土色的便衫清瘦的脸，几乎没有人会注意到他，却又能引起最有经验的拍卖对手的警惕。果然，在让人喘不过气来的紧张时刻，他缓缓地举起了手。第二天报纸报道，某件重要文物被一位不知名的人拿下了。这位不知名的人用一张旧报纸包了文物，放进一个手提的旧布包，选一条最不引人注意的通道，慢悠悠地离去。不多久，他已坐在房间里，一个人静静地面对着文物出神。他的思绪飘在遥远的年代，爱怜万分地盘旋在艺术家的手指和心灵中间。多年下来，历史、文化、书画、器物已与他魂魄与共，他的眼睛已能发现那些最让人震颤的细节，他会暗自狂喜，也会深长叹息。他愿意关紧房门，在物我两忘中为艺术输送进自己的血液，然后，他想把自己的感受告诉一些人，于是我家的电话铃响了，传来他低缓的声音。

他年轻时也上山下乡，来到边疆，来到地图上难以找到的沙漠深处。后来又孤独地流浪万里，直到改革开放，他时来运转，成功地创办了企业，先在国内，后在欧洲。但是，正当他的企业如日中天的时候，他心底的文化欲望再也压抑不住了，毅然关闭了旗下的全部企业，开始了阅读、写作和文物字画鉴赏生涯。

我到过他家，发现书画器物在他那里，不是财富更不是奴隶，而是客人。小心翼翼地善待这些贵客，亲自写文章揭示它们的价值，也允许客人们走动，而不严锁密守，在他看来，让它们流散在无知的瓦砾中是一种埋没，让它们紧闭在私人的暗仓中也是一种埋没。

一年又一年，他已经发表了很多文章，又出版了专著，对中国传统艺术文化的发言权，已不在一个专家之下。一些高层次的文化报刊，都在期待和争夺他的文章，而他对于文坛，却仍然是一个陌生人。我环顾四周，突然发现，像他这样身处文坛之外的“文化陌生人”越来越多了，我曾在一篇文章上指名道姓地写过，一位公司董事长写的散文集，水平绝不低于获奖散文作家，几个行政管理人员的文史研究高度,会使大学教师汗颜,甚至几位高层经济官员在西方音乐戏剧上的鉴赏力，也不在专业批评家之下。而最要命的是,他们之中,没有一个企图混迹文坛,加入某个协会,参加某次座谈,或得个什么大奖。这对至今还自以为是的文坛，不知意味着什么?

就我的这位收藏家朋友而言，文坛对他陌生，他对文坛也陌生。他经常惊讶而气忿地向我提出种种有关文坛的问题，有时也准备写文章呼吁大家不要再陷无聊。对他这么一个要么中止、要么高效的人来说，太知道无聊是什么。我劝他，文坛的事，最好看也不要看，想也不要想，这与你心目中的文化，基本没有关系。你还是沉浸到汉唐遗韵、明清风采中去吧，过一阵，真的有了文化界的什么好消息，我再告诉你。

——读《亦乎藏品》

世纪之辩

本世纪很不平静，战乱多，变革多，因此辩论也多。有不少辩论，在驱除谬误、开发民智上起到很好的作用，但也有很多辩论并非如此，有时甚至成为一种早就设定结局的批判，一种居高临下的宣讲，一种不要仲裁也无法仲裁的混战。

在无序的环境中，那些自以为最会讲话的人一开口就是谎言和恶语，使人们更害怕辩论。“何以息谤?”曰“无辩”。但在无数善良人的讷言无辩中，历史被歪曲，是非被颠倒，理性被蒙尘。

即便是许多正派的学者，由于缺少正常辩论的训练，立论时也很少考虑到另一些可能，另一种思路，只能正面阐述，无法应付驳难，甚至一遇到驳难就以为有人作梗，顿起意气，造成一起起不愉快的事件。

这一切，都需要普及一种科学而正常的辩论演示，这种演示中，有平均的机会，有公正的裁判。辩题的观点和立场只作为一种抽签而得的话题，围绕着话题而衍发出来的逻辑力量、心理素质、平等意识、共处观念、临危风度、应时智慧等等，却是更重要的比赛项目。

在二十世纪临近结束的时候，中国居然有亿万电视观众在观看这么一种辩论，不是像中国先秦纵横家那样具有明确的政治企图，也不是像古希腊的雄辩家那样具有深刻的哲学目的，而只是为了展示一种公平地在对手面前阐述自己观点的程序和方法，这是这个世纪的其他任何时候都难于想象的。

这次中国名校大学生辩论赛总的说来是成功的，但显然又不能评价太高。一切还都处于试验阶段，可批评和可研究的问题仍然不少。例如，大概受了几届国际大专辩论赛的影响，仪式性的表演远胜实质性的较量，事先准备多，当场急智少，各自阐述多，短兵相接少，剑拔弩张多，君子风度少，零碎机敏多，整体智慧少。这些毛病的改进，还有待时日。谁都知道这些毛病不属于哪个辩论队，而是属于我国知识层的总体素质，暴露一下，是好事。

写到这里，突然想起十多年前的一件往事，一位我认识的教授要去参加一位研究生的论文答辩，教授夫人一听“答辩”两字就大惊失色，因为这位教授就是因为当初多“辩”了几句而蒙罪数十年之久的。夫人大声叮嘱：“千万别再去辩了！千万别再去辩了!”

教授夫人的喊声犹在耳侧，而今天，有没有能力参与正常的辩论，已成为判别一个年轻人是否具备现代人素质的重要标志。

时间过得真快。

——读《世纪之辩》

秋千架（代后记）

一

半夜一时，有钥匙开门，妻子回来了。

《秋千架》试演昨天才结束，留下杂事一大堆，这个时候回来，还算早的。为了这台戏，她想了四年，忙了两年，近三个月，没有一天的睡眠超过五小时。

她叫了我一声，我发傻地从书桌边站起来，眼前这部书稿，已校改到最后几篇。

“汇报一下，今天吃了一些什么？”她直直地看着我，轻声问。

我有点想不起来了，支吾着。她眼圈一红，转过脸去，然后二话不说，拉我出去吃消夜。

合肥的街道，这时早已阒寂无人。好不容易找到一家路边小店，坐下，我正在看有什么吃的，转身与她商量，她已经斜倚在椅子上睡着了。

拍醒她，一人一碗面条。面条就叫“马兰拉面”，光北京就开了几十家分店，很多人都以为与她有什么关系。吃完，结账时，店主人开起了玩笑："看你长得有点像马兰，便宜你五角！"

我说："是嘛，就因为有点像，她还乐滋滋地给马兰写信，可人家不回！"

店主人同情地叹了一口气："人家是大人物啊！"

她不知道我与店主人这样一来一往还会胡诌出什么来，赶紧把我拉开，回家。

路上想起，总有记者问我们："你们两个谁更有名？"我立即抢先回答："当然是她，连坏人都崇拜她！"

手上有一个重要证据：三年前，我和一群朋友在新疆乌鲁木齐郊外的一个风景点玩，那里刚刚发生过抢劫殴斗事件，几个主要肇事者已被铐在景区派出所的铁栏杆上，准备押走，游人们指指点点围观着。突然，不知哪位朋友出言不慎，游客们知道了我是谁的丈夫，兴趣点全都转向了我。更要命的是，那几个铐在铁栏杆上的犯人，也都笑着向我点头！

当然，我向记者隐瞒了好人的反映。去年接到美国靳羽西小姐的电话，说妻子已被评上"亚洲最美丽的女人"，中国大陆同时被评上的还有其他三位。妻子认为此事千万别传出去，否则人家会倒吸冷气，冻坏牙根。

我说："也许靳羽西搞错了，不是说亚洲，是说非洲吧？"

"非洲好看的人才多呢！莫非是南极洲！"她认真地自语："对，好像南极考察队里女性不多，没准倒评得上。"

我在电话里问靳羽西，是不是搞错了一个洲，羽西笑着说："你们真逗。我们可是在很大范围内向很多男人和部分女人作了问卷调查，才选出来的。"

我放下电话就说："那就别紧张了，问卷调查不是科学评选，光凭一个朦胧印象，只说明你人缘比较好，算不得数，人家也不会当真。"

那年在台湾，一位德高望重的佛学大师在送别我时顺便打听："我这个老和尚一般不看电视剧，但前不久在美国竟然用两个通宵看完了一部，叫《严凤英》。我想请那位女主角出席世界弘法大会，你能联络到吗？"

我说："能联络到，比较方便。"

…………

从路边店回到家，已是凌晨二时。她说："赶快睡觉，你七点多就得上飞机，六点钟就得起床。"

上飞机是去北京，送这部书稿，早就与作家出版社约好的。现在我的书被疯狂盗版，各种各样的版本充斥书市，演讲录、文集、全集都有，本想把新的文集《霜天话语》交作家出版社出版，但刚有这个意思，印制得很漂亮的《霜天话语》就满街都是了，里边的文章是胡乱凑的，连不会引起人们注意的小文章都搜集了进去。这使我和出版社紧张起来，警觉到盗版者就在我们身边活动，不能不作出决定：书稿不邮寄，由我亲自送，出版社副社长白冰先生和责任编辑王淑丽女士到机场接；改变书名，新书名严格保密；从编辑、印刷到装箱全过程，作者姓名和书名都换成假名，拆箱时间和拆箱人员统一安排……

前不久召开全国图书订货会，我的这本没有书名的书，订购量为全国文艺书籍之冠，这一来，书稿的传递更需要封闭式地一环扣一环，不能有闪失。

妻子笑了，说："好端端一个作者，好端端一家出版社，出一本好端端的书，怎么反倒像在偷卖海洛因？"

以前，她对盗版的事不太在意，一再劝我不要生气，权当在庙宇间免费发放慈善读物。但当她后来知道，盗版者每次印刷量都在几十万册，近于用白纸印伪钞；这批盗版者居然还兼任批判者，每次在实行偷盗的同时总要在门外大声嚷嚷说这个宅子根本没有值钱的东西；在这批文化盗贼和文化杀手的猖獗之下，真正的写作人和出版者不得不像做地下工作一样躲躲闪闪，她便陷入了一种深深的悲哀。

“你先睡吧，”我说，“还有十几页没有校改好。”

“那我陪着。”她语气有点英勇，好像我真在参加一场搏斗。

三时半，我校改完了。她说：“今天又只能睡两个多小时。”随手把闹钟拨到六点，一迟疑，又拨晚十分钟。

“你和出版社这样鬼鬼祟祟，能逃过盗版者多少天?”她在临睡时问。

“据乐观的估计，十天吧。争取十天的正版市场，十天后又一定是铺天盖地的盗版。”我说。

“那你就不要再写了。你现在是义务写书、义务策划、义务顾问，结果倒为一批文化盗贼尽了义务。你每写完一篇长文章总要生一场病，真担心哪一天因为用脑过度，突然成了傻子。”这话她已说了不止一遍，但此时语气已经含糊，我赶紧伸手关了灯。

二

六时十分起床，快速漱洗完毕，拦了一辆出租车，去机场。她送完我，立即会到几位外请专家住的旅馆，付一些钱。《秋千架》剧组已经没钱，她昨晚到妈妈家取了一笔款子。然后，赶到南京录音，录完音，连夜坐长途汽车到连云港演出。

从南京到连云港，坐长途汽车总得八九个小时吧。我问："你已经这样劳累了，这次能不能不去?"她说："我不去，那里就不接受我们剧院了，而剧院的父老乡亲们在春节前应该有一点经济收入。"

明天在连云港演完，后天又要坐八九个小时的长途汽车赶回安徽贵池，那里在开一个全国性的行业会议，各地代表好不容易来安徽一次，都想见见她。代表们对她非常善意，但他们一定不知道，后天见到的她，这几个月是怎么过的，这次是怎么来的。

像这样毫无名利可言的艰苦奔波，对她来说早已是家常便饭，但我不能不担心她的颈椎和腰椎。从小练功落下的伤，多年长途跋涉地演出日渐加重。那次我在场，一位女按摩师刚下手就惊叫起来："你怎么有那么多伤!”平日坐车，时间稍长就扭着脖子皱着眉，不知该怎么坐了。但从明天到后天，她要坐多久的长途车!

我知道她如此辛苦是因为无法摆脱一个不小的怪圈——

过早地成了整个剧种的首席演员，而这个剧种至今还是全国中青年观众最喜爱的剧种，她只能靠自己的辛劳来承担一种相当沉重的责任;

各地对剧院的邀请，永远以有没有她参加为第一谈判条件。为了剧院和剧种的生存，她很难拒绝，但只要接受邀请，主角演员每天的劳动量是一般演员的许多倍;

也许电视能使她轻松一点，但她认为如果没有舞台剧的良好基础，电视对戏曲的帮助有可能适得其反，这方面的例证比比皆是。因此，她有意减少了对电视的轻率参与，来维护舞台的最后一点尊严;

也许她可以听取某些劝告，通过上层活动来改变自己的艰辛处境。但她完全不会处理这一套，觉得参加一次应酬比多演三场戏还累，而且坚信艺术的实际成果与上层关系是两回事。

——这一切，就决定了她这些年来的基本生态。我的职业使我对戏剧界比较了解，因此可以毫无偏心地断言：在目前国内各大剧种首席演员中，她无疑是付出演出辛劳最重的人。那些有可观报酬的演唱活动被她一一拒绝，理由总是说没有时间。时间分成两半，一半是带着剧院演出，厂矿企业、油田码头都去，连县城也不拒绝，一去就是三四十天；另一半是策划创作新剧目，几乎到了寝食不安的地步。

有一次我和当时任国家文化部常务副部长的高占祥先生同时被交通大学聘为客座教授，高部长告诉我，前几年中国艺术节在甘肃兰州举行，最轰动的剧目就是黄梅戏《红楼梦》，轰动得无法停演。她的身体累垮了，白天在医院输液，晚上演出，天天如此，这种精神把当地的观众感动得不知怎么才好，真让安徽人在大西北占尽了风光。

回来我问她，还记得兰州的事吗?她说记得，那里医院的医生护士，天天熬了很多鸡汤、稀饭送来，房间里全是水果、鲜花……

"当时通电话为什么没说天天在输液?"我生气地问。

"我边输液边给你打电话，你感觉不到?这是测试你的敏感度。"

然而不幸的是，今天有些观众是凭着在报纸和电视上出现的频率来衡定一个演员的工作量的。近几年一个谣言在少数人的播弄下快速在本地传开：为什么在电视上很少见到她?一定是拒绝演出，跟着丈夫到上海过清闲日子去了!于是一片愤怒。一位艺术界的同行在一个有各行各业的人参加的会议上听到两位不认识的女士在大声宣讲："她不为我们演戏，我们要求上级，什么荣誉也不给她!给别人!"

这个消息传来时，她正从基层演出十几天归来，颈椎和腰椎疼得实在受不住，扒在床边上，让头从床沿上垂下来，长长的头发泻到地板上。我看不到她的脸，她一直不说话，我想这个从来不知道什么叫委屈的人，这下一定感到委屈了。也许她在流泪?我走近前去。

传来一声长长的叹息，说了半句："我们家乡啊——"没再说下去。

三

"我们家乡啊——"这个句式，我曾从汪道涵先生那里听到过。汪老也是同乡人，那天正与我们夫妻聊天。

"我们家乡啊，历来是热衷内耗、自相猜忌，只要出色一点就会活得很累，一到了外面倒都变得生龙活虎。”这是汪老的话。

我是一个研究群体文化心理的人，从妻子的境遇，更懂得了汪老的话。她没有进入权力结构，只是一个与世无争的艺术家，也没有任何人指责过她在人品上有什么毛病，对她的意见永远只有一条：不容易看到她的舞台演出。但是哄传这个意见的任何人都没有统计过她的工作量，更没有把她的工作量在全国范围内对比，只是道听途说，以讹传讹。结果，居然活生生把一个最辛劳的人谣传成懒人，而且还百口莫辩。她从来不知道如何为自己声辩，在实在气忿的时候，最重的一句话也无非是：“真想换个地方。”

北京一个重要的文艺团体几年来一直等着把她调过去。上海市的一位领导曾几次与我商量，能不能成立一个以她命名、由她领衔的综合性表演艺术剧团。全国各地喜欢她艺术的企业家们的想法，就更多了。一位广受尊敬的老大姐曾语重心长地告诫她：“文化是不分地域的，你还年轻，何苦成为某种不良心理气氛的牺牲品?”

但是，这一切都没有产生效果。她对家乡有一种神秘的皈依意识，我说不清是积极还是消极，反正是把我感动了。

记得十年前安徽洪水滔天之时，我邀国际知名的大导演马科到合肥排《红楼梦》。照妻子的说法，家乡越是遭灾越要表现出文化上的平静和大气。我们一大群人从那时起就在努力构建着黄佐临先生企盼了几十年的戏曲音乐剧雏型，虽然当时灾情严重，生活非常艰难，天天有停电、断餐之虞，大家却信心十足、日夜修改探讨，创作气氛如火如荼。马兰除了排戏，一有空就上街为灾民募捐。马科导演有一天上街，发现这个情景，追踪几日，终于对我说："抗洪救灾是大事，但像她这样全国一流的艺术家天天站在街上，在外地是无法想象的，我看着都痛心，适可而止吧!"但就在马科导演跟我说的时候，中央电视台正在直播北京工人体育馆里的赈灾汇演，她一身白衣蓝裤赶到了，全场掌声未息，她就含泪开口："我的家乡受灾了!"接下来的镜头表明，她的这种语言方式，感动了台下无数熟悉她的北京观众，那天她为家乡募到的救灾款，数字不小。马科导演对着屏幕沉思了片刻，第二天，他把全部导演费都捐掉了，劳累几月，分文未取。

妻子对家乡的感情之深，有时到了好笑的地步。例如看电视，她平日感兴趣的是国际新闻，拉宾、萨达姆、索罗斯什么的，但国内新闻中只要有刑事案件的报道，总会怔怔地等一会儿，等播音员说出罪犯来自何处。如果不是安徽，她会舒一口气，站起来，喝一口水。我知道她有这个毛病，因此只要电视里报道的罪犯有浙江的，就会大声嚷嚷："看，浙江，我家乡的！"她笑了，说："这有什么可炫耀的?还是安徽多一点，你用不着安慰我。"我立即说："我们浙江才凶呢，千岛湖事件……"

说到千岛湖事件,她产生了回忆。事件发生时她正带团在台湾演出,台湾有传媒说那几个罪犯来自新安江,而新安江又来自安徽,因此要大家拒看安徽戏。我说："你看，这件事我们两头都洗不干净了。"

去年，有一家当地亏损企业请她参加一场义务演出，她想既是"当地"又是"亏损",义不容辞,答应得比接受中央电视台的邀请还快,而且郑重其事,要我陪她前往。她把我看得很重,从来不要我陪她演出,这是第一次。但那天到礼堂门口一看，正面赫然一条红布横幅，上书热烈欢迎某某先生文艺晚会。她就觉得有点不对劲,立即打听某某先生是谁。别人告诉她,这是外省某企业的一位干部，那家企业兼并了本省的这家企业,被兼并的企业用一台晚会欢迎他。演出已经开始,妻子所在剧院一个上了年岁的高个儿男演员，正在使劲演唱。妻子一见,怆然停步，再也迈不动腿了。

她在自言自语："兼并就兼并吧，两边都是国营企业，两边都是国家干部，有必要低三下四地专门为某个个人开个晚会吗?国家领导人来也没有拉过这样的横幅啊!”

那位被欢迎的外省企业干部年纪不大，一心只想见到他崇拜的艺术家，连忙赶到场外，反复邀请入座。她客气地与他握手，又抬头看了一眼那条横幅，说：“真抱歉，今天我们自己省里有点事。”

据说，这次拒演，又使她遭到本省同胞的非难。

越是遇到这样的事情，她越觉得家乡需要重振内在的文化素质。对于中国科技大学存在于合肥，她一提起就兴奋，朱清时校长希望聘请我担任兼职教授，她竭力促成。但她更清楚推进黄梅戏艺术的重要性，因为毕竟是全国最受欢迎的剧种，只是这几年由于在艺术上过于保守、在内容上过于杂乱而急速下滑。她对国际间的艺术趋向并不陌生，深知只有为这个剧种重新呼唤来生气勃勃的创造精神，才有出路。为此，她投注了整整几年时间进行观摩和寻访，其中包括寻访愿意到安徽来奋斗一场的海内外艺术家。这番努力得到了文化厅的支持，《秋千架》开始排演。

在排演的过程中，她一再对我说，最大的担忧，是怕外来的艺术家看不起本地人。“是对你们剧院的演员没信心?”我问。

“不是，”她说，“是怕外来的艺术家看见本地某些以内耗为专业的评论者，稍微像样一点的东西一出来他们一定写文章嘲弄，万一外来艺术家看到这种文章，以为我们本地人都是这种水平，那多丢人!”

“嘲弄建设者，不止是本地的毛病。”我安慰道，“你能不能到时候请人把这种嘲弄文章收集齐，印在全国巡回演出的说明书里，这说明书也就有了史料价值，多有意思!”

“会不会注明是本地的报纸刊登的?”她问。

“当然，”我说，“什么报纸，几月几日，什么署名，都注明。”

“这岂不是又在出我们的丑了!”她有点难过。

四

在机场告别时，我看着她说：“两千多里地的长途汽车，颈椎、腰椎怎么办?”

她笑了，说：“说不定哪一天我真站不起来了。”

“那时，我正好因用脑过度而成了傻子，两人天天面对面。”我说。

“我不走穴，没有钱，你被盗版，也没有钱，你没有官位，我也没有官位，两个人就像回到了太古时代，那才叫纯粹。”她说。

“一个傻子推着一个不良于行的女子，在夕阳下晃悠。”我说。

“到那时，动脑筋的是我，动肢体的是你，正好倒过来。”她说。

说到这个地步两人已经很开心，大笑一阵后我进了安检门，她又上了那辆出租车走了。几年来，她一会儿对我说，演戏的事太烦太苦，今后说什么也不能把我牵扯进去了；一会儿又觉得我写作更苦更伤心，还不如继续帮她搞戏。说来说去，两头都无法落脚。多享受一点家庭气氛吧，前两天见安徽一家报纸刊登批判文章，说“夫妻双双把家还”这样的情感方式，是放弃社会责任的一种表现。这种批判语气在这块土地上为什么永远显得义正词严?结果是，写作不行，演戏不行，回家也不行。

只能荡在秋千上。

说不定确实会遇上挺大的麻烦。哪一天，真的傻坐在夕阳下了。

那就趁现在还健康，特意留下一些印记吧。昨天与她商量过，这本新书的扉页，就印我们去年冬天在南京古道上拍的照片，而在书的封面上，一定要印上她为我刻的图章。对于照片，她倒没什么异议，只希望印单色；对于图章，则求我让她重新刻一方更好的。我说没时间了，而且我敢担保，多数读者只会为她的篆刻水平而惊讶。何华先生曾撰文称赞她对外国现代音乐和中国古代篆刻的见识，这在国外好几家报纸都转载了，这次终于由我来提供一个小小的证据。她说："真的篆刻家该笑我了。"我说："反正业余，无所谓，我写一幅业余的书法作为书名，与你陪绑。"

到北京交了稿子，下午便在旅馆里睡了一觉。醒来已是晚上，想到她还没有睡过，立即打她的手机，问她现在在哪里。她说，南京的录音已完成，正在向连云港赶，现正坐在苏北洪泽镇的一家路边小店吃晚饭，司机丢了什么东西，返回去找了，估计至少要等两个多小时。她说小店不太干净，但菜很新鲜，要我放心，早点休息。

于是我开始写这篇文章，作为新书的后记。

写完，我想，司机早该回来了，妻子正坐在长途汽车上。此时已是深夜，汽车上的其他人都已入睡，我不能再打手机。她现在，一定揉一揉颈椎、腰椎，然后抱着小小的化妆包，摇摇晃晃地开始打盹。我远远看去，还是无法读解这种不为名、不为利而又不断重复的艰难行程。

谁也没有认出她来。苏北平原的夜幕下，颠簸着我的疲惫不堪的妻子。

一九九九年一月二十三日深夜，于北京。

图书在版编目（CIP）数据

霜冷长河 / 余秋雨著. -- 北京：作家出版社，1999.3
（2024.1重印）
ISBN 978-7-5063-1650-7

Ⅰ.①霜… Ⅱ.①余… Ⅲ.①散文—作品集—中国—当代
Ⅳ.① I267

中国版本图书馆CIP数据核字（1999）第05769号

霜冷长河

作　　者：余秋雨
责任编辑：王淑丽
责任校对：马云燕　祁　斌　李超英
装帧设计：张晓光
出版发行：作家出版社
社址：北京农展馆南里10号　　　邮编：100125
电话传真：86-10-65930756（出版发行部）
86-10-65004079（总编室）
86-10-65015116（邮购部）
E-mail:zuojia@zuojia.net.cn
http://www.haozuojia.com（作家在线）
印刷：唐山嘉德印刷有限公司
成品尺寸：145×198
字数：200千
印张：14.25　　**插页**：4
印数：1251801-1256800
版次：1999年3月第1版
印次：2024年1月第75次印刷
ISBN 978-7-5063-1650-7
定价：45.00元
